올드맨
OLD MAN

올드맨 2

지은이_이조영 | 초판 1쇄 인쇄_2014년 10월 15일 | 초판 2쇄 발행_2014년 11월 14일 | 발행처_도서출판 청어람 | 발행인_서경석 | 편집장_권태완 | 편집_나정희, 최고은 | 경기도 부천시 원미구 부일로 483번길 40 서경B/D 3F (우) 420-822 | 등록_1999년 5월 31일(제387-1999-000006호) | 문의전화_032)656-4452 | 팩스_032)656-4453 | http://www.chungeoram.com | 전자우편_chungeorambook@daum.net | 어람번호_8-0035 | 파본은 구입하신 서점에서 교환하여 드립니다. 저자와 협의하여 인지를 붙이지 않습니다. 책값은 뒤에 있습니다.

ISBN 979-11-316-9232-5 04810
ISBN 979-11-316-9230-1 (SET)

vol 2

올드맨
OLD MAN

이조영 장편 소설

청어람

Contents

3막
Maya

제12장

오전 10시. 공항 의자에 앉아 비행기 시간을 기다리던 혜미는 태성에게 전화를 걸었다. 떠나기 전에 마지막 인사라도 할 겸. 지금 떠나면 언제 만날지 기약이 없었다.

[여보세요?]

그의 목소리가 조금 잠겨 있어 빨리 용건을 꺼내야겠다고 생각했다.

"저예요, 오혜미. 우영이한테 전화번호 물어봤어요. 인사는 해야 할 것 같아서."

[인사?]

"병원 관뒀어요. 지금 공항이에요. 고마웠단 말, 하고 싶었⋯⋯."

누군가 핸드폰을 빼앗기에 깜짝 놀라 쳐다보니 재규였다. 그대로 전화를 끊어버리는 그에게 화가 나 혜미가 벌떡 자리에서 일어났다. 여긴 또 어떻게 알고 쫓아왔을까.

"뭐 하는 짓이야?"

"사람 바보 만드는 게 재밌냐, 넌?"

"날 꼭두각시로 만드는 건 재밌어?"

"한마디도 안 지지."

"져주고 싶은 맘이 없거든, 너한텐. 내놔, 핸드폰."

재규는 핸드폰을 돌려주긴 고사하고 오히려 그녀의 캐리어를 끌고 가버린다. 혜미가 재빨리 가서 캐리어 뺏으려 했지만, 순식간에 반대쪽으로 돌려 잡고 내처 걸어갔다.

"야! ……백재규!"

바짝 약이 오른 혜미의 고함에도 들은 체 만 체 재규는 곧장 공항을 나갔다. 그의 뒤에서 혜미가 분해서 방방 뛰었지만, 재규는 기어코 돌아보지 않았다.

"어디 아파?"

리조트 1층 로비 의자에 나란히 앉아 규림을 기다리다가 시온은 안색이 좋지 않은 태성의 얼굴을 요리조리 살폈다. 밤새 악몽에 시달리느라 잠을 설친 그는 그녀의 맑은 눈망울을 가만히 응시했다. 꿈속에서 그녀의 이름을 애타게 불렀지만 끝내 입 밖으로 터져 나오지 않아 답답했던 마음이 여태 가시지 않았다. 기분이 울적한 것은 그 때문이리라.

그는 대답 대신 무거운 머리를 소파 등받이에 푹 기대며 팔짱을 꼈다. 입술을 부루퉁하게 오므린 시온이 고개를 갸우뚱했다.

무슨 일인데 기분이 저조한 걸까? 좀 전에 받은 혜미 전화 때문인가?

그때 우영이 부리나케 로비를 달려갔다. 상기된 얼굴이 몹시 급한 일이 생긴 모양이었다.

"어딜 저렇게 가지?"

시온이 어리둥절해하자, 혜미 일이라 짐작한 태성이 피식 웃었다. 안 그래도 얘기 도중에 전화가 끊겨 무슨 일인지 걱정했었다. 다시 전화를 걸었을 땐 재규가 받더니 혜미에게 관심 끄라고 했던가. 혜미가 갑자기 병원을 관두겠다는 이유가 재규 때문인 것 같아 신경이 쓰이던 참에 우영을 보자 안심이 되었다.

"걱정 하나는 덜었군."

"왜? 걱정 있어?"

태성이 등받이에 기댄 채로 시온에게 쓰윽 시선을 돌렸다.

"자넬 보면 없던 걱정도 생겨."

"자꾸 보면 힐링될걸. 자, 봐봐."

갑자기 얼굴을 바짝 들이대는 바람에 움찔한 태성이 자기도 모르게 상체를 옆으로 뺐다. 하여간 이 여자는 왜 예고가 없는지. 그가 더욱 당황한 이유는 가슴이 심하게 요동을 쳐서였다. 뿐인가. 얼굴도 빨갛게 달아올랐다.

그 모습이 순진해 보여 시온은 마냥 귀엽다는 눈초리로 빤히 처다보며 빙글빙글 웃었다.

"웃지 마."

'정들어.'

태성이 옆으로 삐딱해진 몸을 바로 하며 불퉁한 목소리로 나무랐다. 그가 뭐라 하든 시온은 전혀 개의치 않는 표정이었다. 이젠 그의 구박이 만성이 된 것처럼.

"규림이랑 헤어지는 게 서운해서 그래?"

서운한 건 맞지만, 그 정도로 간단한 일이 아니었다. 태성이 대답이 없자 긍정으로 알았는지 시온이 고개를 까딱거렸다.

"너도 보기보다 정이 많구나."

천 사장님이나 자기한테 매정하게 굴어 인정과는 거리가 멀어 보였는데 오해였던 모양이다. 그의 색다른 면을 발견한 것 같아 시온은 흐뭇하게 그를 바라보았다.

정이 많다는 것. 또 정이 든다는 게 어떤 의미인지 태성은 잘 알고 있었다. 그래서 두려운 것이다. 때로 그 정이라는 게 깊어지면 사랑이란 감정으로 발전하기도 하니까.

그의 흔들리는 시선이 시온의 시원스러운 이목구비를 훑었다. 요동치는 가슴은 좀처럼 진정될 줄 몰랐다. 그녀의 손을 잡고 싶어 손가락이 근질거렸고, 그녀의 어깨를 끌어안고 싶어 몸이 움찔거렸다. 그리고 입술은······.

자연스럽게 시선이 그녀의 도톰한 입술에 머무는데 규림이 쪼르르 달려왔다.

내일이면 규림이 리조트를 떠난다. 그래서 오늘 특별히 규림이 떠나기 전 셋이 함께 시간을 보내기로 했다.

주차장으로 앞서 걸어가는 태성 뒤로 몇 걸음 처져 시온과 규림이 나란히 걸어갔다. 태성의 뒷모습을 바라보는 시온의 눈빛에 감출 수 없는 연모가 어른거렸다.

시온의 얼굴 위로 고스란히 드러난 연정에 규림이 그녀의 속을 한눈에 꿰뚫었다.

"언니, 저 아저씨 좋아하죠?"

"티 많이 나냐?"

"완전. 둘이 사귀어요?"

"아니. 비밀이니까 절대 말하면 안 돼."

"비밀은 무슨. 모르는 게 이상한 거지."

"이상한 사람 저기 있잖아."

규림이 어이없게 태성을 쳐다보았다.

척 봐도 알겠는 걸 매일 붙어 다니면서 어떻게 모를 수가 있지?

"연애 고문관 맞다니까."

차에 다다라 뒷좌석 문을 열어주며 태성이 밝은 목소리로 규림에게 말했다.

"잠은 잘 잤냐? 아저씨랑 데이트할 생각에 잠 설친 거 아냐?"

"잠은 언니가 설친 것 같은데요."

태성의 시선이 시온에게 향했다.

"잠 설쳤어? 왜?"

"어? 규, 규림이랑 데이트할 생각에 신나서."

당황한 기색이 역력하여 냉큼 차에 올라타는 시온을 태성은 의아하게 바라볼 뿐이었다.

시온이 운전하여 간 곳은 제주 전통 뗏목 '테우'를 붙여 '이호테우'라 불리는 해변이었다. 멀리 방파제에 둘러싸인 빨간색과 흰색의 목마 등대가 눈길을 끌었고, 햇빛에 반짝이는 바다 비늘이 매혹적이었다.

하얗고 보드라운 모래로 장난을 하고 있던 규림이 불쑥 말을 꺼냈다.

"둘이 되게 잘 어울린다."

"나랑 있음 다 빛나 보이는 법이지."

시온의 능글맞은 대꾸에 태성이 냉큼 항의했다.

"내 취향 무시하지 마, 이 녀석아."

시온이 잔뜩 불만스러운 눈으로 그를 흘겼다.

"눈치도 없고 보는 눈도 없고."

"사랑싸움 참 적극적으로들 하시네."

시온이 하지 말라는 표정으로 주의를 주자, 규림이 날름 혀를 내밀었다. 이렇게라도 하지 않으면 태성이 눈치채게 할 방법이 없었다.

그제야 뭔가 수상한 낌새를 채고 시온과 규림을 번갈아 보던 태성이 시온에게 넌지시 물었다.

"자네, 날 사랑하나?"

"미, 미쳤어?"

기함하는 시온을 규림이 황당하게 쳐다보았다.

판 깔아줄 때 고백할 것이지. 어른들은 대체 왜 사랑을 놓고 줄다리기를 하는 것일까? 승패를 가릴 일도 아닌데 말이다.

"농담에 뭘 그리 정색해."

괜한 말을 물었다가 면박만 당한 태성은 머쓱해했고, 기회를 놓친 시온은 애꿎은 모래만 퍽퍽 차댔다.

솔직한 고백.

물론 온몸이 근질거릴 정도로 하고 싶었다. 하지만 저 얼굴을 보라. 한마디로 씨알도 안 먹힐 게 뻔한데 먼저 고백했다간 어떤 수모를 당할지 알 수 없었다. 사랑은커녕 구박만 해대는 남자에게 쉽게 마음을 내보이는 멍청한 짓은 금물이었다.

"우와아— 완전 근사해요."

그날 저녁, 규림을 데리고 옥상으로 올라온 태성과 시온은 흐뭇하게 마주 웃었다. 제주도를 떠나기 전에 꼭 구경시켜 주고 싶던 곳이었다.

정글을 구경하다가 베트남 참전용사 팻말 앞에 선 규림이 문득 애잔한 음성으로 말했다.

"우리 할아버지도 베트남 참전용사셨대요."

"정말?"

"고엽제 후유증에 시달리다가 돌아가셨죠."

할아버지가 편찮으시지만 않았어도 가족의 불행은 없었을지 모른다. 할아버지는 전쟁이 빚어낸 피해자였고, 그 피해는 고스

15

란히 후대에 이어졌다.

고엽제 후유증이란 말에 태성과 시온은 금세 숙연해졌다. 특히 전쟁의 참상을 직접 겪은 사람으로서 태성은 전우라도 만난 양 가슴이 저몄다.

"회장님도 참전용사셨어?"

"그래."

"아. 그래서 여기 정글을……. 나 같으면 다시 생각하기 싫어서라도 안 만들 것 같은데."

그만큼 전쟁의 기억이 뼛속 깊이 아로새겨져 있었던 모양이다. 백 회장에게 반감을 갖고 있다가 시온은 그를 새롭게 보게되었다. 아픔이 없는 사람이 누가 있으랴. 결국엔 백 회장도 똑같은 사람이었던 게다.

"그 일이 인생을 바꿨으니까."

"전쟁이?"

태성은 더 이상 아픈 기억을 떠올리기 싫어 말을 끊었다.

"그만 내려가자. 할머니 기다리시겠다."

재규에게 짐을 빼앗기고 집으로 돌아와야 했던 혜미는 소파에 하트 모양 쿠션을 끌어안고 잔뜩 골이 나서 앉아 있었다. 그녀의 맞은편에 앉은 우영이 놀리듯 물었다.

"재규 형이 짐을 볼모로 잡아간 거야?"

"후우—"

대체 이 꼴이 뭐란 말인가. 마음대로 떠나지도 못하다니. 재규를 생각하자 절로 빠드득 이가 갈렸다.

"가방에 보석이라도 들었어? 패스포드랑 지갑 다 있다며. 옷이야 사면 되고."

"속옷이랑 죄다 비싼 것들뿐이야."

"내가 사줘?"

"속옷 선물은 애인 생기거들랑 해줘. 나한텐 위로만 해줘도 돼."

그녀는 정말 큰 위로가 절실한 표정이었다. 금방이라도 울 것 같은 그녀를 보자 우영은 슬슬 재규에게 부아가 치밀었다. 혜미의 마음을 사로잡지도 못하면서 무작정 붙잡아놓기만 하면 능사인가. 이러다간 숨통이 막혀 지레 죽을 것 같았다.

재규가 쳐놓은 감옥에 꼼짝없이 갇혀 버린 안쓰러운 영혼.

혜미를 바라보는 우영의 시선에 애틋함이 담겼다.

"같이 바람이라도 쐬러 갈까?"

답답한 속을 달래려 그녀가 외출 준비를 하는 그 시각, 재규는 호텔방에서 혜미의 캐리어를 보고 있었다.

공항에서 먼저 밖으로 나간 그는 혜미가 그만 포기하고 나오기만을 하염없이 기다렸다. 이렇게 해서라도 그녀가 떠나는 걸

막을 수 있길 바라며. 그런데 한참 만에 뛰어나온 혜미는 곧장 우영의 차를 타고 가버린 것이었다. 그때의 허탈감이라니. 그녀에게 우영이 있다는 걸 까마득히 잊고 있었다.

캐리어를 열자 꼼꼼하게 싼 짐이 나왔다. 여기저기 뒤져 보다가 손에 걸린 것이 그녀의 속옷이었다. 생각보다 야한 속옷에 순간 당황한 그는 못 볼 걸 보기라도 한 듯이 가방 안쪽에 아무렇게나 쑤셔 넣었다. 그러다 손끝에 무언가 딱딱한 것이 만져지기에 꺼냈더니, 가죽 케이스로 된 자그마한 다이어리였다. 뭐라고 쓰여 있을지 궁금해 조심스럽게 첫 장을 펼쳐 보았다.

첫 장 비닐케이스에 꽂혀 있는 건 우영과 혜미가 다정히 찍은 사진이었다. 연인보다 더 친밀한 두 사람의 모습에 재규는 순간 불이 일 듯한 질투심에 들끓었다. 우영에게 아버지뿐 아니라 사랑하는 여자까지 빼앗긴 좌절감이 새삼스레 그의 마음을 아프게 파고들었다.

"넌 어쩔 거야?"

바닷가에 서서 바람을 쐬던 혜미가 걱정스럽게 우영을 바라보았다. 바람에 아무렇게나 흩날리는 머리칼을 쓸어 올리며 우영이 어리둥절하게 반문했다.

"뭘?"

"시온 씨 말이야. 태성 씨랑 소 팀장님이랑 둘 다 시온 씨한테 마음 있는 것 같아서. 너도 좀 적극적으로 해봐."

"일 때문에 치어서 연애에 적극적일 시간이 없다."

"친구 뒤치다꺼리할 시간은 있구?"

혜미의 타박에 우영이 싱긋 웃었다.

"한 달 좋아한 여자, 소중하지. 근데 16년 친구가 더 소중하다, 난."

그녀의 마음이 뭉클해졌다. 열네 살이던 꼬맹이들이 언제 이렇게 나이를 먹었을까. 지난 16년 동안 수많은 일이 있었지만, 그때마다 우영이 그녀의 곁을 든든하게 지켜주었다. 우영이 아니었다면 그녀는 아버지와 재규를 피해 일찌감치 외국으로 떠났을 것이다.

불우한 환경 속에서도 꿋꿋하고 반듯함을 잃지 않는 그를 볼 때마다 비겁한 마음을 지워냈었다. 그런데 또 이렇게 마음이 무너져 내릴 때 여지없이 곁에서 버팀목이 되어주는 그에게 고마웠다.

"너 없었으면 어쩔 뻔했니."

"내가 너 때문에 어딜 가도 마음이 안 놓여, 또 S.O.S 칠까 봐."

"애물단지 친구라서 미안해. 무지 고맙고."

"아이고, 됐어. 친구끼리 별말을 다 한다."

우영이 당연한 듯 말했고, 혜미의 안색이 어둡게 가라앉았다. 바닷바람이 그녀의 스산한 마음을 쓸고 지나갔다. 이대로라면 끝없는 쳇바퀴 싸움이 되리라. 그녀에겐 정말이지 획기적인 돌파구가 필요했다.

"결혼해 버릴까?"

"뭐?"

"재규 오빠 말고 다른 남자."

"다른 남자 누구? 백태성?"

우영은 태성에게 관심조차 두지 말라고 경고했지만, 혜미는 자꾸만 피할 안식처가 그인 것만 같은 생각에 사로잡혔다. 외국 어디로 가서 살든 재규 때문에 늘 쫓기는 신세일 게 뻔했다. 그럴 바엔 차라리 연인을 만드는 게 나을지 모른다. 그리고 태성이라면 재규의 상대로 절대 뒤지지 않으리라.

재규가 점점 숨통을 조여올수록 혜미 또한 태성을 향한 마음이 커져만 갔다.

다음 날 아침 병원장의 호출을 받고 병원장실로 찾아간 혜미는 한 시간 내내 꾸중과 설득, 회유를 들어야 했다.

"사표는 보류해 뒀어. 다시 잘 생각해 봐. 오 선생한테 거는 기대가 얼마나 큰데 이렇게 무너져? 오 선생 그 정도밖에 안 돼? 의사는 개인사보다 환자가 더 중요해. 그리고 지금……."

병원장의 말을 되새기며 진료실로 터벅터벅 걸어오는데, 사람들이 우르르 모여 있었다.

야당 최고위원 최익환 의원의 부인인 장 여사가 혜미를 보자 몹시 불쾌해했다. 최 의원은 변호사 시절부터 회장님과 친분이 있었고, 장 여사는 회장님의 특별고객으로 온 것이었다.

"오 선생, 관둔다는 게 사실이에요?"

혜미가 곤혹스러운 표정으로 정중히 고개를 숙였다.

"죄송합니다. 면목 없습니다."

"오픈한 지 얼마나 됐다고. 너무 무책임한 거 아닌가?"

"차질 없게 하겠습니다. 박지근 선생님에게 미리 부탁도 해놨고요."

박지근은 그녀의 옆 진료실에 있는 성형외과 의사였는데, 서울에 있는 큰 대학병원에서 꽤 유명했다. 그는 리조트를 오픈하면서 지원한 의사들 중에서 가장 마지막에 합류했다.

"내 말을 곡해하나 보네, 오 선생. 어느 의사에게 진료를 받느냐가 문제가 아니잖아. 회장님 안 계시기로 이렇게 엉망일 수가 있나 묻는 거야."

장 여사의 계속되는 비난에 혜미는 아랫입술을 꾹 깨물었다. 사람들 보는 앞에서 창피도 창피지만, 자신 때문에 리조트 이미지가 깎일 생각에 속이 상했다.

리조트를 생각하면 계속 남는 게 맞지만, 재규를 생각하면 의욕이 뚝 떨어졌다. 그렇다고 일일이 사정을 설명하기도 어려워 곤욕스럽기 짝이 없었다. 이러나저러나 회장님과 친분이 두터운 장 여사이니 팔이 안으로 굽지 않겠는가.

혜미가 아무 해명도 하지 못한 채 고스란히 수모를 겪고 있을 때 누군가 성큼성큼 다가와 그녀의 손목을 잡아챘다. 깜짝 놀라 고개를 드니 재규였다. 놀란 건 장 여사뿐 아니라 그곳에 있던 모든 사람들이었다.

그는 장 여사에게 인사를 하는 둥 마는 둥 혜미의 손목을 잡은 채 끌고 가버렸다. 그의 무례한 행동에 장 여사가 입이 벌어졌다가 머쓱하게 도로 다물었다.

재규의 손에 붙잡혀 비상구로 끌려 나온 혜미는 화가 머리끝까지 났다. 이젠 모든 사람들 앞에 드러내 놓고 구애할 셈인가.

이럴수록 악만 남는다는 걸 왜 모를까, 이 남자는!

거세게 반항하듯 그의 손을 홱 떨친 혜미가 앙칼지게 소리를 높였다.

"강아지야? 왜 졸졸 따라다녀?"

"따라와."

손목을 다시 잡은 재규가 그녀를 데려간 곳은 옥상이었다. 관리인에게 미리 열쇠를 받아놓았다가 이리로 데려온 것이다. 옥상 전경에 놀라긴 혜미도 마찬가지였다. 회장님 특별 지시로 옥상 출입을 금한다기에 그런 줄로만 알았지, 리조트에 이런 공간이 존재할 줄 꿈에도 몰랐다. 숲으로 둘러싸인 이곳을 왜 굳이 정글로 꾸며놓았는지 설계자의 의중이 참으로 궁금했다.

"아버지가 직접 설계하신 거래. 나도 최근에 알았어."

"회장님이 이걸 직접?"

무슨 생각에서인지 재규의 눈빛이 문득 아련해졌다.

"널 위해서 나도 집을 지어주고 싶단 생각 했었어, 오래전부터."

"……."

"나도 누군가를 위해 뭔가 하고 싶은 게 있었다고. 근데 넌……."

"좋아하는 사람 있어."

거짓말이 아니라는 것쯤 알고 있었다. 혜미는 자기감정을 숨길 줄 모르는 여자였다.

"우영이?"

"아니. 그런 사람이 생겼어. 얘기하지 않아도 내 마음 알아주는 사람이야. 같이 있으면 편하고, 말 한마디에도 위안이 돼. 내가 원하는 사람은 그런 사람이야. 오빠완 달라."

우영이 아니라면 누구란 말인가?

재규는 온몸의 촉각이 날카롭게 곤두서는 걸 느꼈다.

"그 사람과 떠나려던 거였어?"

"그 사람과 떠나게 되면 더 좋고. 오빠 없는 곳이면 어디든 편안할 거야."

우아하고 차분하게 내뱉는 말일수록 더 아픈 법. 그거야말로 혜미의 특기였다.

"일방적이고 집착하는 사랑, 그거 자신에게, 상대에게 독인 줄 알았으면 해. 오빠처럼 해선 절대 사람 마음 못 얻는다는 것도 알고. 병원은 예정대로 관둘 거야."

"누구냐고, 그 자식이!"

"너 멍텅구리니? 다른 사람 말은 안 들리지?"

혜미의 날 선 비난에 그는 참았던 울분을 터뜨렸다.

"안 들려, 안 들려, 안 들려! 그동안 아무도 내 말 귀담아듣지 않았잖아! 들으라고만 했잖아! 고장 나버렸다고. 마음이 고장 나

버렸는데! 어떻게 들려?"

"언제까지 사춘기 소년일 건데, 넌! 지겹지도 않아?"

혜미는 열여덟 그 나이 그대로 멈춰 버린 것 같은 재규가 진심
으로 안타까운 마음이 들어 한 소리였지만, 그는 그마저도 힘들
어서 죽고픈 심정이었다.

"평생 아버지 때문에 힘들었어, 난. 잘해라, 더 잘해라, 잘해야
만 한다. 그래야 후계자 자격 있다. 근데 더 웃기는 게 뭔 줄 알
아?"

"……."

"아버지한테…… 숨겨둔 아들이 있었단 거야."

"뭐?"

재규의 눈시울이 붉어졌다. 울분을 참느라 메마른 입술이 파
르르 아프게 떨렸다.

"난 아버지한테 뭐였을까?"

엄마가 돌아가시던 날 그는 세상에 혼자 남은 것 같은 충격을
받았었다. 무섭기만 한 아버지는 엄마가 돌아가신 후로 더 차가
워졌다. 그리고 사랑하는 여자에게마저 언제나 외면당하는 신세
였다.

절망에 빠진 그의 눈빛은 한마디로 지독한 외로움이었다.

"그게…… 사실이야?"

엄청난 충격에 휩싸인 그녀를 재규는 망연자실하게 바라보았
다.

"너마저 가버리면 난…… 아무도 없어. 살 이유도, 근거도 없

다고.”

그녀만이 유일하게 살 희망이자 이유였다. 살고 싶어서, 인간답게 살고 싶어서 악착같이 그녀를 붙잡으려는 것이다. 그녀마저 없으면 정말 아무것도 아니란 걸 아니까.

벼랑 끝에 선 것 같은 그의 절박함이 느껴져 혜미는 가슴이 쿵떨어져 내렸다.

“가볼게요. 그동안 정말 감사했습니다.”

공항으로 규림과 할머니를 배웅 나온 태성과 시온은 서운한마음을 감추지 못했다.

“다음에 네팔 놀러 와. 오기만 하면 언니가 극빈 대접 해준다.”

“어려운 일 있으면 아저씨한테 전화하고.”

“정말 고맙습니다. 죄송합니다. 정말 면목이 없습니다.”

연신 고개를 숙이는 할머니에게 시온이 따뜻하게 위로의 말을건넸다.

“아유, 할머니. 아니에요. 그러지 마세요.”

태성이 주머니에서 초콜릿을 몇 개 꺼내 규림 손에 쥐어주었다.

“할머니랑 먹어.”

그의 정이 느껴져 규림도 눈물이 핑 돌았다.

"DVD 고맙다. 두고두고 잘 볼게."

규림은 태성에게 빌려주었던 DVD를 몽땅 선물했다.

"할머니, 가요. 시간 다 됐어."

아쉬운 듯 돌아서는 규림과 할머니를 태성과 시온이 마지막까지 지켜보았다.

이렇게 또 하나의 인연을 접는다. 그 인연은 진한 추억으로 남게 될 것이다. 두 사람은 규림과의 인연을 각자 마음 한 귀퉁이에 소중히 담아두었다.

허전함을 달랠 새도 없이 리조트로 돌아오는 차 안에서 태성은 혜미의 전화를 받았다.

"혜미, 아니, 오 선생. 웬일이야? ……점심? ……그래, 그때 만나."

전화를 끊는 그에게 시온이 운전하며 물었다.

"오 쌤이야?"

"병원 일 때문에 보자는 것 같아."

"병원 일인데 널 왜?"

"조언을 듣고 싶은 거겠지."

시온이 힐끔 그를 쳐다보았다.

"둘이 그 정도로 친해진 거야?"

"더 친할 수 있었는데."

아쉬워하는 그의 표정을 보자 시온은 묘한 질투심에 휩싸였다. 같은 여자가 봐도 매력적인 혜미였으니, 남자인 그의 마음을 빼앗은 건 당연한 일이었다.

"오 쌤 멋있지. 능력 있고, 예쁘고, 성격도 좋고. 그래서 마음에 있는 거야?"

"질투해? 왜 민감하게 굴어?"

"내가 얼마나 쿨한데 그래."

말은 그렇게 하면서도 당황한 얼굴이라 태성이 빤히 응시했다. 그의 시선에 얼굴이 따끔거려 시온이 우물쭈물 물었다.

"왜 그렇게 봐?"

"왜 자네가 오 선생과 나 때문에 쿨해야 하는 건가?"

면도날처럼 예리한 질문이었다. 속으로 뜨끔한 시온은 일단 잡아떼기로 작정했다.

"뭘 오해를 야무지게 해?"

"오해라면 다행이구."

무덤덤한 태성 때문에 더 애가 타는 그녀였다. 이건 전혀 예상했던 상황이 아니었다. 다른 여자도 아니고 혜미가 연적이 된다고 생각하자 머릿속이 뒤죽박죽이었다.

'진짜 오 쌤이랑 잘되면 어떡하지? 확 고백해 버릴까? 안 돼. 내가 좋아하는 걸 알면 얼마나 기고만장할 거야. 고백한다고, 날 좋아하리란 보장도 없고.'

무턱대고 고백했다가 사이만 어색해지면 곤란했다. 사랑이란 내 마음만 중요한 건 아니니까.

걱정을 떨치지 못하고 그녀는 은근히 그를 떠봤다.

"병원 일 때문에 만나자는 거 확실하지? 다른 뜻 있어서 그런 건 아니지?"

"그거야 만나봐야 알지. 왜? 신경 쓰여? 내가 오 선생이랑 잘될까 봐?"

"그럴 가능성이 있긴 있구나, 어?"

'어떡하지? 안 되는데.'

염려했던 일이 실제로 닥치자 시온은 암담했다. 좋아하는 혜미와 한 남자를 두고 싸우게 된다면…… 과연 승산은 있을까?

"그럴 가능성 제로니까 신경 안 써도 돼."

가능성 제로라고 하는데도 그녀는 안심이 되지 않았다. 심중은 가는데 물증이 없는 기분이랄까.

'진짜 날 좋아하는 거 아냐?'

태성은 태성대로 곰곰이 생각해 봤지만 딱히 그럴 접점이 없었다. 만약에 그녀가 진짜로 좋아한다고 해도 큰 문제였다. 이건 로미오와 줄리엣보다 더한 사랑이었으니까. 거죽만 청년일 뿐 정신은 노인인 남자가 몸도 젊고 정신도 젊은 아가씨와 사랑한다는 게 정상일 리 없었다.

생각이 거기에 다다르자 그는 새삼 현실에 부딪쳐 울적해졌다.

지극히 비정상인 남자와 지극히 정상인 여자.

그녀를 사랑하는 건 그에게 너무 위험한 도전이었다.

"방금 뭐라 그랬어?"

혜미와 약속한 레스토랑 앞에서 시온을 보내고 룸으로 들어간 태성은 기막힌 소리를 듣고 꽝 얼어붙었다. 제발 잘못 들은 것이길 바랐지만, 그녀의 표정은 당당하고 정직했다.

"좋아한다고요, 태성 씰."

"정신이 나갔어, 나갔고말고, 나갔다마다."

시온도 감당이 안 될 터에 혜미까지. 그로서는 기함할 노릇이었다.

태성이 정색하자, 혜미의 얼굴에 침울한 그림자가 드리워졌다.

"이런 기분이었구나."

"뭐가?"

"거절당한 기분. 이전엔 잘 몰랐는데, 지금은 확실히 알 것 같네. 되게 서럽다. 가슴 아프고. 아무도 없는 것 같아, 내 옆에."

자조하는 그녀에게 태성이 따끔하게 야단을 쳤다.

"기껏 돌아와서 한다는 소리가 사랑 고백이야?"

"오늘 처음으로 어떤 사람이 가엾더라고요. 오죽하면 저럴까 싶어서. 사랑결핍증 정말 무서운 병이에요."

그러더니 땅이 꺼져라 한숨을 내쉰다.

"젊은 게 한숨은. 누군데 그게?"

"아무리 미워도 프라이버시 침해는 안 할래요."

"누군지 알려줄 것도 아니면서 바쁜 사람을 왜 보재?"

"고백했잖아요, 방금."

제 아버지와 달리 인간적인 면이 많다는 건 알지만, 이토록 솔직한 녀석이었던가 싶어 태성은 그녀의 색다른 모습을 본 듯했다. 때때로 차갑게 느껴질 만큼 냉철해서 진짜 모습이 무엇일지 궁금했었는데, 꽤 엉뚱했다.

"거절은 전에도 했어. 언감생심 어딜 넘봐?"

"혹시 아나, 계속 찌르다 보면 익을 때가 올지."

'얼씨구. 뻔뻔하기까지.'

요즘 젊은 애들은 다 이런가 싶게 분위기와 생김새가 시온과 확연히 다르면서도 어딘지 모르게 닮은 구석이 있었다. 그런 모습까지 귀여워 보이니 젊은 게 좋긴 좋다.

"익어도 네 입엔 들어갈 일 없을 테니 김칫국부터 마시지 마."

"혹시 시온 씨 때문이에요?"

혜미의 입에서 시온이 나오는 걸로 보아, 그녀가 날 좋아하나 생각했던 게 잘못 넘겨짚은 게 아니었다. 태성은 느슨해졌던 마음이 단숨에 확 조여드는 느낌이었다.

"그 녀석에 대해 뭐 아는 거 있어?"

"시온 씨…… 좋아해요?"

"생사람 잡지 마."

가뜩이나 시온 때문에 마음이 싱숭생숭하던 차에 정곡을 찔린 것 같아 그는 딱 잡아뗐다. 설사 시온에게 마음이 있다손 쳐도 경솔하게 솔직해질 순 없는 노릇이었다.

과하게 펄쩍 뛰는 태성에게 의심의 눈초리를 보내던 혜미는 마침 오 이사에게 걸려온 전화를 받았다. 병원에 사표를 낸 것에 이어 장 여사와의 일로 전화 오리라 예상했었다. 그래도 무서울 건 없었다. 단지, 이런 상황이 싫을 뿐.

"네."

[당장 내 방으로 와! 다른 사람도 아니고 회장님 특별고객이야. 어떻게 했길래 노발대발이야. 가뜩이나 갑자기 관두는 바람에 얼마나 말이 많은지 알기나 해! 왜 그렇게 생각이 없어!]

태성을 만나 잠시나마 유쾌했던 혜미는 오 이사의 전화로 금세 울적해지고 말았다. 이러다 우울증이라도 생기는 건 아닐까.

오 이사의 호통대로라면 그녀는 당장에 그에게로 갔어야 옳았다. 하지만 그녀는 순순히 항복할 마음이 추호도 없었다. 그러기엔 그녀도 자존심에 적잖이 타격을 입었고, 탄탄대로라 믿었던 인생의 중요한 갈림길에 서 있었다.

주주총회 날짜가 잡힌 것은 오늘. 발 빠른 일송 덕분이었다. 국정원과 젤리가 그를 감시하고 있으니 먼저 움직이는 편이 상수라 생각한 것이다. 어영부영하다가 당하느니 백태성의 실체를 세상에 드러내는 게 지금으로선 유리했다. 아울러 후계자도 새로 뽑아 회장이 없는 빈자리를 채워야 할 시점이었다.

주주총회에 앞서 이사회가 소집되었기에 제주도에 내려와 있던 본사 직원들 전부 내일 떠날 채비를 해야 했다.

"내일 오전 10시 비행깁니다. 9시까지 로비에 내려오시면 됩니다."

"이사회가 2시라고 했지?"

"네."

재규의 방에서 내일 일정을 보고 중이던 우영은 혜미에게 전화가 오자 자기도 모르게 재규의 눈치를 보았다. 안 그래도 혜미 문제로 재규에게 경고할 타이밍을 찾던 차였다. 재규가 경고를 듣지 않으리란 걸 알지만, 짚고 넘어가지 않으면 혜미는 계속해서 시달리게 될 것이다.

"백 이사님이랑 얘기 중이야."

혜미의 말을 가만히 듣고 있던 우영이 꽤나 심각한 얼굴이기에 재규는 무슨 일일까 궁금했다. 아침에 장 여사와 있었던 일이 마음에 걸렸다. 사람들이 보는 앞에서 혜미를 꾸짖는 게 못마땅해 무작정 끌고 나가 버렸는데, 장 여사 성격에 그냥 넘어갈지.

"알았어. 나올 때 전화해."

우영이 전화를 끊자 재규가 신경을 곤두세웠다.

"뭔데?"

"혜미예요. 병원 관둔 일로 좀 곤란해졌나 봐요. 장 여사님이라고 아시죠?"

역시 그것 때문인가.

재규의 얼굴 위로 걱정과 불쾌감이 동시에 스쳐 지나갔다.

"그 여자가 딴죽 걸었어?"

"회장님과 친분이 두텁잖아요. 회장님도 안 계신데, 그냥 넘어가긴 어려울 것 같습니다. 혜미가 직접 만나 사과하기로 했나 봐요."

순간 재규의 얼굴이 똥 씹은 것처럼 일그러졌다. 굳이 그녀가 사과할 일도 아닌 것을. 모든 원인은 자신 때문일 터.

조심스럽게 그의 표정을 살피던 우영이 내친김에 별렀던 말을 꺼냈다.

"혜미 일로 말씀드릴 게 있습니다."

"내가 먼저 묻지. 혜미한테 좋아하는 남자가 생겼다고? 누구야, 그게? 넌 알고 있지?"

"……."

그의 서슬 퍼런 눈빛을 대하자 우영은 등줄기가 긴장감으로 뻣뻣해지는 걸 느꼈다. 그 남자가 태성이란 걸 안 순간, 진짜 전쟁이 시작될 것임을 알기에. 궁지에 몰리는 건 태성이 아니라 혜미가 될 것도 자명한 일이었다.

"누굴 좋아하든 혜미 마음입니다. 사랑한다면 상대의 마음도 존중해 줘야죠."

뻔한 대답에 재규가 훗, 비웃음을 쳤다.

"너만 아니면 됐어."

그 말이 묘하게 우영을 자극했다. 우영의 목소리가 도전적으로 튀어나온 것도 그 때문이었다.

"무슨 뜻입니까?"

"너만, 아니면 된다고."

"이사님."

"존중? 사랑만큼 이기적인 게 어디 있어? 상대를 채워주는 게 사랑이라고? 웃기지 말라 그래. 결국, 다들 자기 위해서 사랑하잖아. 그게 인간인 거고. 나한테 아가페 사랑을 바라지 마. 난 신이 아니니까."

❖ ❖ ❖

작별을 맞아야 하는 사람들은 또 있었다. 정글 옥상의 아름드리나무 아래 앉은 태성과 시온이었다. 언젠가 떠날 예정이란 걸 알고 있었지만, 막상 내일로 그날이 닥치니 영영 이별하는 것처럼 서운했다.

그 서운함은 시온보다 태성이 더했으리라. 시온은 며칠 출장 정도로 생각했지만, 태성은 다시 돌아올 기약이 없었으므로. 그리고 어쩌면 다시 돌아오지 않는 게 그녀를 위해서 나을지 모른다.

규림과의 작별과는 비교도 안 되게 마음이 허전해져 태성은 줄곧 하늘만 쳐다보았다.

"네팔엔 언제 돌아갈 건가?"

"글쎄, 언젠간 돌아가겠지. 네팔로 돌아가면 넌 날 금방 잊겠지?"

"잊기야 하겠지, 금방은 아니라도."

그 말이 태성의 마음을 자꾸만 흔들었다. 어느덧 그녀는 금방 잊을 사람이 아니게 되어버렸으니까.

무릎을 당겨 안은 시온이 섭섭한 얼굴로 조용히 읊조렸다.

"난 못 잊을 것 같아. 여기서 있었던 일, 전부 다. 하나도 빠짐없이 기억할 거야."

"그러고 보니 벌써 한 달이나 됐군, 자넬 만난 게."

"한 달이 1년 같아."

무릎에 턱을 괴며 시온이 울먹였다. 자기도 모르게 그녀의 머리를 쓰다듬어 주려 손을 올렸다가 태성은 가만히 거두었다. 그의 애틋한 시선이 그녀의 숙인 이마에 가서 닿았다.

가슴이 뛰었다. 아무리 거부하려 해봐도 그녀에게 자꾸 달려가는 마음이 위험했다. 그녀가 자신을 좋아한다는 생각이 들자 더욱 흔들리는 마음. 불시에 찾아오는 게 사랑이라지만, 이 나이에 가당키나 한 일인가.

몸은 속여도 양심은 속이지 못한다.

태성은 마음을 다잡듯 그녀에게서 재빨리 시선을 거뒀다.

"그만 일어나."

일어나려는 그의 팔을 잡고 시온이 졸랐다.

"5분만. 5분만 더 있다 가자."

하는 수 없이 다시 그녀 옆에 주저앉은 태성이 다짐하듯 말했다.

"그럼 딱 5분 만이야. 지금이 7시 55분이니까 8시 정각에 일어나는 거야."

리조트 커피숍에 앉아 손목시계를 보는 장 여사의 표정이 썩 좋지 않았다. 8시 5분. 약속 시각이 지났지만, 어찌 된 일인지 혜미는 나타나지 않았다.

"먼저 와서 기다려도 시원찮을 판에."

어이없어하며 일어나려는데 누군가 뚜벅뚜벅 다가왔다. 나타난 인물이 의외라 장 여사는 재미있다는 듯이 그를 바라봤다. 그녀 앞에 털썩 주저앉은 재규가 손으로만 까딱 인사했다.

"잘 지내시죠, 의원님도?"

아침엔 기척도 없이 나타나 분위기를 이상하게 만들고 사라지더니, 때늦은 인사치레에 더더욱 무시당한 기분이었다. 장 여사가 그의 불량한 자세에 기막혀하며 우아하게 타일렀다.

"여전하군. 그렇게 한결 같기도 힘들겠어. 그래도 회장님 누가 될 정도는 아니어야지, 후계자가."

"아버지도 안 계신데 대접이 좀 소홀했네요, 제가."

이제 좀 알아듣는다 싶은데, 마침 혜미가 들어온다. 장 여사가 재규에게 양해를 구했다.

"어쩌지? 내가 선약이 있어서."

갑작스럽게 일이 생겨 약속 시각에 늦은 혜미는 바쁜 걸음으로 다가왔다. 커다란 소파에 가려져 보이지 않아 몰랐었는데, 서서히 드러나는 익숙한 어깨와 머리칼에 절로 이맛살이 찌푸려졌다. 아예 그림자를 자청하는 것인가. 지긋지긋하게 따라붙는 그의 모습에 가슴이 오싹 오그라들고 만다.

"잠깐 기다리죠, 뭐."

쓱 일어나 옆자리로 가서 앉는 재규를 보자 혜미는 사과할 마음이 싹 사라져 버렸다. 마치 이 자리를 알고 온 것 같았으니 말이다.

재규 때문에 순간 욱해서 한국을 떠나려 마음먹었던 그녀는 긴 고민 끝에 자신에게 비겁해지는 것만은 피하자고 마음을 고쳐먹었다. 지금껏 그렇게 살아왔는데, 고작 재규 때문에 고집했던 가치관을 헌신짝처럼 버린다는 건 곧 자존심을 버리는 일과 같았다. 큰 용기를 내어 장 여사에게 먼저 만나길 청했지만, 애초에 이런 상황을 만든 재규가 너무 밉고 원망스러웠다.

장 여사가 낯이 굳어 서 있는 혜미를 도도하게 쳐다보았다.

"무릎 꿇을 거 아니면, 앉아요."

혜미는 재규가 신경 쓰여 망설였다. 이게 다 누구 때문에 벌어진 일인데, 그가 보는 앞에서 굴욕적인 사죄를 해야 한다는 게 억울했고 불편했다.

"마냥 기다려 주기엔 시간이 좀 아까워서. 기다리는 사람도 있고."

"……."

"일어나시죠, 할 말 없는 모양인데."

재규가 자리에서 일어나자 혜미가 입술을 꾹 깨물었다.

"오 선생, 사람 이렇게 오라 가라 하는 거 아니에요."

몹시 불쾌한 듯 커피숍을 나가는 장 여사의 뒤를 재규가 따라갔다. 혜미는 이래저래 되는 일이 없어 참담한 심정으로 소파에 털썩 주저앉았다.

화끈거리는 얼굴을 손부채로 식혀도 보고 찬물을 마셔도 봤지만 도저히 진정이 되지 않아 그녀는 리조트를 나와 단골 술집으로 향했다. 혼자 술타령을 하는 것도 처량해서 우영을 불러내 자초지종을 이야기했다. 이럴 때 하소연할 사람은 그뿐이었다.

"그래서 말 한마디 못 했단 말이야?"

혜미는 애꿎은 술만 연거푸 들이켰다. 그러더니 볼이 퉁퉁 부어서 투덜거렸다.

"빤히 보고 있는데 어떻게 사과를 해? 거긴 왜 나타나 가지고."

"너도 참. 재규 형이 꼬치꼬치 캐묻길래 가서 도움 좀 주나 했더니."

정말 알다가도 모르겠다. 혜미가 장 여사를 만나 사과하기로 했다는 말에 안색이 굳어질 땐 언제고, 사랑은 이기적인 거라는 궤변을 늘어놓질 않나. 그래 놓고 커피숍엔 왜 득달같이 달려갔는지 의문이었다. 정말 훼방을 놓으러 간 건 아닐 텐데 말이다.

재규 생각에서 벗어나고 싶어 혜미가 급히 주제를 바꿨다. 우영을 불러낸 또 다른 이유.

"너도 알고 있었어?"

"뭘?"

"회장님한테 숨겨둔 아들 있었다는 거."

"재규 형이 얘기해?"

"사실이었구나. 누군지 봤어?"

누구인지는 아직 밝히지 않은 모양이다. 차마 태성이란 말을 못 하고 우영은 시큰둥하게 대답했다.

"어."

"근데 왜 얘기 안 했어?"

"나도 여기 와서 알았어. 천 사장님도 모르고 계셨던 일이야."

천 사장님한테까지 감쪽같이 속이다니. 혜미는 기가 막혀 입이 벌어졌다. 자신의 심정도 이러한데, 우영은 그동안 얼마나 힘들었을까. 재규가 받은 충격도 엄청났겠지만, 혜미는 우영이 더 마음에 쓰였다. 그가 어떤 마음으로 양자가 되길 거절했었는지 알기에. 회장님과 재규 사이를 더 이상 갈라놓고 싶지 않아 억지로 마음을 접었던 우영이다. 그런데 또 다른 아들이 나타났을 땐 지금까지 지켜왔던 자리마저 위태로움을 느꼈을 것이다.

"회장님 정말 독하시다. 우리 아버지도 알아?"

우영이 고개를 끄덕이며 당부했다.

"넌 그냥 모른 척하고 있어."

"되게 궁금하네, 어떤 사람인지."

그때까지도 혜미는 태성일 거란 생각은 아예 하지 못했다.

"지금이 몇 신 줄 알아?"

리조트 엘리베이터를 타고 내려오며 태성이 핀잔을 주자 시온이 핸드폰 알림음처럼 '10시!' 하고 대답했다. 하는 모양이 귀여워 태성은 자기도 모르게 픗 웃고 말았다. 8시까지만 있기로 한 게 두 시간이나 지나 버렸는데도 어쩐 일인지 화가 나기보다 설레었다. 그 역시 그녀와 함께 있는 게 싫지 않았고, 빠르게 흘러가는 시간이 아쉽기만 했다.

엘리베이터가 1층에 서자 시온이 그의 팔에 매달려 또 조르기
시작했다.

"요 앞까지만."

"고객한테 가이드가 배웅해 달라는 거야? 지금까지 같이 있어
준 것도 감지덕지해야 할 마당에."

"근무시간 지났잖아. 지금은 고객과 가이드 아니거든."

"그럼 뭔데?"

"……."

선뜻 대답을 못 하는 그녀 때문에 그만 어색해진 태성이 퉁명
스럽게 말했다.

"앞장서."

그렇게 한 시간여를 산책로에서 함께 있으면서 시온은 몹시
들뜬 표정이었다. 오늘따라 고분고분 하자는 대로 하는 그가 고
맙고 좋았다. 그도 작별을 아쉬워한다는 뜻 아니겠는가.

"집에 안 갈 거야?"

"10분만."

"5분, 10분 하다가 11시야. 밤샐 거냐고?"

시온이 그의 팔짱을 끼며 애교를 부렸다.

"진짜 10분."

"어이구, 이걸 어따 써먹어?"

그도 애교가 싫지 않은 듯해 시온이 혀를 쏙 내밀며 헤헤 웃었
다.

"내일 서울 가면 며칠 못 볼 거잖아. 오늘 많이 봐두라고."

"며칠이 아닐 수도 있어."

쿵! 청천벽력 같은 소식을 들은 것처럼 시온의 얼굴이 순식간에 어두워졌다.

"다시 안 와?"

태성도 심란하게 발끝으로 바닥만 헤집었다.

"모르겠어. 나도 가봐야 알아."

왜 안 온다는 생각을 못 했을까. 이별이 이리도 빠르게 닥칠 줄 몰랐기에 시온은 당혹스러웠다.

"그럼 다시 못 볼 수도 있다는 거잖아."

"서운한 모양이네?"

그걸 말이라고.

그의 마음을 읽을 수가 없어 그녀는 슬쩍 미간을 모았다.

"넌 하나도 안 서운한가 보다?"

"서운해도 어쩔 수 없지, 인연이 여기까지라면."

"……."

시온이 할 말을 잃고 멍하니 바닥만 내려다보고 있는데, 태성이 그녀의 손바닥을 위로 향하게 펴 그 위에 열쇠를 올려놓았다. 옥상 열쇠였다.

이걸 왜? 하는 눈초리로 시온이 바라보자, 태성이 별거 아니라는 듯이 어깨를 추썩거렸다.

"복사했어. 언제든 보고 싶으면 와. 다른 사람들한텐 안 되고, 자네만."

정말 이별인가?

옥상 열쇠가 이별 선물처럼 느껴져 가슴이 먹먹해진 시온은 아랫입술을 꼭 깨물었다.

'그가 떠난다. 다신 못 만나. 어떡하지?'

열쇠를 손안에 꼭 움켜쥐고 별들이 총총 박힌 하늘을 올려다보는 그녀의 눈가에 엷은 물기가 스몄다.

늦은 밤까지 노래방에서 장 여사의 처연한 노랫소리를 들어야하는 재규는 좀이 쑤셔 견딜 수가 없었다. 혜미를 대신해 마음을 풀어주기 위해 장 여사가 하자는 대로 내버려 두고는 있지만, 난데없이 노래방이라니 기가 찼다.

'몇 시간째야. 득음을 하겠다, 아주.'

노래를 마친 장 여사가 그의 맞은편에 와서 앉으며 환하게 웃었다.

"앉아만 있지 말고 노래 좀 해봐. 내 리사이틀 보러 온 건 아니잖아."

"음치라서요."

"거짓말. 어렸을 때 콩쿠르 나가고 한 거 회장님 아직도 자랑하시는데, 뭘."

"아버지가요?"

놀란 듯한 재규에게 장 여사가 빙그레 미소를 지었다.

"백 이사 모르지? 우리 의원님 만나면 가끔 아들 얘기 하시는 거."

"······."

"아버지란 그런 거야. 앞에선 강해도 뒤에선 약한 존재."

평소 몰랐던 아버지의 모습에 재규는 왠지 가슴이 뭉클해져 자기도 모르게 삐딱하던 자세를 바로 세웠다. 가난한 변호사 시절부터 알던 사이라 장 여사는 재규에 관해서도 잘 알았다. 처음부터 나쁜 아이가 어디 있던가. 회장님은 입버릇처럼 다 자기 탓이라고 하지만, 그렇기에 소원한 부자 관계는 서로 조금만 이해한다면 얼마든지 개선되리라 믿었다.

"백 이사 보면 안타까워서 그래. 회장님이 평생 피땀 흘려 일궈놓으신 거, 한순간에 무너뜨릴까 봐. 그건 백 이사도 원치 않지?"

"······."

"나, 사모님 돌아가시기 전부터 친구처럼 지냈어. 엄마 같은 마음으로 하는 얘기니까 고깝게 듣지 마. 싫은 티 팍팍 내긴 했어도, 끝까지 같이 있어줘서 고마워. 아들한테 효도받은 기분이야."

아들한테 효도받은 기분이란 말에 재규는 장 여사에게 불손하게 굴었던 게 더욱 미안했다. 그도 그럴 것이, 재작년 미국 유학 중이던 그녀의 막내아들이 교통사고로 숨졌기 때문이다. 어렸을 때는 왕래가 잦았었기에 장 여사의 막내아들이 죽은 건 그에게도 애석한 일이었다.

"그런 의미에서 노래 좀 불러봐."

이번엔 순순히 앞에 나가서 노래했다. 콩쿠르 입상자답게 그의 목청은 훌륭했고, 우렁찼다. 아마도 평범한 가정에서 자랐더라면 그는 지금쯤 성악가가 되어 있을지도 모른다. 아버지의 반대로 성악가가 되려는 꿈을 접어야 했던 그로서는 정말 오랜만에 불러보는 노래였다. 꿈을 접은 후로는 ㄱ 누구 앞에서도 불러본 적이 없었다.

그의 심정을 잘 아는 듯이 장 여사가 안쓰럽게 그를 바라보았다.

다음 날 오전, 리조트 앞에 자가용 여러 대가 일렬로 줄을 지어서 있었다. 서울로 떠나는 본사 직원들의 차량이었다.

진료실 창문으로 내다보고 있던 혜미는 간밤에 갑자기 집 앞으로 찾아온 재규를 생각하고 있었다. 우영과 헤어져 집에 온 지 얼마 되지 않았을 때였는데, 캐리어를 갖다 주러 온 것이었다. 직접 갖다 주리라곤 생각을 못 해서 그의 방문이 꽤 놀라웠다.

"싫은데 억지로 고개 숙이는 짓, 하지 마."

장 여사와의 일을 참견하기에 혜미는 차갑게 대꾸했다. 기껏 사과하러 마련한 자리마저 엉망으로 만든 사람에게 들을 말은 아니었기에.

"간섭하지 마. 내 일이야."

"내일 본사에서 이사회 소집해. 이사회 끝나고 사흘 후에 주주 총회도 열 거고. 그러고 나면 후계자 새로 뽑겠다는 발표 있을 거야."

"……."

"최선을 다해볼 생각이야. 빼앗기며 사는 거 지쳤어."

그의 다른 모습에 놀라 혜미는 물끄러미 그를 쳐다보았다. 재규의 시선이 그녀의 시선과 한데 엉켰다.

"지켜봐 주지 않을래? 진심으로 내 편 돼주는 사람 하나도 없다는 거 아는데……. 그래도 괜찮으니까…… 끝까지 지켜봐 줬으면 좋겠어."

이전보다 더 깊어진 절박함에 혜미는 뭐라 대꾸해야 할지 알 수 없었다. 머뭇거리고 있는 그녀에게 재규의 탁한 음성이 날아들었다.

"떠나지 마라, 나 때문에. 후계자가 되지 못하면…… 그때 내가 떠날게."

그냥 해보는 빈말이 아니었다. 게다가 이 남자, 웃기까지 한다.

혜미는 정말 눈앞에 있는 남자가 재규가 맞는지 의심스러울 지경이었다.

문소리에 정신이 든 혜미가 돌아섰을 때, 장 여사가 안으로 들어오고 있었다. 혜미는 가운 주머니에 꽂았던 손을 빼 가지런히 모으고 정중하게 고개를 숙였다.

"무례하게 굴었던 거 진심으로 사과드립니다. 죄송합니다."

재규가 했던 행동까지 포함해 그녀는 진정으로 사과의 마음을 전했다. 그녀의 마음이 전달되었는지 장 여사의 표정이 한층 누그러졌다.

"왜 마음이 바뀌었죠?"

"여기 있어야 할 피치 못할 사정이 생겼거든요."

어쨌거나 떠나지 않겠다니 병원을 위해서도 잘된 일이었다. 어쩌면 재규에게도.

"젊은 사람이 그렇게 개인사가 복잡해서 어떡해요?"

"솔직히 말씀드리면 그냥 도망치고 싶었던 것 같습니다. 억울했거든요, 제 의지와 상관없이 일어나는 일들이. 누군가에 의해서 제 인생이 엉망이 되는 게 싫었어요. 처음이었어요, 제 자신에게 비겁했던 거. 용서해 주세요."

비겁함을 용서해 달라는 말은 그녀 스스로에게 하는 것이었다. 또한, 혜미는 알고 있었다. 리조트에 다시 남기로 결심하면서 스스로를 용서했다는 것을.

언젠가 재규도 용서하게 되길 바라며 모처럼 혜미의 얼굴 위로 편안한 미소가 깃들었다. 그리고 그녀를 바라보는 장 여사의 입가에도 비로소 따스한 미소가 내려앉았다.

모두가 떠난 후 리조트 지하 식당에서 시온과 점심 식사 중이던 기찬이 투덜댔다. 그도 그럴 것이 원석과 닉도 서울로 떠났기 때문이다. 예정에 없던 일이라 두 사람의 빈자리가 유독 크게 느껴졌다.

"원석이 형은 갑자기 웬 서울 출장이야? 본사 직원들이랑 같이 가는 것도 아니고."

"닉이야말로 웬 휴가래?"

원석이 떠나고 얼마 안 있어 닉까지 별안간 일이 생겼다며 서울로 떠나 버렸다.

"엄마가 갑자기 쓰러지셔서 급하게 서울 올라갔어요."

"어머! 어디가 안 좋으신대요?"

"모르죠, 나도. 물어볼 겨를도 없었어요. 전화해도 안 받고. 원석이 형 걱정한다고 비밀로 하기로 했어요. 괜히 얘기하지 마요. 나중에 결과 보고 얘기해도 한댔으니까."

"걱정 많이 되겠다. 근데 닉 집이 서울이었어요? 미국에서 왔다고 하지 않았나?"

"엄마가 편찮으셔서 들어온 모양이에요."

닉에 대해 그다지 아는 게 없어 시온은 관심 있게 물었다.

"근데 왜 혼자 제주도에서 살아요?"

"아버진 안 계시고, 누나가 있어요. 병원비가 한두 푼 드는 것도 아닐 텐데 벌어야 하잖아요."

"그랬구나. 가까이나 있어야 병문안도 가고 그러지."

그녀는 힘든 내색 한 번 없이 늘 방긋방긋 웃던 스마일 청년 닉이 못내 마음 쓰였다.

❖   ❖   ❖

—보고서 6

카메라 발견.
작전 변경.
1조 철수.
2조 서울로 이동.

유종현이 젤리였음.
백태성에게 발각된 이후 잠적.
반드시 백태성 주변에 있을 것이므로 세심한 감시가 필요.

WT 본사 움직임으로 봤을 때 백태성의 존재를 알리기로 한 건 예정
에 없던 일이었음.
천일송의 긴급 주주총회와 이사회 소집은 백태성을 세상에 드러냄으
로써 관심을 돌리려는 뜻으로 사료됨.
백태성이 후계자가 된다면 작전에 어려움이 따를 것임. 그전에 '야누
스 작전'을 성공해야 함.

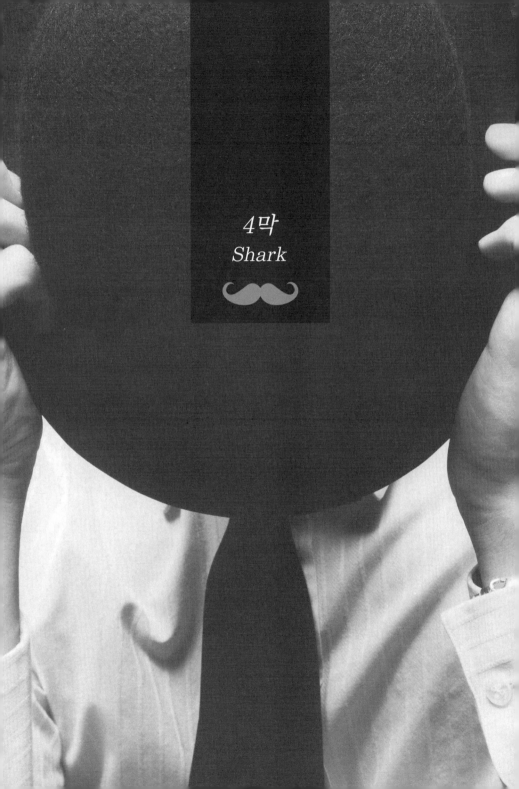

4막
Shark

제13장

오후 2시. 서울 본사 대회의실.

각자 자리에 앉은 이사들과 초조하고 불안한 기색을 숨긴 재규가 누군가를 기다리고 있었다. 우영 또한 긴장감이 가득한 얼굴로 그들 앞에 서 있었다.

드디어 문이 열리고, 태성이 안으로 뚜벅뚜벅 걸어 들어왔다. 오 이사와 이사 3인방은 소태라도 씹은 표정이었고, 다른 이사들은 그가 누군지 의아한 눈초리였다.

"회장님 둘째 아드님이십니다. 인사하시죠."

우영의 소개에 이사들이 놀라 일제히 웅성거렸다. 태성은 긴장하여 그들을 둘러보다가 호기 가득한 음성으로 인사했다.

"안녕하십니까? 백태성입니다."

회장님이 잠적한 후 여태 회사의 주요 임무를 수행하던 윤 이
사가 황당하여 말을 더듬었다.

"이, 이게 무슨……. 회장님께 둘째 아들이라니. 백 이사님, 그
게 사실입니까?"

재규가 냉정하다 못해 떨떠름하게 대답했다.

"그렇다네요, 확인할 길은 없지만."

"회장님께 직접 들은 얘깁니다. 증인이 필요하다면 천일송 사
장님도 계십니다."

우영의 반박에 이사들은 더욱 혼란에 빠졌다. 그들의 혼란을
잠재운 건 오 이사였다.

"저도 확인했습니다. 회장님 아들이 맞습니다."

오 이사의 말이 떨어져서야 이사들이 일제히 조용해졌다. 태
성의 정체가 확실시되자 일부는 오히려 잘됐다 싶은 얼굴이었
다. 그들의 표정을 읽은 재규는 참담한 기분이 들어 속으로 이를
악물었다. 자신을 싫어하는 건 알았지만, 이렇게 대놓고 좋아할
줄은 몰랐다.

정적이 깔린 회의실에서 태성은 밀려오는 긴장감을 물리치며
모두의 따가운 시선을 받아냈다. 생각했던 것보다 훨씬 압박감
이 컸다. 하긴 회사뿐 아니라 나라를 상대로 사기를 쳐야 할 판
국이다. 제정신으로 서 있다는 게 기적이었다.

"한 가지 더 드릴 말씀이 있습니다."

이사들이 동시에 우영에게 시선을 가져갔다. 차마 재규를 보
지 못하고 약간 주저하던 그가 이윽고 큰 소리로 똑똑하게 말을

전했다.

"후계자…… 다시 정한다는 회장님 명이십니다."

이사들이 또다시 동요하기 시작했고, 재규는 재빨리 이사들 표정을 살폈다. 아니나 다를까. 속을 알 수 없는 오 이사와 당혹감이 역력한 이사 3인방을 제외한 나머지는 전부 반기는 표정이었다. 역시 내 편은 하나도 없구나 싶어 깊이 상처받은 재규는 손바닥에 배어 나오는 땀을 바지에 쓱쓱 닦았다.

난처해진 윤 이사가 다급히 물었다.

"그럼 두 사람 중에 다시 정하신단 건가?"

"셋입니다."

태성의 말에 이사들이 어리둥절해서 바라보았다.

"도우영까지 셋."

이사들이 좀 전보다 더 큰 소리로 웅성거리기 시작했다. 태성을 반기던 표정과 달리 말도 안 된다는 반응이었다.

이사들의 반발이 느껴져 우영은 몸 둘 바를 몰랐다. 태성의 말에 태클이라도 걸듯 정 이사가 기어이 못마땅한 투로 끼어들었다.

"도 비서는 자격이……."

가차 없이 그의 말을 끊은 건 태성이었다.

"회장님 양자 자격입니다. 법적 절차를 곧 밟을 겁니다."

"너무 갑작스러워서 어떻게 대책을 세워야 할지 당황스럽군요. 이런 일은 좀 더 신중하게……."

회장 쪽 사람인 윤 이사조차 갑작스러운 사태에 당혹스러워하는 기색이 역력했다. 태성이 다시 한 번 그의 말을 잘랐다.

"제 존재를 의심하는 겁니까? 아니면, 받아들일 수 없단 뜻입니까?"

"그게 아니라…… 너무 급하게 일을 몰아치는 건 회장님답지 않아서 드리는 말씀입니다. 더군다나 후계자 문제예요."

"회사를 위해 어렵게 내리신 결단입니다. 모든 일을 제게 일임하셨지만, 전 정정당당하게 후계자가 되기 위해 이 자리에 섰습니다. 여러분의 선택을 겸허히 받아들일 준비가 되어 있고요."

사태를 관망만 하던 오 이사가 불쑥 끼어들었다.

"만약, 후계자가 되지 못하면 어떻게 할 생각입니까? 다시 있던 곳으로 돌아갈 건 아닐 테고."

"후계자가 되고 안 되고 상관없이 회사를 위해서라면 전 목숨도 걸 각오가 되어 있습니다."

모두가 나가고 난 대회의실엔 태성과 우영, 재규만이 거리를 두고 뚝뚝 떨어져 앉아 있었다. 한바탕 전쟁을 치른 기분이었고, 시작부터 그들은 무척 지쳐 있었다. 저마다 긴장감에 짓눌렸던 탓이었다.

가장 먼저 말문을 연 건 재규였다.

"만족스러운가?"

그의 뼈 있는 물음에 우영의 고개가 더욱 수그러들었다. 어느 정도 예상했었지만, 이사들의 철저한 외면은 상처임과 동시에 자극제였다.

"만족은 후계자 된 다음에. 셋이 뭉쳐 다닐 거 아니면 난 먼저 일어나지."

태성이 일어나 회의실을 나갔고, 재규가 일어나려는 우영에게 충고했다.

"네가 포기하는 게 모양새가 더 좋지 않겠어? 우리 사이에 끼어 있는 거 자체가 웃기는 그림이라곤 생각 안 해?"

"전 회장님 명에 따를 뿐입니다."

"핑계하곤. 뻔뻔하게."

"포기하지 못하는 심정은 어떨 것 같습니까?"

자기 앞에서 심정 얘기를 하나 싶어 재규는 눈을 부릅떠 우영을 노려보았다. 우영도 이번엔 그의 시선을 피하지 않았다. 태성은 회사를 위해 목숨도 걸 각오가 되어 있다, 모두의 앞에서 당당하게 선언했다. 그 정도의 열의와 패기가 있는 사람이라면 정말 해볼 만한 싸움이 아닌가.

이건 나쁜 의미의 긴장감이 아니었다. 괜한 억지와 오기도 아니었다. 열정으로 젊음을 불사를 만한 일에 도전할 기회였다.

설레고 흥분되는 기분, 실로 오랜만에 가져본다.

"태성 씨에 대해 일언반구도 안 하신 회장님, 원망스럽고 서운했어요, 저도. 회장님에게 아무것도 아닌 것 같았으니까요."

"친아들인 나한테도 말 안 했어!"

"원망스럽고 서운해도, 회장님은 제게 아버지나 다름없으시고."

"……."

"싫고 힘들더라도, 그분이 원하는 대로 해드리는 게 제 도리라 생각해요. 제게 베풀어주신 은혜가 그만큼 크기 때문이죠. 그리고 무엇보다 내가 이 싸움 하고 싶어졌어요. 미안해요, 재규 형."

후계자를 향한 도전. 자기 한계에 대한 도전. 그리고 진짜 가족이 되기 위한 도전.

이사들의 반발과 재규의 멸시 어린 시선을 고스란히 받으며 우영의 결심은 더욱 확고해졌다.

오 이사 사무실에선 오 이사와 이사 3인방이 둘러앉아 대책회의에 한창이었다. 예상했던 것보다 훨씬 이사들이 태성을 반겨서 놀라웠다. 마치 구세주라도 만난 것 같은 반응이었으니 말이다.

"어떻게 될 것 같습니까? 도 비서는 당연히 탈락이고. 아까 백태성이 나타나니까 이사들 눈빛 달라진 거 보셨죠?"

조 이사가 걱정스럽게 말하자, 정 이사가 크게 한숨을 내쉬었다.

"이러다가 백 이사가 떨어지면 낭패 아닙니까. 백 이사를 밀 수도 없고 백태성을 밀 수도 없고. 따로 생각해 둔 거라도……."

"백태성은 처음부터 우리와 뜻을 합칠 생각이 없었어요."

오 이사의 경직된 말에 김 이사가 매우 당황했다.

"그, 그래요?"

조 이사가 급히 두 사람의 대화에 끼어들었다.

"백 이사를 끝까지 미실 생각입니까?"

"백 이사가 내게 손을 내밀었습니다."

"그래서 잡았습니까?"

"잡았죠. 가망이 없을 때까진 잡아줄 겁니다, 그 손."

"그건 언제든 버릴 수도 있단 뜻입니까?"

김 이사가 등골이 오싹하여 물었고, 오 이사가 비열하게 미소를 머금었다.

당연한 일이다. 바보가 아닌 이상 밑 빠진 독에 힘들게 물을 붓진 않는다. 그 많은 이사들 앞에서 조금도 기세가 사그라지지 않는 태성에게 오 이사도 다분히 놀랐다. 패기가 넘치는 건 알았지만, 그 정도로 강심장일 줄은 몰랐다. 백 회장이 믿고 단독으로 보낸 까닭이 있었다.

조 이사가 조금 얼굴빛이 밝아져 채근하듯 물었다.

"백 이사가 가망 없으면 백태성과 손잡을 생각이시군요?"

"아뇨. 백태성이 후계자가 되면 우린 찬밥 신세로 전락할 겁니다."

"그럼 누구……? 설마, 도 비서?"

"백태성보단 도 비서가 다루기 쉬울 겁니다."

정 이사가 확신이 서지 않는 듯 고개를 저었다.

"도 비서를 그렇게 겪어도 모르시겠어요? 겉보긴 그래도 고집이 쇠심줄입니다. 칼이 목에 들어와도 회장님을 배신하는 일은 없을 겁니다. 도 비서가 후계자가 못 되면 못 됐지, 우리 손을 잡을 리도 없고요."

"어쨌거나 우린 무조건 백태성이 후계자가 되는 일만큼은 어떤 방해를 해서라도 막아야 합니다. 회장님이 우리가 백 이사와 손잡을 걸 미리 알고 백태성을 보냈다는 걸 모르겠어요? 거기다도 비서까지 후계자 반열에 세운 건 우릴 견제하겠다는 속셈이에요."

오 이사의 눈이 탐욕으로 벌겋게 이글거렸다.

"백태성만 제대로 물 먹이면, 후계자는 다시 백 이사가 될 수밖에 없을 겁니다."

"이사들과 주주들이 도 비서를 밀면 어쩌려고요?"

오 이사가 어림도 없다는 듯 뇌까렸다.

"아까 반응들 못 봤어요? 우리나라가 어떤 나랍니까. 시대는 바뀌었어도 핏줄은 무시 못 합니다. 백 이사가 아무리 덜떨어졌어도 도 비서가 우선일 순 없다 그겁니다. 두고 보세요, 백태성을 밀어내고 나면 사람들이 누구 손을 들어줄지."

"그럼 그렇지. 오혜미가 무슨 일탈이냐."

긴 하루를 마치고 오랜만에 집에 온 우영은 편안히 소파에 앉아 혜미와 통화 중이었다. 다시 병원에 남기로 했다는 연락을 받은 참이라 약간 안도도 되고 한편으론 안쓰럽기도 했다. 그렇게 소란이 일단락 될 모양이었다.

[실망이야?]

"다행이다."

[속마음은 너도 안 떠나길 바랐구나?]

"떠나길 바랐어, 난. 너 숨통 좀 트이라고. 갑자기 왜 마음이 바뀐 건데?"

[후계자 다시 정한다며. 재규 오빠 아주 의욕에 불타더라. 진작 좀 그럴 것이지.]

웬일로 재규에 대해 칭찬인가 싶어 우영은 조금 놀랐다.

"재규 형 의욕에 감동받았냐?"

[회장님한테 쇼크받아서 그래. 사진 없어? 둘째 아들 얼굴 좀 보게.]

"너도 아는 사람이야."

[뭐?]

사흘 뒤 주주총회를 마치면 어차피 세상에 알려질 일. 그 전쟁에서 끝까지 살아남을 수 있을까?

우영은 마음이 거대한 바위에 짓눌린 것처럼 부담스러워 시원하게 숨조차 쉴 수 없었다.

재규 때문에 집으로 갈 수 없어 인근에 사는 일송의 집으로 온 태성은 당분간 2층 방에 머물기로 했다. 고단한 하루였기에 샤워를 하고 나왔더니 완전히 몸이 퍼져 버렸다. 침대에 쓰러져 있다가 카톡이 와서 확인하자, 시온이었다.

—서울엔 잘 도착했어? 넌 정신없이 바빴겠다. 내 시계는 굼벵이였거든.

—잘 왔어. 나 없다고 농땡이 칠 생각 마.

—저녁은 먹었어?

—먹었어. 나 없다고 굶는 건 아니지?

—식욕이 없네.

태성은 굳이 보지 않더라도 시온이 시무룩해 있는 걸 알 듯했다. 막상 떠나올 땐 모르겠더니, 밤이 되자 허전하기가 이를 데 없다.

그녀가…… 보고 싶었다.

—심심하면 밥 먹어.

—넌 밥을 심심하면 먹냐?

태성이 키득거리자니, 시온에게서 바로 전화가 걸려왔다. 그는 반가운 마음을 숨기려고 부러 느긋하게 전화를 받았다.

"오냐."

[진짜 안 와?]

축 가라앉은 그녀의 음성에 태성의 얼굴에서도 슬며시 웃음이 가셨다. 마음만 먹으면 얼마든지 갈 수 있겠지만, 과연 그게 옳은가 하는 질문에는 마땅한 답이 떠오르지 않았다.

"솔직히 대답해, 강시온."

[뭘?]

"자네…… 나 좋아하는 거 맞지?"

[어. 맞아. 완전 영광이지?]

지난번처럼 딱 잡아뗄 줄 알았더니, 이대로 이별이다 싶으니까 다급해진 것일까. 뜻밖의 순순한 대답에 벌떡 일어나 앉은 태성은 더욱 혼란만 가중되었다.

"끊어."

결국 당혹감을 이기지 못해 일방적으로 전화를 끊은 그는 초조하게 방 안을 서성였다. 그토록 아니길 바랐건만, 진짜로 좋아하다니!

"미쳤어! 미쳤고말고! 미쳤다마다!"

그때 다시 전화가 걸려와 그는 침대에 던져 두었던 핸드폰을 다시 들었다. 혜미였다. 이 밤에 무슨 일인지 몰라 은근히 걱정스러웠다.

"웬일이야?"

[확인할 게 있어서요.]

그녀의 음성이 사뭇 떨리기에 그는 눈썹을 슬쩍 들어 올렸다. 지난번에도 좋아하니 어쩌니 사람을 기함하게 만들더니, 시온에 이어 또?

두 여자에게 사랑받게 된 처지가 황송하다고 해야 할지 황당하다고 해야 할지.

"뭘?"

[회장님 아들, 맞아요?]

드디어 혜미의 귀에도 들어간 모양이다. 사랑 고백이 아니어서 천만다행이었지만, 혜미까지 알게 되자 괜스레 초조했다. 그녀의 반응이 어떨지 알 수 없었기 때문이다.

"어. 맞아."

이번엔 그녀의 목소리에 잔뜩 화가 묻어났다.

[우영이도 후보에 끼었다면서요? 아무리 태성 씨가 좋아도 응원은 대놓고 못 하겠네요. 회장님 참 너무하세요.]

이건 또 무슨.

이 정도로 격렬한 반응을 보일 줄 몰라서 당황한 태성에게 혜미가 실망스럽다는 듯 뇌까렸다.

[아무리 만만해도 이건 아니죠.]

"뭐?"

[두 아들 사이에 끼워서 우습게 만드셨잖아요. 회장님과의 끈, 놓치고 싶지 않아서 지금껏 발버둥 치는 사람한테 무슨 억하심정이래요? 후계자 싸움에 들러리가 왜 필요한대요? 회장님 존경하지만, 가끔 너무 가혹하단 생각 들어요. 우영이한테도, 재규 오빠한테도.]

가혹하다는 비난까지. 태성은 억장이 무너졌다. 굳이 우영을 우습게 만들려는 의도가 아니었다. 아니, 오히려 그들을 위해 벌인 일이었다. 그런데 다른 사람들 눈에는 우습게 보였다는 게 억울하고 속상했다.

전화를 끊고 곰곰이 생각해 보니, 혜미의 말이 아주 틀린 게 아니었다. 재규와 우영에게 좀 더 자극을 주기 위해서 벌인 일이 결국 두 사람을 비참하게 만들 수도 있단 사실을 왜 간과하였던가.

다음 날, 점심도 먹을 겸 일송과 함께 백화점에서 쇼핑 중이던 태성은 디스플레이된 여자 옷을 보니 시온이 생각나 기분이 가라앉았다. 간밤에 통화한 후로 여태 문자조차 하지 않았다. 상심했을 게 뻔해 절로 한숨이 비어져 나왔다.

그 녀석, 괜찮은 걸까?

"시온이 입으면 이쁘갔다."

일송이 불쑥 하는 말에 시온 생각에 잠겨 있다가 태성은 가슴이 뜨끔했다.

구두 매장에 가서도 상황은 마찬가지였다. 여자 구두를 보자 시온이 생각났고, 그의 마음을 들여다보기라도 하듯 일송이 그를 자극했다.

"시온이래 신으면 참 이쁘갔다."

들은 척 만 척 가방 매장으로 간 그는 자기도 모르게 일송의 눈치를 봤다.

"시온이래 메면 증말 이쁘갔다."

그저 시온이 것만 눈에 들어오는지 아니면 일부러 그러는 것인지. 참다못한 태성이 휙 돌아서며 일송에게 성질을 냈다.

"그렇게 이쁘면 사주든가."

"우영이가 그 에미나일 마음에 두고 있다지 않았네? 눈에 아삼삼한 거이 얼마나 보고 싶갔어. 나도 이렇게 생각이 나는데."

그랬었지. 처음엔 우영이 그 녀석 때문에 시온에게 계속 일을 할 수 있도록 기회를 줬었다. 그런데 지금은.

"……."

"마음고생이 심한 모양이야. 이럴 때 애인이라도 옆에 있으면 얼마나 위안이 되갔어. 가뜩이나 외로운 녀석이."

태성은 우영이 생각은 조금도 하지 않은 채 오로지 시온 생각만 한 게 머쓱했다.

"얼마나 봤다고."

"내래 우리 양반이랑 한눈에 반해서 결혼하디 않았니. 사랑에 빠지는 건 3초면 충분하디."

꽤나 로맨틱한 사랑을 했던 일송을 모르는 바 아니었다. 하지만 그날따라 몹시 거슬려 태성은 뚜벅뚜벅 앞장서 가버렸다. 그러곤 집으로 와서는 방에 틀어박혀 나갈 생각을 하지 않았다.

침대에 드러누운 그는 시온 때문에 깊은 고민에 빠졌다. 눈앞에서 내내 맴도는 그녀가 자신을 겁쟁이라고 놀리는 것 같았다. 남자답지 못하다며 책망하는 것 같았다.

태성은 움츠리듯 옆으로 돌아누웠다. 도저히 갈피를 잡을 수 없는 마음이 그를 괴롭혔다. 소극적인 자세는 그와 도무지 어울리지 않았다. 하고자 하는 일이면 합법적인 선에서 무슨 일이 있어도 해내던 그가 여자 하나 때문에 이토록 전전긍긍하다니.

'보고 싶다.'

그것은 마음의 소리였다. 서울에 올라온 이후 줄곧 그를 따라다니던 마음.

태성은 그녀의 생각을 지우듯 눈을 질끈 감았다. 그리고 주먹을 꽉 말아 쥐었다.

"끄응—"

그녀를 머릿속에서 억지로 지우려니 절로 신음이 터져 나왔다. 돌아누웠다가 엎드렸다가 좌정했다가 심지어 물구나무까지 서봤지만, 한 번 머릿속에 새겨진 그녀는 도저히 지워지지 않고 시간이 지날수록 또렷해지기만 했다.

저녁 시간이 훌쩍 지나 일송이 방에 들렀으나 그는 일부러 자는 척했다. 입맛도 없고 먹고 싶은 마음도 들지 않았다.

'그녀를 사랑해?'

그의 자아가 물었다.

그는 열린 커튼 사이로 희미하게 흘러들어 오는 달빛을 바라보았다. 무어라 대답해야 옳을지 곤란한 표정으로.

'사랑하는구나?'

좀 더 확신하듯 자아가 재차 물었다.

잠시 가라앉았던 그의 심장이 또다시 쿵쿵 뛰어오르기 시작했다.

'사랑하는 게 나빠?'

그녀를 사랑하는 건 나쁜 짓이었다. 그녀를 속이는 짓이니까.

그는 심장이 아파와 가슴을 꽉 움켜잡았다. 입술도 꾹 깨물었다. 왠지 눈물이 날 것 같았다. 그녀를 사랑하면 안 된다는 사실이 그를 슬프게 했다.

'그녀를 사랑하는 것과 사랑하지 않는 것. 어느 게 더 슬픈 일일까?'

모르겠다. 자기 하나도 지키기 어려운 이때에 그녀를 사랑한다는 이유로 불행을 자초하게 될까 두려웠다.

'그녀가 사랑하는 건 너지, 늙은 백호가 아니야.'

그녀 앞에 늙은이로 나타나게 될까 봐 두려운 것이다. 그녀가 사랑한 태성이 사라지게 될까 봐 겁이 나는 것이다.

아무리 고민해 봐도 지금으로선 아무 대책이 없었다. 그저 시간과의 싸움일 뿐.

❖　❖　❖

다음 날, 갑자기 원석에게 전화를 받고 서울로 온 시온은 공항을 두리번거렸다. 태성에게 연락이 와 급히 호출을 했다는 것이다. 원석이 사장이라 허락을 맡은 모양이었다. 어쭙잖게 고백을 하고서 문자 한 통 없기에 보기 좋게 거절당했다 여겼다. 그런데 바로 서울로 오라니 고백을 받아준다는 의미가 아니고 무엇이랴. 태성을 만날 생각에 그녀는 가슴이 두근두근 뛰었다.

"시온 씨."

태성이 직접 나올 줄 알았는데 난데없는 우영이 나타나자 시온은 살짝 당황했다. 개인적인 일에 사람을 너무 부려먹는 게 아닌가 싶어 미안했다.

"도 비서님! 서울에서 만나니까 더 반갑네요. 태성 씬요?"

"저한테 나가라고 해서요."

"아……. 그래요? 바쁘실 텐데 미안하게."

우영이 캐리어를 대신 끌려 하기에 그녀가 급히 말렸다.

"아유, 아니에요. 제가 갖고 갈게요."

"신사도 발휘할 기회를 주시죠."

우영이 시온의 캐리어를 끌고 앞서서 공항을 빠져나갔고, 시온도 태성을 만날 생각에 들떠 그를 총총 따라갔다.

우영이 차에 태워 간 곳은 경복궁이었다.

따뜻한 봄날, 경복궁의 경치가 아주 그만이었다. 엄마가 돌아가시기 10년 전 가족이 함께 서울에 왔던 적이 있었다. 그때 보았던 경복궁이 어렴풋이 기억에 남아 있었다. 고풍스러운 운치에 금세 젖어들어 그녀는 이런 곳에서 만날 약속을 한 태성이 꽤 로맨틱하다 생각했다.

"태성 씬 언제 와요?"

벌써 경복궁에 와 한 시간이 지났는데도 태성이 나타나지 않자 시온이 의아한 듯 물었다. 우영의 얼굴에 난감한 기색이 스쳤다.

"태성 씨 안 와요, 시온 씨."

"네?"

"서울에 있는 동안 저한테 안내를 부탁했거든요."

"……."

언뜻 우영의 말이 이해 가지 않아 멍하게 그를 쳐다보았다. 기껏 사람을 오라 해놓고 우영에게 안내를 부탁했다니, 이걸 어떤 의미로 받아들여야 하는 걸까?

"태성 씨랑 통화 안 해봤어요?"

"네. 당연히 만날 줄 알고……."

뒤늦게 상황 파악이 된 시온은 억장이 무너졌다. 거절 방법치 곤 너무 잔인하지 않은가 말이다. 그것도 모르고 혼자 들떴던 게 창피했다.

"괜찮아요. 우리끼리 보면 되죠, 뭐."

화난 기색이 역력한 시온을 보며 우영이야말로 어처구니가 없었다. 그 역시 태성의 꼼수를 알아챘던 것이다. 그녀를 좋아하지만, 그가 원하는 인연은 이런 것이 아니었다. 더군다나 딴 남자를 향해 있는 그녀의 마음을 억지로 돌린다는 건 그의 성격과 맞지 않았다. 그는 자기 마음보다 상대의 마음이 더 우선인 사람이었다.

저녁이 되어 호텔로 가는 차 안에서 내내 말이 없던 시온이 길가에 내려달라 했다.

"저 여기서 내릴게요."

"호텔로 안 가고요?"

"볼일이 좀 있어요. 오늘 정말 고마웠어요, 도 비서님."

우영은 어쩔 수 없이 갓길에 차를 세웠다. 차에서 내려 터덜터덜 걸어가는 시온을 보는데 그리 짠해 보일 수가 없었다. 그녀가 왜 여기서 내렸는지 알 것 같았다. 그녀도 마음을 정리할 시간이 필요하리라.

그는 곧장 태성에게 전화를 걸었다.

[그래. 시온인 잘 만났고?]

"시온 씨 서울에 왜 부른 겁니까?"

[서울 구경 좀 시켜주라고 했잖아. 같이 다닌 거 아냐?]

"시온 씨가 정말 서울 구경이나 하자고 온 것 같습니까?"

[뭐?]

"백태성 씨 이런 남자였어요?"

[무슨 말이야? 설명을 해봐. 못 알아듣겠어.]

우영은 인내심을 발휘하느라 주먹을 스르륵 말아 쥐었다가 폈다.

"누가 백태성 씨한테 큐피트 돼달라고 했어요? 그리고 여자 마음 함부로 농락하는 거 아닙니다."

[뭐야? 농락? 이 녀석이……!]

흥분하니 회장님과 말투가 더 똑같아 우영은 확 화가 솟구쳤다.

"내 입에서 욕 나오기 전에 당장 시온 씨한테 사과해. 알았냐?"

혼자 영화를 보는 내내 시온은 생각에 잠긴 얼굴로 무심히 팝콘만 먹었다. 태성에게 전화가 왔지만, 그마저도 완전히 꺼버렸다. 오란다고 냉큼 서울까지 날아온 자신이 너무나 바보 같았다. 이렇게 비참한 기분이라니. 아빠의 죽음을 파헤치려던 목적을 잊고 엉뚱한 짓을 한 대가를 톡톡히 치르며 그녀는 굳게 다짐했다. 굴욕적인 짝사랑 따위 영화가 끝나기 전에 막 내려주리라고.

한편, 일송의 집 거실에서는 태성이 불안하게 서성댔다. 호텔엔 아직 오지 않았다 하고, 밤이 늦도록 시온의 핸드폰이 꺼져 있어 걱정되었다. 우영에게도 한 차례 비난을 들었던지라 더욱 노심초사였다.

일송도 걱정이 되는지 넌지시 묻는다.

"아직도 안 받네?"

"대체 어디 있는 거야?"

그때 전화가 걸려왔다. 그토록 애타게 기다리던 시온이었다.

"어디야!"

그녀가 알려준 대로 태성은 부랴부랴 택시를 타고 영화관 앞으로 달려갔다. 그 앞에 혼자 우두커니 서 있는 시온을 보자 미안하고 가슴이 찡했다. 우영의 말마따나 정말 자신이 '천하의 나쁜 놈'이 되어버린 것 같았다.

급히 그녀에게 다가간 태성은 안심이 된 나머지 본의 아니게 버럭 화부터 냈다.

"핸드폰은 왜 꺼놔? 얼마나 걱정한 줄 알아?"

눈길조차 주지 않은 채 쌀쌀맞은 목소리로 시온이 말했다.

"덕분에 서울 구경 잘 했어. 인사는 해야겠길래."

"나보다야 우영이가 서울 지리도 더 잘 알고……."

"서울 구경하러 온 거 아냐. 너 보러 온 거지."

그녀의 말에 태성은 숨이 턱 막혔다. 원석에게 부탁해 그녀의 휴가를 허락받았다. 그렇게 서울로 오라 해놓고도 가슴이 뛰고,

이게 정말 잘하는 짓인지 천 번이고 만 번이고 스스로에게 되물었었다. 그녀를 향한 자신의 마음을 재차 정리하느라 우영에게 서울 구경이라도 시켜주라며 시간을 벌었던 것이다. 저녁 식사를 함께하며 사정을 얘기하고 정중히 마음을 접으려던 계획이 오해가 오해를 낳아 끝내 몹쓸 놈으로 몰려 버렸다.

시온이 차가운 눈빛으로 그를 쏘아보았다.

"알고 있었잖아, 너도. 그래서 서울까지 불러다 확인시켜 준 거잖아. 난 네 상대 아니다. 그러니까 까불지 말고 도 비서하고 나 잘해봐라."

당황한 태성이 말을 얼버무렸다.

"난 그저……."

시온은 그를 보자 더욱 비참한 마음에 눈물이 나려는 걸 이를 악물어 참았다. 영화 한 편 본 걸로 상처 따위 홀홀 털어버리자 맹세했건만, 조금도 떨치지 못한 채였다. 그게 더 속이 상하고 화가 났다.

"제멋대로야. 사람 마음이나 무시하고."

시온이 홱 돌아서서 가버리자 태성이 재빨리 뛰어가 붙잡았다. 이건 정말 의도된 상황이 아니었다. 마음 같아서는 '너 그냥 내 여자 해라.'라고 하고 싶었다. 하지만 그러지 못하는 마음은 얼마나 답답한지. 머릿속이 죄다 너덜너덜해지도록, 심장이 닳고 문드러지도록 고민하고 고민한 끝에 내린 결론이었다.

"그럼 어떡해? 그럼 안 되는데! 자네가 날 좋아하는 게 말이 돼? 내가 자넬 좋아하는 건 더 말이 안 돼."

그 말에 더 큰 상처를 받은 시온이었다.

"알았다잖아! 네 수준에 못 미치는 거 알았다고, 나쁜 자식아! 그렇다고…… 굳이 사람 불러다가 확인시켜 줄 필욘 없었잖아."

'허— 이거야 원.'

태성은 뿌리치고 가는 그녀를 다시 쫓아가서 붙잡았다. 손안에서 느껴지는 그녀의 단단한 손목이 뜨거웠다.

"잠깐 서봐."

"놔. 놔, 놓으라구!"

매정히 뿌리치고 가는 그녀를 그는 더 이상 잡지 못하고 망연자실하게 바라보기만 했다. 꼬여도 단단히 꼬였다. 그런데 어떻게 풀어야 좋을지 아무 생각도 떠오르지 않는다. 가슴이 무너질 것 같은 느낌, 어쩔 줄 모르겠는 마음이 그를 더욱 힘들게만 했다.

한편, 차 안에서 처음부터 두 사람의 승강이를 지켜보고 있던 원석은 곧 하염없이 걷는 시온의 뒤를 천천히 따라갔다. 안 부장에게 전화가 왔지만, 받지 않았다. 지금 그의 눈에는 시온밖에 보이지 않았다. 그녀를 보고 있는 것만으로도 그녀의 아픔, 상처, 분노가 온전히 느껴졌다.

건널목 앞에 다다라 사람들 틈에서 우두커니 서 있는 시온을 바라보았다. 신호가 바뀌어 사람들이 건너갔지만, 그녀는 넋이 빠진 듯 그대로 붙박여 있었다. 그러더니 다리 힘이 풀리는지 풀썩, 쪼그려 앉고 만다. 사람들이 그녀를 힐끔거리며 지나갔다.

그런데도 그녀는 모든 걸 놓아버린 얼굴로 멍하니 앉아 있었다.

차에서 내린 원석은 한달음에 그녀에게 달려갔다.

원석이 부축하여 일으켜 세우자 그녀는 두 눈 가득 차올랐던 눈물을 왈칵 쏟아냈다. 낯선 서울 땅에서 그를 만난 게 기적 같아 참았던 설움이 저절로 터져 나왔다.

"오지 말걸. 한국에 오지 말걸. 흑흑."

신음처럼 중얼거리며 시온이 서럽게 울기 시작했다. 확실치도 않은 단서 하나 갖고서 착하기만 한 원석을 의심하는 것도 싫었고, 엉뚱한 남자에게 홀려 사랑에 빠지게 된 자신도 미웠다. 차라리 아무것도 몰랐더라면, 그래서 한국에 오지 않았더라면 아무도 의심하지 않고 사랑에 아파 우는 일도 없었을 것을.

원석은 가만히 시온을 안아주었다. 엉엉 소리 내어 우는 그녀를 더욱 품 안으로 끌어당겼다. 험한 산에서 커서 거칠게 보이지만 한없이 순수하고 그만큼 상처받기 쉬운 여자라는 걸 알고 있었다. 그래서 더 보살펴 주고 싶고, 지켜주고 싶었다.

그렇게 건널목 앞에 서 있는 두 사람을 태성이 조금 떨어진 곳에서 바라보았다. 영화관 앞에서부터 따라왔던 그는 가슴이 무너지는 듯한 아픔에 차마 한 걸음도 다가가지 못했다.

호텔 앞으로 천천히 차를 몰고 들어오던 원석은 그 앞에 서 있는 태성을 보았다. 간 줄 알았더니 아직 할 말이 남았던가. 그를 보자 온화하던 눈동자에 일순 냉기가 돌았다.

차를 세우고 시온에게 물었다.

"다시 나갈까요?"

창밖으로 태성을 응시하며 시온이 대답했다.

"아뇨."

시온을 따라 차에서 내린 원석이 키를 호텔 직원에게 건네주었다. 시온이 대성을 모른 척 지나치자, 대성이 그녀의 팔을 잡았다.

"얘기 좀 해."

"팔 놓죠."

원석의 경고에 태성이 욱해서 그를 노려봤다.

"데려다 준 건 고마워. 이젠 자네 볼일 봐."

원석이 다가와 그의 팔을 턱 잡았다.

"뭐 하는 짓이야?"

"백태성 씨야말로 사람 서울까지 불러다가 뭐 하는 짓입니까?"

"상관 말고 가라니까!"

시온에게서 태성의 손을 잡아뗀 원석이 온 힘을 실어 후려갈겼다. 예기치 못한 상황에 시온의 눈이 휘둥그레졌다.

저만치 나가떨어진 태성의 입술이 터져 피가 스며 나왔다. 비칠거리며 일어난 그가 손등으로 쓰윽 입가를 훔쳤다.

'제기랄. 더럽게 아프네.' 하더니 질세라 원석의 얼굴을 퍽 소리가 나도록 후려친다. 이번엔 원석이 바닥에 나동그라졌다. 충격이 꽤 심해 그는 쓰러진 채 머리를 휘휘 내둘렀다.

아직 죽지 않았다 싶어 태성이 주먹을 어루만지며 으름장을 놓았다.

"주먹질도 사람 봐가며 해."

손도 짚지 않고 벌떡 일어나는 원석 때문에 그는 흠칫 놀랐다. 단단히 화가 나 성큼성큼 다가오는 원석을 한 손을 척 내밀어 저지했다.

"잠깐!"

하지만 멈추지 않고 저벅저벅 다가온다.

'뭐 저런 놈이!'

멱살을 잡으려는 원석의 손을 도로 잡아채며, 태성은 무의식중에 특공무술로 그를 제압했다. 그러고는 자기도 놀랐다. 오, 정말 몸이 한창 때처럼 펄펄 난다.

원석도 그의 특공무술 실력에 놀라긴 매한가지였다. 간신히 공중제비로 위기를 벗어났지만, 하마터면 크게 당할 뻔했다. 이쯤 된 이상 물러설 마음은 완전히 사라졌다. 아니, 더욱 전투 의욕에 불타올랐다.

오늘, 결판을 내리라!

잠시 떨어졌던 두 사람이 거의 동시에 허공에 몸을 날렸다.

난데없는 두 남자의 대결에 시온의 입이 쩍 벌어졌고, 호텔 직원 역시 말릴 엄두가 안 나는 듯 멍하니 쳐다보기만 했다.

시온을 위해 예약해 둔 호텔방으로 올라온 태성과 원석은 엉망이 된 몰골로 소파에 서로 뚝 떨어져 앉아 있었다. 태성을 노려보다가 시온의 손길이 와 닿자 원석의 표정이 금세 사르르 녹왔다.

시온은 상처 난 그의 얼굴에 약을 바르고 반창고로 붙여주었다. 그러더니 태성은 처다보지도 않은 채 약통 뚜껑을 닫아버린다.

"난? 난 왜 안 해줘? 나도 다쳤어. 이거 봐봐."

손가락으로 입가를 콕 찍어 가리키는 태성을 째려보고는 시온이 그의 앞에다 약통을 탁 놓아주었다.

"직접 해."

울컥! 시온에게 무시당한 태성은 가만있는 원석에게 화풀이를 했다.

"안 갈 거야?"

"먼저 가요."

"할 얘기가 있다니까."

"해요, 여기서."

태성이 벌떡 일어나 시온의 손목을 잡아 침실로 가려 하자, 재빨리 일어난 원석이 몸을 날리듯이 앞을 가로막았다.

"어딜 들어가요, 어딜!"

"네가 들어갈래?"

다시 싸움이 시작될 조짐이어서 기가 질린 그녀가 두 사람을 말렸다.

"팀장님, 제가 얘기할게요."

"시온 씨."

"괜찮아요. 방에 들어가 계세요."

원석이 하는 수 없이 침실로 들어간 뒤 소파에 가서 앉는 시온 옆으로 태성이 헛기침을 하며 슬그머니 다가가 앉았다. 시온이 그를 쳐다보지도 않은 채 냉정하게 말했다.

"늦었어. 할 얘기 있으면 빨리 하고 가. 피곤해."

고개를 빼어 침실 쪽을 살피던 태성이 목소리를 낮췄다.

"오늘 일은 사과할게. 당황스러웠던 게 사실이야. 자네가 못나서가 아니야. 싫어서는 더더욱 아니야. 천방지축이긴 해도 새로 구성하면 나름 쓸 만하다 생각해."

'으이그!'

시온이 그를 확 째려보며 윽박질렀다.

"어디서 그딴 썩은 사과를 막 던져?"

태성은 정색하듯 재차 사과했다.

"미안해. 백 번 잘못했어. 근데, 정말 난 자네가 사랑할 만한 남자가 못 돼. 난 그러니까…… 에, 그러니까 그게……."

제대로 해명조차 못 하면서 무슨 사과를 하겠다고.

시온이 부아를 꾹 누르느라 이를 악물었다가 결국 참지 못하고 쿠션으로 퍽퍽 그를 내려쳤다.

"나가! 당장 나가라고, 이 나쁜 놈아!"

"아아!"

시온에게 실컷 맞기만 하다가 결국 원석에게 내쫓긴 태성은 매우 억울하다는 듯 소리쳤다.

"너도 나와!"

하지만 원석은 가차 없이 문을 닫아버린다. 호텔방에 두 사람이 함께 있다는 사실이 못마땅한 태성은 급기야 소리가 나도록 문을 쾅쾅 두드렸다.

"강시온! 문 열어! 문 열라고!"

방에서 나온 손님들이 어떤 몰지각한 인간이냐며 무섭게 항의했다. 하지만 태성은 그냥 갈 수도 없고 들어갈 수도 없어 강아지처럼 그 앞을 서성이며 안절부절못했다.

방 안에서는 한참 만에야 밖이 잠잠해지자 안심한 시온이 원석에게 말했다.

"그만 가보세요. 태성 씨도 갔나 봐요."

"내일 데리러 올게요. 서울 구경 제대로 시켜줄게요, 알았죠?"

"출장 왔다지 않았어요?"

"이럴 때 대놓고 농땡이 치는 거죠, 뭐."

원석의 농담에 처음으로 시온이 해맑게 웃었다.

"고마워요, 팀장님."

"미안해요, 내가. 많이 미안해요."

"그럼 저랑 내일, 어디 좀 같이 가실래요?"

"시온 씨 가는 곳이라면 어디든."

원석이 복도로 나왔을 때 다행히 태성은 가고 없었다.

하지만 그때 태성은 옆방에 있었다. 아예 방을 잡은 것이었다.

밤이 늦도록 잠 못 이루며 침대에서 뒤척이던 그는 베개를 눕혀놓고 그게 마치 시온인 양 머리를 쓰다듬듯 곱게 어루만졌다.

"내가 누군지 알고도…… 날 좋아할 수 있겠냐? 그때 아픈 건 지금 아픈 것과는 천지 차이일 거다."

누구보다 그녀를 아프게 하는 건 태성 스스로 못 견딜 일이었다. 그래서 백 번을 생각하고 천 번을 되뇌어도 결론은 같았다. 그녀의 사랑을 받아줘서도, 그녀를 사랑해서도 안 된다는 것.

다음 날, 강원도 설악산 적벽에서 시온과 원석은 암벽 등반에 한창이었다. 120도 경사의 고난위도 프리클라이밍 코스로 유명한 그곳은 상당한 실력을 지닌 클라이머도 어렵다는 난코스였다. 산악전문가인 시온조차 한국에 올 때마다 여러 번 도전했었지만, 성공한 건 마지막으로 왔을 때가 처음이었다. 장비 문제나 기상 문제가 항상 걸렸었는데 오늘은 그나마 날씨가 화창했다. 시온은 원석이 제대로 해낼 수 있을지 걱정이었지만, 그 역시 꾸준히 훈련을 쌓은 덕에 걱정했던 것 이상이었다.

평일이고 낮시간이라 사람이 없어 두 사람은 로프 하나에 몸을 의지한 채 수직 벽을 한 걸음 한 걸음 이동하며 발을 내디뎠다.

잠시 호흡을 가다듬느라 고개를 돌리니, 첩첩산중 굽이굽이 늘어선 능선이 굵직굵직한 남자의 팔뚝처럼 기개가 서렸다. 까마득한 낭떠러지 아래로는 침봉 숲을 가르며 천불동 계곡이 시원스럽게 뻗어 있었다.

꽉 막혔던 가슴이 확 트이는 느낌.

깊은 산속에 몸을 담그고 있으니 본연의 강시온으로 돌아온 것 같았다. 그곳에서 그녀는 다시금 흐트러진 마음을 다잡았다.

'그래, 접자. 남자한테 눈멀어서 정작 할 일은 망각하고. 네가 이러고도 첸의 딸이냐.'

다시 오르기 위해 한 손으로 로프에 매달린 채 초크를 손에 바르는 그녀의 모습은 거의 묘기에 가까웠다. 그녀의 뒤를 따르던 원석마저도 그 모습이 아찔해서 볼에 경련이 일 정도였다.

몇 번의 고비를 넘기고 마침내 암벽 꼭대기에 다다라 나란히 앉은 시온과 원석은 갖고 온 빵과 물로 허기진 배를 채웠다.

"난 이런 데서 먹는 빵이 제일 맛있더라. 후후."

원석이 눈앞에 펼쳐진 경치를 황홀하게 바라보았다. 네팔에서 함께 등반하던 인태의 모습이 떠올랐다. 영락없는 산 사나이였던 그를 닮아 시온도 산과 어우러지니 더욱 빛이 나 보인다. 그녀의 밝음, 그녀의 활기찬 에너지가 원석은 좋았다. 그녀가 아니었으면 오늘 등반도 성공하지 못했을 것이다.

"오랜만이네, 암벽등반. 좋다."

투박하긴 했지만 그의 진심이 담겨 있었다. 그녀와 함께한 등반이라 더 좋았다는 건 두말하면 잔소리.

힐끗 그를 쳐다본 시온이 슬그머니 본론을 꺼냈다.

"팀장님은 제주도에 살기 전에 뭐 했어요? 과장님 말이 제주도 온 지 1년 좀 넘었다던데."

"뭐, 이것저것."

"트레킹 가이드 하게 된 계기가 뭐예요?"

"세계 여기저기 다니다 보니까 좋아져서요. 자연 속에서 사는 게 부럽기도 하고. 산에 있을 때가 제일 마음이 편안하기도 하고."

"여행을 즐기시나 봐요, 세계 여기저기 많이 다닌 거 보면. 무슨 일 했길래? 그거 여유 없으면 힘들잖아요."

시온이 왜 그런 질문을 하는지 알기에 원석은 그즈음에서 말을 돌렸다. 더 깊이 들어가면 어쩔 수 없이 인태의 이야기를 해야 하리라. 하지만 아직은 때가 아니었다. 마음은 얼른 그녀를 네팔로 돌려보내고 싶었지만, 안 부장 때문에 불안해서 그러기도 어려웠다. 태성의 곁에 두는 건 더 불편했다.

"그만 내려가죠. 제주도 가려면 시간 빠듯해요."

말을 자르듯 원석이 일어났기 때문에 시온도 더 이상 캐묻지 못하고 일어나야 했다.

장비를 챙겨 하산하던 두 사람은 갑자기 몰려든 먹구름에 숲이 어둠침침해지자 서둘렀다. 습기로 흙냄새, 풀냄새가 섞여 코끝을 자극했다. 무엇보다 숲 속에 감도는 싸한 기운이 등골을 오싹하게 했다.

"어쩌죠? 비 오겠는데."

"조금만 더 가보죠."

빗방울이 하나둘 떨어질 즈음 다행히 산장을 발견한 두 사람은 안도의 숨을 내쉬었다.

산장은 통나무로 되어 있었는데, 산속에 덩그러니 있어 음산한 분위기였다. 사방이 숲인 데다 하늘은 잿빛이었고, 사방에서 후드득, 후드득 떨어지는 빗방울 탓에 더욱 그렇게 보였는지도 모른다.

산장 문을 노크했지만 안에선 아무 반응이 없었다. 시온이 유리창 안을 자세히 들여다봤다. 불은 켜져 있는데, 도통 인기척이 없다.

'아무도 없나 본데요.' 하며 무심코 돌아보다가 기겁했다. 후두를 깊이 눌러쓴 남자가 원석의 등 뒤에서 그녀를 가만히 보고 서 있었기 때문이다. 지천이 낙엽이건만, 어떻게 소리도 없이 나타난 건지 의문이었다.

"아유, 깜짝이야. 산장 주인이세요?"

원석도 시온이 소스라치게 놀라지 않았더라면 뒤에 그가 있다는 걸 전혀 의식하지 못했을 만큼 남자는 고요한 공기 같았다.

산장 주인은 상어. 태성에게 가짜 신분증과 대포폰을 건넸던 남자였다. 그를 아는 자라면 누구든 두려워한다는 전설의 킬러. 이젠 과거의 명성이 되었지만, 여전히 그는 위협적인 인물이었다.

상어는 대꾸 없이 걸어와 잠긴 문을 열고 안으로 들어갔다.

"저기요."

시온의 코앞에서 문이 쾅 닫혔다. 반기지 않는다는 걸 알면서도 포기할 수 없었다. 그러기엔 산을 오르느라 너무 지친 상태였다. 더군다나 빗방울이 제법 굵어져 곧바로 산을 내려가기엔 위험했다.

조심스럽게 문을 열고 들어간 두 사람은 밖에서 보던 것과는 달리 아늑한 실내에 감탄했다. 그런데 방금 들어간 주인이 어디에 있는지 보이지 않았다.

"실례하겠습니다."

원석이 안쪽을 향해 큰 소리로 말하는 사이, 시온이 어깨에 짊어진 장비와 가방을 바닥에 내려놓고 의자로 가서 앉아 허벅지를 두드렸다. 간만에 암벽등반을 했더니 다리 근육이 뭉쳐 통증이 심했다.

"아이고, 다리야."

산장 안쪽에서 또 소리 없이 쓱 나타난 상어가 벽에 비스듬히 기대서서 두 사람을 빤히 쳐다보았다.

시온이 애교 섞인 목소리로 사정했다.

"물 좀 주시면 안 될까요?"

상어는 순순히 냉장고를 열어 작은 물병 두 개를 시온 앞에 놔주었다.

"고맙습니다."

시온과 원석은 물병 뚜껑을 따 한 번에 들이켰다.

"어유, 시원해. 여기서 혼자 살아요?"

시온의 물음에 상어가 작게 고개를 끄덕거렸다.

"산장이 되게 아늑하고 좋네요."

원석은 상어가 경계하는 게 느껴져 빨리 이곳을 나가야겠다는 생각이 들었다. 하지만 원석과 달리 상어에게 아무런 위험도 감지하지 못한 시온은 원초적인 문제에 부딪쳤고, 산을 내려가는 것보다 그게 더 시급했다.

"저기 죄송한데요. 혹시, 먹을 건 안 파세요? 배가 너무 고파서……."

"내려가서 먹죠, 시온 씨."

원석이 만류하자 시온은 마지못해 의자에서 엉덩이를 뗐다. 산장 주인의 분위기로 보아 물을 얻어 마신 것만도 감사한데, 식사까진 무리일 것 같았다. 창문을 내다보니 빗줄기가 어느새 굵어져 하산할 일이 막막했다.

배낭 안에 있는 비옷을 꺼내려는 그때 단비와 같은 음성이 그녀의 귀에 와 콕 박혔다.

"라면뿐이에요."

잠시 후, 상어가 라면을 내왔다. 뜨거운 김이 모락모락 나는 라면을 보자 절로 침이 꿀꺽 삼켜졌다. 라면을 허겁지겁 먹으며 시온은 그제야 살 것 같다는 표정을 지었다. 그녀와는 반대로 원석은 다시 사라진 상어가 자꾸 찜찜했다. 처음 보는 남자가 분명하건만, 어디서 본 것처럼 낯이 익다. 기억력이 꽤 좋은 그인지라 빠르게 머릿속을 헤집었으나, 남자의 정체는 오리무중이었다.

"역시, 라면은 산에서 먹는 게 최고예요. 음, 맛있어. 나보다 라면 잘 끓이는 사람이 다 있네."

"얼른 먹고 가죠."

"네."

라면까지 알뜰살뜰히 얻어먹은 후에야 두 사람은 산장을 나섰다. 다행히 소나기였는지 산장을 나설 때 비는 그쳐 있었다. 처마와 나뭇잎에서 똑똑 물방울이 쉼 없이 떨어졌다. 구름 사이를 비집고 나온 태양을 받아 나뭇잎 끝에 매달린 빗방울들이 영롱하게 빛을 발했다.

산을 내려가며 원석이 자꾸 뒤를 돌아보았다.

"왜 자꾸 돌아보세요?"

"아까 그 남자, 좀 이상한 것 같아서요."

"분위기가 묘해서 그렇지 나쁜 사람 같진 않던데요."

"젊은 남자가 이런 산속에 혼자 사는 게 수상하지 않아요?"

"산 좋아하면 그럴 수도 있죠, 뭐. 자연인 같은 날 것 냄새는 나더라."

시온은 대수롭지 않게 여겼지만, 원석은 왠지 모르게 찜찜한 마음이 가시지 않았다.

❖　　❖　　❖

저녁도 먹는 둥 마는 둥 거실로 나와서도 태성은 가만히 앉아 있지 못하고 연신 핸드폰을 들었다 놨다 했다. 종일 핸드폰만 들여다보며 좌불안석인 그가 한심스러워 차를 마시다 말고 일송이 타박했다.

"핸드폰 닳갔다야. 얼굴은 죄다 얻어터져 가지구 쳉일 뭐 마려운 강아지처럼 와 기래? 시온이 그 에미나이 때문에 그러네?"

"분명히 소 팀장이랑 같이 있어. 둘 다 일부러 전화 안 받는다니까. 어디서 뭘 하길래!"

"쯧쯧. 혼자 있는 것도 아니고. 소 팀장이 같이 있으면 다행이디 뭘 기래."

태성이 입에서 불을 뿜을 듯이 버럭 소리를 질렀다.

"같이 있으니까 문제지!"

귀가 따가운 양 일송이 인상을 찡그렸다.

"둘이 같이 있으면 안 되는 일이라도 있네?"

"에잇!"

호텔 옆방에 묵고서도 시온을 놓쳐 버린 태성은 속이 터져 2층으로 쿵쾅대며 올라갔다. 단단히 골이 난 그를 돌아보다가 일송이 어이없어 허허 웃었다.

"시온앓이가 시작됐구만기래."

그 시각, 시온은 제주 펜션에 내려와 있었다. 이제 막 샤워를 한 후라 수건으로 젖은 머리를 말아 올리고서 화장대 앞에 앉았다. 화장대에 둔 핸드폰을 켜자 태성에게 온 부재중 전화만 수십 통이었다. 간간이 우영의 이름이 보였다.

시간이 늦어 그녀는 우영에게 문자로 인사를 대신했다.

—죄송해요, 도 비서님. 저 제주도에 왔어요, 좀 전에. 인사도 못 하고 왔네요.

그런데 취침 전인지 아니면 기다리고 있었던 건지 금방 전화가 걸려왔다. 그의 목소리에 담뿍 걱정이 묻어났다.

[시온 씨, 괜찮은 거예요?]

서울에서 태성과 있었던 일이 떠올라 그녀는 콧날이 시큰거렸다. 다 잊어버리자 했는데 왜 또 이러는 걸까?

"죄송해요. 오늘 어디 좀 다녀오느라 전화기를 꺼놨었어요."

[종일 태성 씨한테 전화 왔었어요. 연락 안 된다고 걱정 많이 하더라고요.]

시온의 표정이 씁쓸하게 가라앉았다.

"그랬어요?"

[마음 많이 상한 거 알아요.]

"도 비서님……."

[힘내요, 시온 씨. 난 시온 씨 편이니까.]

핸드폰을 도로 화장대에 내려놓고, 거울을 물끄러미 바라보았다. 우영의 위로에도 마음이 스산하긴 마찬가지였다.

"그럼 어떡해? 그럼 안 되는데! 자네가 날 좋아하는 게 말이 돼? 내가 자넬 좋아하는 건 더 말이 안 돼."

아, 젠장!

눈시울이 젖어들어 그녀는 얼른 손등으로 쓱쓱 문질러 버렸다.

다음 날 오후 2시. WT 호텔 강당에 마련된 주주총회에 모인 주주들이 심각하게 이야기를 나누는 가운데 주주 대표인 일송이 단상 앞에 섰다. 회사 중역들에 이어 주주들에게 태성을 소개할 시간이었다. 일송은 이사회가 끝나고 사흘 동안 주주들을 찾아 다니며 물밑 작업을 해놓았는데, 효과가 있었는지 이사회 때처럼 소란한 모습은 없었다. 다만, 그들은 회장님의 숨겨둔 아들이란 존재가 아직은 낯설 뿐이었다.

원석에게 맞아 생긴 얼굴 상처 때문에 민망해하면서도 태성은 주주들 앞에서 신뢰를 주기 위해 미소를 잃지 않았다.

"주주 대표로서 말씀드리갔시요. 회장님 명에 따라 WT 후계자를 다시 선출하기로 결의했습네다. 선출 방법은 첫째, 꿈. 둘째, 사랑. 셋째, 가족. 이상 세 가지에 가장 부합된 걸 하나 가져오면 됩네다. 기간은 열흘. 미션을 통과한 사람을 후계자로 선출하갔시요."

주주총회 소식을 접한 오 이사는 사무실로 들어오자마자 후계자 발표문을 테이블에 냅다 집어 던졌다.

"꿈, 사랑, 가족? 애들 장난도 아니고. 창피해서 정말."

잇달아 들어온 이사 3인방도 소파에 앉으며 그의 눈치를 봤다.

"난 좋던데……."

별생각 없이 말을 꺼냈다가 모두의 따가운 시선에 김 이사는 찔끔하여 입을 다물었다. 정 이사도 발표문에 불만이 많은지 투덜댔다.

"천 사장님이 직접 작성했다잖습니까. 그 양반은 뭔 생각인지 도통 알 수가 없어서⋯⋯."

"대주주인 데다가 주주들이 천 사장님을 신뢰하니 무조건 의견에 따른 모양이에요. 백 이사 말고 다른 아들이 있다는 걸 다들 반기는 눈칩니다. 백태성의 등장만으로 여론이 그쪽으로 몰리고 있어요."

조 이사의 심란한 말에 김 이사도 냉큼 동조했다.

"대체로 백태성 군을 새로운 후계자로 생각하는 분위기예요."

정 이사가 은근히 오 이사를 압박했다.

"두고 보실 일이 아닙니다, 오 이사님. 어느 라인을 타느냐에 따라 우리 운명이 갈립니다."

주주들까지 태성을 환대하는 분위기라 오 이사는 적잖이 당황했다. 괜한 자존심 내세우느라 재규 편에 섰다가 닭 쫓던 개 신세 되는 건 아닐지 염려스러웠다. 그렇다고 이제 와서 적대시한 태성의 편에 서기도 어렵게 되었다. 그가 순순히 받아줄 리 없었기 때문이다.

어떤 수단 방법을 가리지 않고라도 태성을 후계자 자리에서 밀어낼 수만 있다면 승산은 있겠으나, 그의 지지자들이 많으면 많을수록 불리해진다.

오 이사의 고민이 계속되는 동안, 기자회견장에서는 기자들이 준비 완료 상태로 태성이 나오기만을 기다리고 있었다.

잠시 후 태성이 그들 앞에 나타났고, 일제히 플래시가 터졌다.

거리, 상가, 버스터미널, 지하철 등지에 있는 대형스크린에서 그 장면이 특보로 보도되었다. 사람들의 이목이 집중된 가운데, 차 안에서 젤리가 스크린을 바라보고 있었다. 그는 유종현에서 다른 얼굴로 변장한 상태였다. 유종현이 신한 얼굴이었다면, 새로 변장한 얼굴은 좀 더 샤프했다.

제주 리조트에서도 의사들과 간호사들, 환자들까지 TV 앞에 모여 특보를 보느라 정신이 없었다.

여느 때처럼 관광객들을 인솔 중이던 시온 역시 TV 앞에 사람들이 모여 있어 무슨 일인지 다가갔다. 한데, 화면 안에 나타난 사람이 태성이었다.

─백호 회장의 둘째 아들 백태성 씨.

자막을 본 시온은 가슴이 쿵 떨어졌다.

'회장님…… 아들…… 이라고?'

비로소 그가 왜 사랑해선 안 되는 사람이라고 강조했는지 알 것 같았다. 그렇게 닭씨 패밀리 아니라고 부인하더니. 태성에게 사랑을 거절당한 데 이어 시온은 배신감마저 들어 치가 떨렸다.

제14장

회사 근처의 바(Bar)에 앉아 술을 마시던 태성은 연신 핸드폰
을 들여다봤다. 시온의 전화를 기다리는 중이었다. 종일 대한민
국이 백태성의 등장으로 화제가 되었는데 그녀가 가만히 있을
리 없었다. 그녀의 침묵이 길면 길수록 초조해지는 건 그였다.

"분명히 봤을 텐데, 왜 연락이 없지?"

그때 우영이 다가와 옆에 앉았다. 긴장되고 힘겨운 하루였기
에 위로차 부른 것이다. 바텐더가 그의 앞으로 술잔을 놓아주었
고, 태성이 술을 따라주며 격려했다.

"애 많이 썼어."

"고생했어요."

"막상 발표하고 나니까 기분이 묘해."

진짜와 가짜의 경계가 허물어진 느낌이었다. 어느 순간엔 태성도 자신을 진짜로 착각했을 정도였다. 연기에 몰입하면 현실과 가상을 구분 못 한다더니.

"세상에 주목받는 게 편하지만은 않을 겁니다."

"알아, 지긋지긋한 거."

세상에 주목받기는커녕 숨어 산 사람이 한 말치곤 괴이쩍었다. 마치 그런 것에 통달한 사람처럼.

의아해하는 우영에게 태성이 변명하듯 웃으며 말했다.

"아버질 보면 알잖아."

"시온 씨랑은 해결 잘 된 겁니까?"

일전에 전화로 비난한 것도 모자라 또 퍼부을 요량이라 태성의 마음이 더욱 착잡하게 가라앉았다.

"지가 무슨 짓을 하고 있는지 알고 마음 상해하는 건지 원."

"몰랐어요? 시온 씨가 태성 씨 좋아하는 거."

"자네도 시온이 좋아하잖아."

"태성 씨도 좋아하는 거 아니었습니까?"

태성이 낮게 한숨을 내쉬었다.

"그게 가능한 얘기라면 나도 좋겠어."

그것이 그의 진심이었다. 언제 약 효과가 떨어질지는 아무도 모르는 일이었다. 더군다나 목숨이 왔다 갔다 하는 마당에 한가로이 사랑타령 할 때가 아니었다.

"태성 씨가 회장님 아들이어서 시온 씬 안 된다는 겁니까?"

"회장님 아들이어서가 아니라 내가 백태성이라서 안 되는 거야."

"무슨 뜻인지 잘……."

"결국 상처만 남을 거야. 그 아이도, 나도."

"……."

그때 갑자기 들이닥친 기자들 때문에 두 사람은 급히 자리를 떠야 했다. 바텐더의 도움을 받아 재빨리 뒷문으로 빠져나온 두 사람은 술집 앞에 진을 친 기자들 덕에 차도 포기한 채 좁은 뒷골목을 걸어갔다. 두 사람이 나란히 걸으니 꽉 낄 정도였지만, 골목을 빠져나올 때까지 어느 한 사람 앞서거나 뒤서지 않고 어깨를 나란히 했다.

"천 사장님께 전화 왔었어요. 집 주변에 기자들 쫙 깔렸으니 오지 말라고."

우영의 말을 듣고 태성이 알 만하다는 듯 고개를 끄덕였다.

"호텔도 마찬가지겠군. 어디로 가야 하나?"

이젠 가는 곳마다 제약이 따를 것이다. '연동회'의 감시도 모자라 스스로 쫓기는 몸이 되고 말았다. 점점 일이 커져 태성은 암담했다.

"따라오시죠."

택시를 타고 간 곳은 우영의 아파트였다. 서른다섯 평 남짓한 새 아파트는 주인을 닮아 가구와 커튼, 심지어 작은 소품들까지 따뜻한 색감을 지니고 있었다.

태성은 현관에 가지런히 둔 슬리퍼로 갈아 신었다. 그가 회장님 전용 슬리퍼를 신자 약간 당황했던 우영은 자신의 슬리퍼를 신고는 그를 뒤따랐다.

거실을 둘러보며 태성이 무심코 물었다.

"이사했어?"

우영이 뒤따라가다가 흠칫 놀랐다. 이사했다는 건 회장님밖에 아는 사람이 없었다.

"회장님이 그런 얘기까지 하셨어요?"

태성이 머쓱해서 둘러댔다.

"아니, 자네 집 앞엔 기자들이 한 명도 없길래."

"좀 앉아 있어요. 음료수 마실래요?"

"아냐, 됐어. 잠이나 잘래. 피곤해. 갈아입을 옷이나 좀 줘."

그 모습이 너무나 자연스러워 물끄러미 쳐다보던 우영이 그를 작은 방으로 안내했다.

태성의 잠자리와 갈아입을 옷을 챙겨준 뒤 침실로 온 그는 침대에 지친 몸을 뉘었다. 정말 긴 하루가 지나간 것 같았다. 태성의 등장으로 단연 화제가 그에게 몰린 덕에 정작 주목조차 제대로 받지 못한 우영이었다. 그것이 자신의 위치를 정확히 대변해 주었기에 가슴이 쓰라렸다. 마치 태성과 재규 사이에서 없어도 그만인 들러리가 된 기분이었다. 자신의 미미한 존재감이 적나라하게 드러날수록 자꾸 자신감이 떨어졌다.

울적하던 차에 혜미에게 전화가 와 우영은 반가웠다.

"어, 혜미야."

[안 자고 있을 것 같아서 전화했어. 오늘 힘들었지?]

역시 자신을 알아주는 건 혜미뿐이다. 고마운 녀석.

"조금."

[힘내. 응원할게.]

가끔 이렇게 감동도 주고.

우영의 표정이 조금 나른해졌다.

"태성 씨 응원한 거 아니었어?"

[후계자 되고 싶은 마음은 있는 거야?]

"모르겠다. 하루에도 수도 없이 마음이 오락가락해. 아무도 응원해 주지 않는 운동장에 서 있는 기분이야. 모두에게 야유받으면서."

좀처럼 투정 따위 부릴 줄 모르는 그였지만, 오늘 같은 날은 마음을 토로할 사람이 필요했다. 이럴 때 혜미가 있다는 건 행운이었다.

[손가락질은 오히려 회장님이 받고 있어. 그동안 쌓아놓은 신뢰를 한순간에 잃었잖아. 솔직히 나도 그랬고.]

"우리 회장님 어떡하냐."

[넌 그러고도 회장님 걱정이니? 회장님 바보지, 너.]

혜미가 목소리를 높여 비난하자 우영이 풋 웃음을 터뜨렸다.

"처음엔 실망했었지. 근데 차츰 시간이 지나니까 가엾어지더라고. 이렇게 될 거 뻔히 알면서 벌이신 일이잖아. 회사 때문에, 자식들 때문에 희생하신 거지."

[하여간. 누가 엔젤 아니랄까 봐.]

"엔젤?"

[시온 씨가 그러더라. 천사라고.]

"시온 씬 봤어? 서울 올라와서 태성 씨 땜에 마음 상해서 내려 갔거든."

태성의 소식을 들었을 게 뻔해 우영은 시온이 마음을 더욱 다 쳤을 거라 짐작했다.

[어머, 왜? 무슨 일 있었는데? 아직 못 봤어, 나도.]

"보거든 맛있는 거라도 사줘, 내 대신."

[사주는 거야 어렵지 않지만, 빈틈 공략하는 거야?]

"빈틈…… 없는 것 같다."

[그 정도야, 두 사람?]

시온을 포기시키는 게 빠를까, 혜미를 포기시키는 게 빠를까.

두 여자의 사랑을 받는 태성이 부럽기도 하고 마음이 아프기 도 했다. 시온을 좋아하는 마음에는 변함없지만, 태성을 사랑하 는 그녀의 마음을 존중해 주고 싶었다. 하지만 혜미는…….

시온은 그의 영역을 벗어나 있지만, 혜미는 친구이니 좀 더 설 득하면 태성을 포기할지도 모른다.

혜미가 상처받는 건 싫지만, 쿨하게 포기하지 않는다면 오히 려 상처받는 건 자신일 것 같은 기분은 뭘까?

우영의 혼란스러운 밤이 깊어가고 있었다.

"그래서 뭐야? 백태성, 백재규, 도우영 셋 다 제주도로 다시 내 려왔다고? 왜 하필 여기지? 꿈, 사랑, 가족 이미지가 우리 리조트

라서?"

오전 9시. 가이드 사무실 회의 탁자 앞에 직원들이 오랜만에 한자리에 모였다. 서울 출장을 갔던 원석도 돌아왔고, 엄마가 갑자기 편찮으셔서 서울에 갔던 닉도 해맑은 얼굴로 앉아 있었다.

"무슨 소리예요?"

아무것도 모르는 듯한 닉 때문에 기찬이 어이없어했다.

"넌 뉴스도 안 봤냐. 우리 회장님한테 아들이 또 있었다는 거 이틀 내내 뉴스에 나왔었잖아."

"금시초문이었네, 난."

"넌 뭐 산에 들어갔다 왔냐. 어떻게 그걸 모를 수가 있어. 어머닌 좀 괜찮으셔?"

닉이 당황하는 걸 놓치지 않고 원석이 물었다.

"어머니가 왜?"

기찬이 아차, 싶어 급히 얼버무렸다.

"깜빡했네. 말하지 말랬는데."

"어머니 편찮으셔?"

"지금은 좋아지셨어요. 죄송해요, 말씀 안 드려서."

고지가 내내 조용한 시온을 보더니 깐죽거렸다.

"좋겠네, 누군. 후계자 개인 가이드까지 해주고."

커피를 마시며 시온이 심드렁하게 대거리했다.

"부러우면 지금이라도 가이드해 주든가."

그런데 고지는 어림 반 푼어치도 없다는 듯 콧방귀를 뀐다.

"재벌 아들이라고 그럼 내가 좋아라 할까 봐? 전 재산 다 준다

해도 싫거든요."

"미쳤구만, 미쳤어. 재산 다 준다는데 왜 싫어?"

기찬이 기막혀 하자, 고지가 야릇한 시선으로 원석을 바라보았다.

"돈이 인생의 전부가 아니잖아."

"캐릭터 진짜 일관성 있다니까."

끄떡도 않는 원석에게 한결같은 고지가 신기해 시온이 놀라워했고, 혁보가 한술 더 떠 고지를 옹호했다.

"원래 성격이 올곧은 사람이 그래."

"어이구, 그놈의 역성. 둘 다 한결같아서 징그럽다, 아주."

기찬의 거침없는 면박에 원석이 여느 때처럼 멈추지 않는 수다를 마무리했다.

"구호 시작."

"무사, 무사, 무사, 아자!"

퇴근하여 찬거리와 과일을 사서 펜션으로 돌아온 시온은 집 앞에 세워진 차를 보고 우뚝 그 자리에 멈췄다. 태성이 차에서 내리기에 모른 척 대문으로 걸어갔다.

서울에서의 일뿐 아니라 그가 회장님의 숨겨둔 아들이란 사실 때문에 마음이 단단히 닫혀 버린 그녀였다. 예전에 지나가는 말로 자기가 숨겨둔 아들이라 했던 말이 기억났다. 그때 그 말이 농담이 아니었다니.

그러나 무엇보다 그녀가 화가 난 것은 돈으로 지위를 정하고 사랑을 판단하는 그의 편협한 생각 때문이었다. 저급하고 졸렬한 사고방식에 매우 실망했다.

재빨리 다가온 태성이 그녀의 어깨를 돌려세웠다. 눈이 빠져라 기다려도 아무 반응이 없는 그녀 때문에 애가 달 대로 단 그가 직접 찾아온 것이다. 그녀에게 무슨 말이라도 들어야 마음이 놓일 것 같았다.

태성의 거친 손길에 그녀의 손에 들려 있던 비닐봉지가 떨어져 찬거리들과 함께 샛노란 한라봉이 두 사람의 발아래 데굴데굴 굴렀다.

한 달 전, 대문 앞에서 승강이를 벌이던 생각에 그녀의 가슴이 먹먹해졌다. 차라리 그땐 순수하기라도 했다. 적어도 그와의 신분 차이를 느끼진 않았으니까. 아니, 그가 '감히 너 따위가 날 사랑해?' 식의 말만 하지 않았어도 극명한 신분 차를 느끼지도 않았을 것이다.

기분이 더럽고 또 슬펐다.

작은 표정 하나에도 상처받은 게 확연히 드러나 태성의 가슴도 욱신거리며 아팠다. 상처 주기 싫어서 더 큰 상처를 내는 격이었으니.

"얘기 좀 해."

"다 봤어, TV에서. 더 들어봐야……."

"그래도 들어."

"……."

말라오는 입술을 혀로 축이며 그가 답답한 속마음을 토로했다.

"자네 마음 받아줄 만큼 내가 비양심적인 인간이라면 좋겠어, 나도."

양심에 털이라도 나서 나중에야 어떻게 되든 말든 마음이 가는 대로 했으면 좋겠다. 작은 치기만으로도 모든 게 용납되고, 앞뒤 가리지 않고 덤벼들었던 젊은 시절처럼 말이다.

하지만 자신이 아무리 젊다고 우겨본들 시한부 젊음일 뿐. 그녀에게 아무런 확신을 주지 못한다는 사실이 싫었다.

"비양심은 나 아닌가? 감히 재벌 아들을 좋아하니까. 근데 난 네가 걱정하는 것처럼 신데렐라과는 아니라서. 마음 접었어, 이미."

"뭐……?"

"재벌 아들이란 걸 알고 나니까 더 흥미를 잃었어. 너한테 상처 좀 받았다고 억지 쓰는 거 아냐. 그러니까 가. 귀찮게 하지 말고."

쪼그려 앉아 비닐봉지에 물건을 주워 담는 시온은 그러나 속상한 마음을 감추지 못했다. 그에게 마음을 들키기 싫어 모진 말로 위기를 넘겼지만, 더 구질구질해진 것만 같았다. 자기가 던진 말에 자기가 베인 것처럼 심장이 따끔거렸다.

그녀의 작전이 성공했는지 태성은 곧장 차에 올라타 가버렸고, 홀로 남은 그녀는 물건을 줍던 손길을 멈추고 쉬이 자제되지 않는 감정을 억지로 추슬렀다.

술집에 혼자 앉아 술을 마시는 시온 앞으로 우영이 와서 앉았다. 갑작스러운 호출에 부랴부랴 달려왔는데, 까칠한 얼굴을 보자 마음이 저릿했다. 늘 씩씩한 줄로만 알았던 그녀에게 이리 여린 면이 있었나 싶어 내심 놀라웠다.

"왔어요? 갑자기 불러내서 놀랐죠?"

"네, 조금. 무슨 일이에요?"

"후계자 후보에 오른 거 축하해 주고 싶어서요. 오 쌤도 같이 불렀는데 괜찮죠?"

"혜미도요?"

그것까진 짐작 못 했던 일이었다. 게다가 태성 때문에 마음이 안 좋을 게 뻔한데 일부러 축하 자리를 마련한 그녀가 더욱 고마웠다.

"두 분 보면 솔직히 신기했어요."

"뭐가요?"

"사람들 말로는 회장님과 오 이사님이 사이가 안 좋다더라고요. 근데, 두 분은 어떻게 친구인 건지. 그러기 쉽지 않잖아요."

"겪어봐서 알겠지만, 혜미는 장점이 많은 친구예요. 불의를 보면 못 참고, 깍쟁이처럼 생긴 거랑 다르게 마음이 따뜻하죠. 제일 좋은 점이 자기 자신에게 비겁하지 않으려고 노력한다는 거예요."

"부럽다, 그런 친구가 있어서."

시온은 정말 부러운 눈초리였다. 그녀의 눈 속에 담긴 외로움을 간파한 우영이 물었다.

"시온 씬 친구 없어요?"

"산에서 만난 사람들이 다 친구예요, 나한텐. 근데 진짜 속마음 다 내보일 정도로 친한 친구는 없네요."

"친구는 아니어도 시온 씨 속마음 들어줄 순 있는데."

우영의 진심이 고마워 시온이 희미하게 웃었다.

"내 얘기 들어달라고 오란 거 아니라니까요. 도 비서님 축하 자리라고요. 아. 이젠 비서님이라고 부르면 안 되지."

테이블 사이로 걸어오던 혜미가 다정한 두 사람을 향해 명랑하게 말했다.

"이거 내가 끼어도 되는 자리 맞아? 눈치 없이 방해하는 기분인걸."

"아유, 무슨 말이에요. 어서 앉으세요. 근데 축하 자리가 너무 초라하다. 장소 옮길까요?"

"좋은데요, 뭐. 소박하고 조용하고. 딱 내 취향입니다."

시온 옆에 앉은 혜미가 곱게 눈을 흘기며 우영을 구박했다.

"얘가 이래요. 욕심이 없어, 욕심이. 꿈도 없어, 사랑 경험도 없어, 가족도 없어. 그래서 미션 통과나 하겠니."

시온은 혜미 말이 심하다 싶은데, 우영은 아무렇지도 않게 대꾸한다.

"좋은 머리로 아이디어 좀 내봐. 꿈이야 만들면 된다 치지만, 갑자기 사랑을 만들 수도 없고. 더더군다나 회장님도 안 계신데 가족을 어떻게 만드냐고."

"멍충아. 꿈, 사랑, 가족을 만들라는 게 아니야. 그 세 가지에 부합된 무언가를 찾는 거잖아. 넌 직접 듣고도 아직 미션 주제도 이해를 못 해?"

"그러니까 더 난감하지. 주제가 너무 광범위해서 뭘 어떻게 해야 할지 감이 안 잡혀. 시온 씬 감 잡혀요?"

시온은 절레절레 고개를 저으면서도 허물없는 두 사람의 모습이 보기 좋았다.

'혼자인 건 참 외롭구나.'

네팔에 가족과 다름없는 니마가 있었지만, 그녀의 외로움까지 채워주진 못했다. 아빠의 빈자리는 그렇게 큰 것이었다. 잠시나마 그 빈자리를 잊었던 건 태성 때문이었음을 시온은 뒤늦게 깨닫는다. 그만큼 그의 자리가 컸다는 걸.

❖   ❖   ❖

호텔 카지노 앞에 서 있다가 발걸음을 돌린 재규는 이제 도박을 끊어야 한다는 걸 뼈저리게 인지했다. 이전의 생활을 유지하다간 지금보다 더한 비웃음거리가 될 게 분명했으니까.

후계자를 새로 뽑겠다는 발표가 난 후 더욱 외로워진 그였다. 태성에 대한 관심과 기대가 너무 커서 자신을 끝까지 밀어주겠다던 오 이사도 믿을 수 없었고, 기댈 사람은 더더군다나 없었다.

리조트로 돌아와 로비를 걸어가던 그는 마침 안으로 들어오는 태성과 마주쳤다. 태성은 그때 시온과 헤어진 뒤 답답한 마음에 정처 없이 쏘다니다 돌아오는 길이었다. 그는 그녀와 완전히 사이가 틀어져 버려 침울했다.

재규가 모른 척 지나가려는데 태성의 음성이 그의 발길을 붙잡았다.

"술 한잔하겠나?"

울적함을 달래고 싶은 마음이 간절하던 차에 재규를 만난 건 다행이었다. 이전부터 생각했던 거지만, 재규와 단둘이 술을 마시고 싶었다. 그런데 마침 기회가 온 것이다.

재규도 할 말이 있었는지, 아니면 태성처럼 우울했던 것인지 웬일로 아무 말 없이 따라나섰다.

얼마 후 고급 횟집 룸 안에서 마주 앉은 두 사람은 테이블 가득 화려한 음식들에 잠시 시선을 빼앗겼다.

잠자코 술잔을 기울이는 재규를 물끄러미 바라보던 태성이 먼저 입을 열었다.

"밥은 제때 먹고 다니는 거야?"

처음 듣는 다정한 음성에 재규의 눈동자가 흠칫 떨렸다. 대체 무슨 말이 하고 싶어 저러는 걸까?

후계자 일로 할 말이 있는 것 같아 순순히 따라왔더니만, 참 뜬금없었다.

"돌리지 말고 말해."

"그냥 술이 한잔하고 싶었어, 너랑."

재규의 신경이 더욱 곤두섰다. 늘 자신보다 우위에 있는 듯 거만한 태도가 마음에 들지 않았다.

"아버지 아들이라 발표 났으니, 형제애라도 발휘하고 싶은 거야?"

"형제애라……. 부자지간에 정도 없었는데 형제애라도 돈독해야지."

빈정거리는 걸로 들려 재규는 들었던 술잔을 탁 내려놓았다.

"세상이 관심 가져주니까 좋지? 세상을 다 얻은 것 같지? 주위에 전부 네 편만 있는 것 같지?"

"주목받는 걸 즐기진 않지만, 생각보단 환대해 주는 분위기라 나쁘지 않아. 그동안 네가 얼마나 형편없게 살았는지 반증해 주는 결과지. 아버지한테 숨겨둔 아들이 있었다는 걸 다행으로 아는 사람들도 많아."

"자만하지 마. 아무리 네가 나보다 나은 아버지 아들이라 해도, 사람들은 널 이용하려고만 들 거다. 이용당하다가 버려질 테지, 나처럼."

재규의 신랄한 충고에도 태성의 눈빛은 더욱 형형하게 살아날 뿐이었다.

"이용당하지 않으려면 보여줘야지, 내가 어떤 사람이란 걸."

"……."

"네가 지금껏 아버지와 사람들 앞에서 보여줬던 모습이 어땠을 것 같아? 그러고도 인정받길 기대해?"

"돌이키기엔 늦었다 말하고 싶은 건가?"

"한 번 무너진 신뢰를 다시 찾기가 얼마나 힘든지 알아? 누가 너 같은 리더 밑에서 일하고 싶겠어. 리더의 모습이 곧 나의 미래라고 생각하는 사람들이야. 그런 너한테 사람들이 자기 미래를 걸까? 아니, 절대!"

태성의 말이 틀리지 않아 재규는 다급히 술잔만 기울였다.

"희망을 꿈꾸는 사람들에게 롤모델이 되어주는 게 진정한 리더야. 리더는 사람들의 꿈이고, 그 꿈을 앞서 이뤄가는 게 리더가 할 일이라고. 네 스스로에게 물어봐, 정말 리더의 자격이 있는 사람인지."

태성이 말하는 리더의 자격에 자신은 어느 것 하나 해당되지 않았다. 당연하다. 리더에 대해 어쭙잖게나마 고민해 본 적이 있었던가.

되레 태성의 충고를 받고 재규는 자신이 그동안 얼마나 저열하게 살아왔는지 새삼 깨달았다. 그러니 혜미가 그토록 경멸하는 것도 이해가 간다. 어느 여자가 자신처럼 한심한 남자를 사랑할까.

혜미를 생각하자 재규는 씁쓸한 마음을 감출 길이 없었다.

"시온 씨 마음 알고 싶어서요."

우영이 잠시 자리를 떴을 때 혜미가 진지하게 말을 꺼냈다. 표정이 심상치 않아 시온은 약간 긴장했다.

"뭘…… 요?"

"음. 우영이 말이 태성 씨랑 시온 씨 사이에 빈틈없다고 하던데 사실이에요?"

태성 이야기가 나오자 시온의 안색이 착 가라앉았다.

"도 비서님, 아니, 우영 씨가 오해했나 보네요. 뭘 붙여야 빈틈도 생기는 거죠."

의외의 반응에 혜미가 눈을 동그랗게 떴다.

"두 사람, 서로 좋아하는 거 아니었어요?"

"좋아했죠, 내가."

"태성 씬 아니란 말이에요?"

인정하기 싫지만, 사실이었다.

"네. 그래서 접으려고요."

"그게 쉽게 접어지나?"

"쉬우면 사랑이겠어요. 어려우니 사랑이지."

힘든 게 표가 나 혜미가 동병상련의 심정으로 물었다.

"태성 씬 시온 씨가 왜 싫대요?"

"주제 넘는다 싶겠죠. 자긴 사랑하면 안 되는 사람이라나."

"뭐야, 나한테도 그러더니."

시온이 깜짝 놀라 혜미를 쳐다보았다.

"오 쌤도 그 사람 좋아해요?"

"네."

"……."

혜미와 연적이 되는 일만은 절대 없게 해달라 기도까지 했던 시온으로서는 그녀가 이미 고백과 퇴짜를 맞았다는 사실에 기가 찰 노릇이었다. 그런데 혜미가 하는 말에 더욱 기함했다.

"눈치 없이 두 사람 사이에 끼는 게 아닌가 해서요. 시온 씨 마음 접었다니까 나라도 확실히 공략해 보려고요."

시온은 속이 타 술을 벌컥벌컥 들이켰다. 혜미가 포기하지 않고 재도전을 하겠다니 애가 닳았다. 한 번 퇴짜 맞고 철퇴라도 맞은 양 나가떨어진 자신에 비하면 혜미는 정말 용감무쌍했다. 진정한 사랑은 자존심을 버리는 것이라더니. 자존심 지키느라 사랑을 헌신짝처럼 버린 게 후회되기 시작한다.

생각이 복잡한 시온에게 혜미가 확실하게 쐐기를 박았다.

"난 분명히 시온 씨한테 미리 말했어요. 나중에 태성 씨랑 잘돼도 원망하기 없기예요."

"너도 참. 불난 집에 선풍기를 트냐."

다음 날, 미용성형센터에 찾아온 우영은 자판기에서 커피를 빼서 혜미에게 건네며 야단을 쳤다. 혜미가 어제 술집에서 시온에게 했던 이야기를 털어놓았던 것이다. 짓궂게도 그녀는 시온의 마음을 떠봤던 모양이다.

"시온 씨가 완전히 정리가 돼야 너도 대시하기가 쉽지. 나도 그렇고."

"넌 정말 태성 씨 포기 안 할 거야? 재규 형 알까 겁난다. 가뜩이나 둘이 신경전 장난 아닌데 뭔 사달이 나도 나지."

"구더기 무서워 장 못 담그면, 평생 장맛도 모르고 살라고?"

"두 번이나 거절당했다면서. 자존심도 강한 애가 안 쪽팔리냐? 재규 형한테 질렸다며. 병원 때려치울 만큼 끔찍해하던 애가 왜 똑같이 굴어? 밥맛없게."

태성에게 매달리는 혜미가 너무 무모하게 느껴져 우영은 내심 화가 났다. 대체 백태성이 뭐기에 여자들이 자존심도 뭉개 버린 채 달려드는가 말이다.

"내가 그렇게 질척거려 보여?"

우영이 한심스럽게 그녀를 흘겼다.

"오혜미 안 같아."

"쳇. 그래. 넌 사귀지도 않는 두 사람 오해해서 지레 겁먹고 포기하니까 너답고 좋지? 사랑은 보험이 아니라 모험이야. 그래서 다들 사랑 앞에서 물불 안 가리는 거고."

"……."

"재규 오빠처럼 너무 물불 안 가려도 문제지만, 너처럼 너무 몸 사려도 문제야. 신사적이고 배려하는 거 좋아. 근데 기다리기만 해선 사랑을 잡을 수 없어. 물론 난 재규 오빠처럼은 안 할 자신 있고."

"어쩌려고?"

"태성 씨도 좋아하는 여자 있다 그러면 깨끗이 포기할 거야. 좋아하는 사람 있다는데 질척거리긴 싫거든. 없으니까 대시하는 거지. 시온 씨한테 확인하러 간 이유도 그거고. 재규 오빠한테 보여줄 거야. 사랑에도 페어플레이가 필요하다는 걸."

"재규 형은 모르게 하는 게 좋을 것 같다."

"태성 씨도 날 좋아하게 되면 끝난 거지, 그땐."

혜미는 자신만만해했지만, 재규 성격을 잘 아는 우영은 쉽게 마음이 놓이지 않았다. 페어플레이가 그에게 해당될 리 없었으니까.

"글쎄다. 과연 그게 엔딩일까 싶다, 난."

"저주하지 마."

그날 저녁, 예쁘게 단장한 혜미는 바삐 차에 올라타 주차장을 빠져나갔다. 태성과 약속을 잡아서였다. 그리고 마치 기다렸다는 듯 주차장에서 그녀를 보고 있던 재규가 급히 뒤를 따라붙었다.

30분 후, 레스토랑에서 만난 태성과 혜미는 입구에 서서 질투심으로 이글거리는 재규의 눈길을 받아야 했다.

재규가 따라왔을 줄 꿈에도 모르고 맞은편에 앉은 혜미에게 태성이 느긋하게 물었다.

"또 사랑 고백하러 만나자고 한 건 아니겠지?"

어찌 알았나 싶어 혜미의 눈이 동그래졌다.

"눈치챘어요?"

"네가 날 보자고 할 일이 그거 말고 뭐 있어? 쯧쯧. 밥이나 먹고 가. 또 병원 관두니 마니 속 썩이지 말고."

혜미가 뾰로통하게 입술을 삐죽였다.

"회장님이 나 만나면 혼내라 하셨어요? 어쩜 말투가 똑같지?"

"회장님이었으면 잘렸지."

"회장님께 말씀 안 드린 거 고마워요."

태성을 향해 생긋 웃고는 무심코 고개를 돌렸다가 그녀는 기겁하고 말았다. 거침없이 다가오는 남자가 재규였기 때문이다.

재규가 두 사람 사이에 털썩 끼어 앉았고, 그런 태성이 황당한 듯 혜미에게 물었다.

"네가 불렀어?"

"그럴 리가요."

"빈자리도 많은데 왜 굳이 여기야."

　태성이 불쾌한 얼굴로 재규에게 따지자, 혜미가 서둘러 가방을 챙겼다.

"다른 데로 가요, 우리."

"싫어. 내가 뭐 하러 그런 수고를 해야 해."

　태성이 뻗대며 그 자리를 고수하는데, 직원이 다가왔다.

"주문하시겠습니까?"

"아무거나 줘봐, 제일 비싼 걸로."

　재규가 내키는 대로 주문을 하자, 혜미가 도저히 참지 못하고 자리에서 일어났다.

"먼저 갈게요."

　태성이 어이없어 그녀를 쳐다봤다.

"기껏 불러놓고 혼자 가겠다고?"

"같이 일어나든가요."

"가려면 불청객이 가야지."

　무슨 자존심인지 태성은 계속 고집을 피우고, 그에 못지않게 재규는 애꿎은 직원만 닦달이었다.

"뭐 해? 빨리 가져와."

"네, 알겠습니다."

직원이 요상한 조합에 고개를 갸웃하며 메뉴판을 거둬간 뒤, 태성이 재규에게 인상을 쓰며 나무랐다.

"왜 네 맘대로 시켜?"

"돈 내란 말 안 할 테니까 주는 대로 먹어."

"얻다가 이래라 저래라야, 불청객 주제에."

"싫으면 네가 가."

티격태격하는 두 사람을 보자 혜미는 그저 암담할 따름이었다. 자신이 하는 일마다 초를 치고 다니는 재규 때문에 약이 올라 견딜 수가 없었다.

결국 기분이 상해 식사도 하지 않은 채 가버린 태성 때문에 그녀의 원망은 고스란히 재규의 차지였다.

"이젠 사람 만나는 데까지 쫓아다녀. 스토커야?"

"네가 좋아한다는 사람, 백태성이지?"

"그래."

그래서 어쩔 건데? 하는 얼굴로 혜미가 힘껏 그를 쏘아보았다. 재규는 들끓는 질투심을 간신히 억눌렀다. 우영도 아니고 태성이라니, 기가 막혔다.

"백태성도 널 좋아해?"

"그건…… 아직 아니야."

방금 태성을 좋아한다며 당당히 고백하던 혜미의 목소리가 급격히 작아졌다. 초라한 짝사랑인 건 재규와 마찬가지였으니 말이다.

재규는 그나마 안심이었지만, 그래도 싫은 건 어쩔 수 없었다.

"하필 백태성이로구나, 넌."

재규는 무슨 운명인가 싶은데, 혜미는 그가 무슨 짓을 할지 몰라 불길했다.

"약속한 거 잊지 마, 후계자 안 되면 나한테서 떠나겠다던 거. 그러니까 내가 누굴 사랑하든 상관 말란 뜻이야."

순간 그도 오기가 발동했다. 우영도 모자라 태성까지 그녀의 곁에 얼씬거리는 건 못 참는다.

"돌려 말하면, 내가 후계자 됐을 때 넌…… 처음 말했던 대로 나와 결혼해야 한다는 뜻이지."

"뭐?"

"아니면 내가 왜 밑지는 장사를 해야 하지?"

아주 잠깐이나마 그에게 동정심을 가졌던 혜미는 호되게 뒤통수를 맞은 느낌이었다.

"나쁜 자식. 비열한 자식. 개자식!"

그녀의 입에서 터져 나오는 욕설에도 재규는 히죽 웃기만 했다. 이런 게 그녀의 매력 아니겠는가. 조신하고 우아할 것만 같은 여자는 늘 이렇듯 예상을 뒤엎곤 했다.

너무 분해서 눈물이 글썽한 채 혜미가 찬바람을 일으키며 나가 버렸고, 혼자 남은 재규는 뒤늦게 나온 코스 요리를 먹었다. 무슨 맛인지 알지도 못한 채.

"자네 마음 받아줄 만큼 내가 비양심적인 인간이라면 좋겠어, 나도."

"비양심은 나 아닌가? 감히 재벌 아들을 좋아하니까. 근데 난 네가 걱정하는 것처럼 신데렐라과는 아니라서. 마음 접었어, 이미."

"뭐……?"

"재벌 아들이란 걸 알고 나니까 더 흥미를 잃었어. 너한테 상처 좀 받았다고 억지 쓰는 거 아냐. 그러니까 가. 귀찮게 하지 말고."

저녁 9시. 태성은 호텔방 소파에 앉아 DVD를 보고 있었다. 눈은 화면을 향해 있지만 시온의 펜션 앞에서 나누었던 대화가 머릿속에서 떠나지 않았다. 그녀가 한 말이 파편처럼 박혀 자꾸 가슴이 쓰리고 아팠다.

그녀의 마음이 떠났다.

한순간에 냉정히 마음이 접어질 만큼 그녀의 사랑은 가벼운 농담 같은 것이었나.

자조의 웃음이 터져 나왔다. 기껏 사랑해선 안 된다고 해놓고선 막상 그녀의 사랑이 식었다 생각하니 조바심이 나는 까닭을 이해할 수 없었다.

"이기적인 놈."

그는 스스로에게 욕을 하고는 DVD를 끄고 자리에서 일어났다. 핸드폰 두 개를 챙겨 양쪽 바지주머니에 넣고 방을 나왔다. 옥상에 올라가 바람을 쐴 생각이었다.

그보다 30분가량 앞서 옥상에 와 있던 시온은 천천히 정글 사이를 거닐었다. 밤이 내린 옥상엔 정글 곳곳을 밝힌 작은 불빛들이 별처럼 떠다니고, 발밑으로 느껴지는 푹신한 흙의 촉감이 무척이나 포근했다.

"난 분명히 시온 씨한테 미리 말했어요. 나중에 태성 씨랑 잘돼도 원망하기 없기예요."

두 번, 세 번 혜미가 작정하고 달려들면 천하의 백태성일지라도 못 이길 것이다. 자존심이냐, 사랑이냐. 시온은 그 기로에 서 있었다.

"아후― 펜션 앞에 왔을 때 확 잡을 걸 그랬나?"

자꾸만 마음이 약해지는 자신이 오줄없다 여기던 그때, 저편에서 바스락 인기척이 들렸다. 우뚝 걸음을 멈춘 시온은 설마 하는 생각으로 가슴이 옥죄어왔다.

아니나 다를까, 나무들 사이로 서서히 모습을 드러내는 사람은 태성이었다. 가슴이 쿵쿵 뛰어올라 시온은 손가락 하나도 움직일 수 없었다.

뜻하지 않게 그녀를 발견하고 눈이 조금 커졌던 태성은 역시 이내 애잔한 눈빛으로 바뀌었다. 그녀에 대한 생각으로 머리가 터질 것 같다가 이렇게 만나자 형용하기 어려운 감정이 그의 전신을 휘감았다.

'어떡하지?'

그에게 마음을 들키기라도 한 것처럼 시온은 당황했다.

'침착해. 침착해.'

가까스로 떨리는 마음을 가다듬고 마치 가려던 참이었다는 듯이 모른 척 그를 지나쳤다. 그러나 그의 곁을 스치는 순간 가슴 깊숙한 곳에서 뜨거운 덩어리가 물컹거렸다. 그에게 남은 감정 때문인지 콧날이 시큰해지고 눈물도 핑 돌았다.

솔직히 옥상에 왔을 때 우연히 그를 만나게 되길 내심 바랐었다. 하지만 막상 그를 보니 부질없는 생각에 사로잡혔던 것 같았다.

'구질구질하게 굴지 말자. 미련도 두지 말자. 욕심은 더더욱 부리지 말자.'

무척이나 사람의 정이 그리운 그녀이지만, 그만큼 누군가에게 짐이 된다는 건 견디기 어려웠다. 차라리 상처가 곪더라도 혼자 견디는 게 더 수월했다.

그녀는 그에게서 벗어나기 위해 빠르게 걸음을 떼었다. 울퉁불퉁한 흙길에 휘청했지만, 아랑곳하지 않았다.

아무 말 없이 스쳐 지나는 그녀를 보면서 태성은 순간 붙잡고 싶어 손이 움찔했다. 그 마음을 억누르느라 주먹을 꽉 움켜쥐었지만, 시선은 어느새 그녀를 좇고 있었다. 점점 멀어져 가는 그녀를 보는데 심장이 요동을 쳤다. 여기서마저 그녀를 외면하면 정말 끝이라는 생각이 그의 심장을 쥐고 사정없이 뒤흔들었던 것이다.

이성과 감정 사이에서 치열하게 갈등하던 그는 그녀의 모습이 시야에서 완전히 사라져서야 이성을 배반한 감정으로 인해 몸을 튕기듯이 달리기 시작했다.

정신없이 그녀가 사라진 나무 사이로 달려가자 저만치 걸어가는 그녀의 모습이 보였다.

"시온아!"

시온이 멈칫했다. 어느새 한달음에 달려온 그가 그녀를 뒤에서 와락 끌어안았다. 그러고는 그녀의 목덜미에 코를 박은 채 애달피 속삭였다.

"안 되겠다. 도저히 안 되겠어."

뒤에서 꼭 껴안은 태성 때문에 시온은 지옥과 천국을 오가는 기분이었다. 아무 말 하지 않아도 감싸 안은 그의 팔이, 그의 뜨거운 호흡이 널 사랑한다고 말해주고 있었다. 그동안 왜 거부했는지 이해가 가지 않을 정도로 그의 심장박동이 등으로 고스란히 느껴졌다.

시온은 살며시 몸을 돌려 그를 올려다봤다.

"태성 씨."

믿기 어렵다는 듯 그녀의 눈동자가 흔들리자 태성이 결심한 듯이 읊조렸다.

"내 모든 게 거짓이라 해도 이거 하나만은 진짜야. ……사랑해."

"……."

"사랑해, 시온아."

태성이 거듭 확인하듯 말을 꼭꼭 씹었다. 그것만으로 부족했는지 그녀의 뺨을 감싸고 다급히 입술을 찾았다. 보드랍고 따뜻한 입술을 머금자 가슴이 저릿하게 아팠다. 좀 더 세게 그녀의 입술을 빨아들였다. 뜨거운 혀를 찾아 더듬었다.

얼마나 참고 참았는지 모른다. 그 인내를 죄다 풀어버리듯 그는 그녀의 입술을 뜨겁게 탐닉했다.

그녀의 두 팔이 그의 허리를 감쌌다. 참고 참아왔던 키스를 퍼붓는 그의 진심을 이젠 확실히 알겠다는 듯이. 그녀 또한 그의 마음에 응답하듯 그의 입술을 머금고 또 머금으며 사랑을 속삭였다.

"사랑해. 사랑해, 태성 씨."

서로를 끌어안은 두 사람의 입가로 행복한 웃음이 잔잔히 흩날렸다.

정글에서 정찰 중인 백호와 다섯 명의 부대원들은 발소리를 죽이며 조심스럽게 사방을 살폈다. 이따금 낯선 새들의 울음만 들리는 정글이 무척이나 기괴하고 음산했다.

그때 수풀 어딘가에서 총구 하나가 소리 없이 백호를 겨누었다. 베트콩 시야에 잡힌 건 그의 목에 걸린 금속 목걸이.

탕!

백호가 한 발을 또 떼었을 때 베트콩이 쏜 총알이 그의 어깨를 꿰뚫었다. 그는 그 충격에 튕기듯 바닥으로 나동그라졌다. 이어서 벌어진 총격전이 고요하던 정글을 순식간에 아수라장으로 만들었다.

다행히 적은 전멸시켰지만, 저격을 받아 총상을 입은 그는 대원의 등에 업혀 가까스로 진영 막사로 옮겨졌다. 피를 너무 많이 쏟아 정신이 오락가락하는 와중에 수술이 시작되었다. 그의 목에 걸린 군번줄과 타잉이 준 금속 목걸이가 피로 붉게 물들어 있었다.

막사 안에 인질로 잡혀 있던 타잉이 정찰하러 나갔던 함성철의 손에 끌려 나왔다. 일전에 타잉을 겁탈하려 했던 바로 그 대원이었다. 그는 흥분을 가라앉히지 못하고 총구를 그녀의 머리에 들이댔다.

「네 짓이지? 네가 일부러 준 거지, 그 목걸이? 목걸이 한 놈을 죽이라고 말이야.」

타잉은 벌벌 떨며 고개를 마구 저었다.

「바른대로 말해! 죽여 버리기 전에!」

보다 못한 다른 대원이 그를 말렸다.

"야, 야. 진정해. 확실한 것도 아니잖아."

"이년 땜에 몰살당할 뻔했어! 백호 그 새끼가 이년을 감싸고돈 덕분에 우리 모두 죽을 뻔했다고!"

딸그락!

부대장이 지켜보는 가운데 의무병이 백호의 어깨에서 총탄을 빼냈다. 그때까지도 막사 밖에서는 타잉을 두고 두 대원의 승강이가 벌어지고 있었다. 백호가 피 묻은 손으로 부대장의 팔을 꽉 잡았다. 그러고는 절박한 표정으로 부대장에게 간신히 말했다.

"타잉 짓이…… 아닙니다. 제가, 제가 부주의했어요."

부대장이 그를 안심시켰다.

"그 일은 잊어버려. 우린 여길 떠날 거니까. 내일이면 헬리콥터가 도착할 거다. 그때까지만 버텨라."

"내일……?"

"그래. 모두 돌아간다."

백호를 안심시킨 후 막사 밖으로 나간 부대장은 타잉을 겁박하는 함성철을 향해 불같이 호통을 쳤다.

"그만해!"

함성철과 다른 대원이 그를 홱 돌아보았다.

"내 지시 없인 그 누구든 함부로 건드리지 마라."

"부대장님!"

공포에 질린 타잉을 잠시 바라보던 부대장이 다시 명령했다.

"잘 감시해."

그러더니 타잉에게 총구를 겨눈 함성철을 한심스럽다는 듯 쳐다보았다.

"넌 그 앞뒤 없는 성질 좀 죽여."

다시 백호가 있는 막사로 들어가는 부대장을 보며 꾸지람을 들은 함성철은 분한 마음을 감추지 못했다. 부대장의 편애를 받는 백호가 너무나 미웠기 때문이다.

백호가 다친 걸 안 타잉은 그 화가 자기한테 미칠까 두려워 오들오들 떨기만 했다. 그녀는 두 대원에게 두 손을 모아 간청했다.

「그 사람 만나게 해주세요. 부탁이에요. 내 짓이 아니란 거 그 사람은 믿어줄 거예요.」

함성철과 달리 마음씨 좋은 대원 덕분에 가까스로 백호가 있는 막사로 들어간 타잉은 간이침대에 누운 그를 보자 눈물을 글썽였다. 어깨에 두른 흰 붕대가 스며 나온 피로 붉게 젖어 있었다. 조심스럽게 다가간 타잉이 어쩔 줄 모르며 그의 얼굴을 살폈다.

「백호.」

그녀의 부름에 백호가 가만히 실눈을 떴다. 흘러내린 진땀으로 그의 온몸이 푹 젖어 있었다. 그녀를 바라보는 눈빛은 꺼져가는 불꽃 같았다. 입술은 하얗게 일어났고, 눈 밑은 검게 죽어 있었다. 타잉의 커다란 눈동자에 눈물이 방울져 떨어졌다.

「흐흑!」

울음을 터뜨리는 그녀를 보며 백호가 어렵게 입술을 열었다.

「울지 마, 타잉.」

그 말이 끝나자마자 그는 까무룩 정신을 잃어버렸다.

여느 때처럼 아침 6시 정각에 눈을 뜬 태성은 그날따라 뻐근하게 아파오는 어깨 때문에 기분이 썩 좋지 않았다. 어제저녁 시온과 화해의 키스까지 나눠 행복하게 잠자리에 들었다. 그런데 끔찍한 베트남 전쟁의 꿈이라니. 그녀에게 마음을 고백한 게 불길해진다.

불길함은 곧 실제가 되었다. 샤워하던 도중에 코피가 터진 것이다. 얼마 전에도 코피가 나서 몸에 이상이 온 게 아닐까 염려했는데. 또, 태어나 코피라곤 나본 적이 없는 그였기에 작은 이상에도 몹시 걱정이 되었다.

샤워도 하는 둥 마는 둥 가운을 걸치고 나와 감기처럼 열이 오르는 몸을 침대에 뉘었다. 많은 생각들이 마음을 어지럽히는데, 시온을 떠올리자 조금 기분이 나아졌다.

'그 녀석을 위해서라도 기운을 차려야지.'

몸 상태를 정확하게 알 수 없어 불안하긴 했지만, 마냥 누워만 있을 순 없는 노릇이었다. 그러기엔 당장 코앞에 닥친 일이 막중했다. 코피가 금방 멈춘 것만으로도 감사해 태성은 여느 때처럼 신문을 챙겨 보고 일송과 함께 식당 룸에서 아침 식사를 했다.

왠지 들떠 보이는 태성을 보더니 일송이 뭔가 아는 듯 빙그레 웃었다.

"연애 시작했구만기래."

일송의 눈썰미에 놀라 태성이 식사하다 말고 고개를 들었다.

"어떻게 알았어?"

"아무리 감추려고 해도 안 되는 거이 재채기랑 사랑이라 했다."

일송에게 시온 때문에 전전긍긍하는 모습을 들켰다 생각하니 그는 부끄러워져서 공연히 호기를 부렸다.

"나, 백태성이야."

"누가 뭐라 기랬네?"

방금 부렸던 호기는 어디 가고 그의 안색이 금방 어두워졌다.

"잘한 짓인지 모르겠어."

그의 갈등을 모르지 않아 일송이 짐짓 위로했다.

"둘이 잘 어울리는데 뭘 기래."

그러자 어둡던 그의 안색이 도로 활짝 펴졌다.

"정말? 정말 잘 어울려?"

시온과 어울린다니 태성은 단숨에 시름이 걷히는 기분이었다. 어쩌면 가장 듣고 싶은 말이 그것이었는지 모른다. 누가 보아도 어색하지 않은 커플이 되는 것.

소년처럼 설레어 하는 태성의 표정을 보자 일송이 크게 웃음을 터뜨렸다. 사랑에 빠진 그는 비로소 진짜 젊은이가 된 듯했다. 마음 한구석으로는 새 인생을 얻은 그가 부럽기도 했다.

하지만 누구에게나 행운이 오는 건 아니었다. 남의 행운을 시기하고 탐내는 것 또한 욕심에 불과했다.

그 진리를 일찌감치 터득한 일송은 태성의 행운이 끝까지 이어지길 바랄 뿐이었다.

"기분 좋은 일 있나 봐요?"

출근 때부터 콧노래가 끊이지 않는 시온이 원석이 보기엔 다른 날과 색다르게 느껴졌다. 서울에 다녀온 후로 내내 얼굴이 어두워서 걱정했는데 말이다.

태성과 화해라도 한 걸까?

"그럴 일이 좀 있어요."

"태성 씨랑 관련된 일입니까?"

원석의 마음을 잘 알기에 시온은 미안했다. 마침 모두 나간 뒤라 사무실에 두 사람밖에 없어 솔직하게 털어놓았다.

"태성 씨도 내가 좋대요."

"……."

예상한 대로였다. 실망감이 감도는 원석의 눈빛에 그녀는 더욱 마음이 무거워졌다.

"알아요, 팀장님이 날 어떻게 생각하는지. 그래서 미안해요, 많이."

카메라가 발각된 후 안 부장의 의심은 더욱 강해졌다. 태성이 회장님과 짜고 야누스를 빼돌렸다는 것이다. 젤리가 그를 노리는 것도 같은 이유일 터. 젤리의 표적이 된 이상 그의 목숨은 경각에 달려 있다고 해도 과언이 아니었다. 야누스와 관련이 없다는 것만 입증하면 그의 안전도 보장받겠지만, 지금으로선 회장님 아들이란 것 외에 태성에 대해 아는 게 없었다.

세상이 떠들썩하게 등장해 WT의 새 후계자 자리를 놓고 가장 강력한 후보로 기대를 한 몸에 받는 그였지만, 원석은 늘 마음 한

구석이 찜찜했다. 그는 안 부장과 나눈 이야기를 찬찬히 되새겨
보았다.

"아무래도 백태성 그자, 수상해."

"수상하다니, 뭐가 말입니까?"

"핸드폰 통화 내역을 조사했는데, 백 회장과 통화한 내역이 단
한 차례도 없어."

"회장님은 어디 계신지 알아냈습니까?"

"백태성 전화로는 불가능해서 도우영이 통화한 번호로 추적했
어. 근데 역시 어디 있는지 파악이 안 돼. 누군가 차단시킨 것 같
아."

누군가 일부러 차단을 시켰다? 그 정도의 기술이라면 분명히 전
문가의 소행이었다.

백호 회장 정도라면 그다지 어려운 일은 아닐 것이다. 문제는 그
이유일 터.

"아무도 못 찾아내게 하려는 의도가 아니라면……."

"뭔가 숨기고 있단 뜻이겠지. 도우영과 백 회장이 통화한 내용
을 분석한 결과로는 분명히 백태성과 수시로 통화한 것처럼 보이
거든."

"내용을 일부러 지운 건 아닐까요?"

"내 생각도 그래. 근데 왜 백태성 것만 지웠냐는 거지."

"……."

"천 사장이 눈치를 채서 호텔방에 카메라 달기도 어려워졌어.

도청은 더더군다나 힘들고. 근데 정보원들 말로는 백태성이 강시온과 다시 화해한 모양이라고 하던데, 알고 있나? 어제 밤늦게 둘이 옥상에서 다정히 내려오는 걸 봤다고 하더군."

워석은 무엇보다 시온이 걱정이었다. 그녀가 상처받는 걸 다시는 보고 싶지 않았다.

"이런 말 해도 될지 모르겠는데, 난 시온 씨가 태성 씨를 가까이 하지 않았으면 좋겠어요."

그녀의 낯빛이 굳어졌다. 단지 질투 때문에 하는 말 같지 않았기 때문이다. 설사 질투 때문이라고 해도 워석은 대놓고 쉽게 그런 말을 할 성품이 못 되었다.

"왜요?"

"시온 씨가 상처받는 게 싫어요."

"상처받기 싫어서 나도 모른 척해보려고 했어요. 근데, 그럴수록 비를 진탕 맞은 것처럼 마음이 더 구질구질해지는 거예요. 하아, 사랑 때문에 치명적인 상처를 입기도 하지만, 두렵다고 물러서는 건 산을 보고도 오르지 않는 것과 같아요. 무엇보다 나한테 비겁해지기 싫어요."

시온은 그날 그 말을 똑같이 혜미에게 되풀이했다. 혜미가 태성을 좋아하는 걸 알았으니, 예의상 사정을 이야기해 줘야 할 것 같았다.

잠시 짬을 내 호텔 커피숍에서 만난 혜미는 시온의 이야기를 듣더니 깔깔 웃었다. 당황스러운 탓에 나온 행동이었다.

속상해할 줄 알았다가 시온은 의아해졌다.

"믿지 않는 건가요?"

혜미가 웃음을 감추지 못한 채 황급히 손을 내저었다.

"믿어요, 믿어요."

"근데 웃음이 나와요? 오 쌤, 충격 먹은 건 아니죠?"

"호호호. 축하해요, 시온 씨."

"쌤!"

"충격 먹은 것도 아니고, 실성한 건 더더욱 아니니까 염려 말아요."

시온이 긴장했던 어깨를 늘어뜨리며 한숨을 폭 내쉬었다.

"정말 괜찮은 거예요?"

가까스로 웃음을 삼킨 혜미가 찬물을 들이켰다. 한참 웃었더니 속이 홧홧했다.

"괜찮지 않으면요? 시온 씨 머리카락이라도 잡을까요?"

피식, 웃고 난 시온이 짐짓 미안한 얼굴로 두 손을 모았다.

"미안해요, 쌤."

"하아— 난 이제 어쩐담."

갑자기 그녀의 얼굴에 그늘이 져 시온은 가슴이 덜컥 내려앉았다.

"무슨 문제라도……?"

시온과 페어플레이를 하고자 했던 건 진심이었다. 태성이 재규로부터 방패막이가 되어주길 바랐던 것도.

페어플레이는 이뤄졌지만, 재규를 생각하니 몰려오는 막막함에 기운이 쪽 빠졌다. 태성에게 연인이 생긴 걸 알면 얼마나 고소해할까.

그에게서 벗어나는 방법은 딱 한 가지. 그가 후계자가 되지 않는 길뿐. 지금으로선 태성에게 밀려 불가능해 보이지만, 사람 일이란 알 수 없는 것.

혜미에게 몹쓸 짓이라도 한 것 같아 시온은 좌불안석이었다. 사랑 때문에 우정에 금이 간다면 그 또한 슬픈 일이기에.

"난요, 오 쌤도 정말정말 좋아해요."

시온의 진심 어린 고백에 혜미가 빙그레 미소 지었다. 그녀의 순수한 마음을 모르지 않기에 당당히 사랑을 차지하고도 어쩔 줄 모르는 모습이 마냥 귀여웠다.

"알아요. 나, 매력적인 거."

"오 쌤, 그새 나한테 물들었나 보네."

"후후. 질투 날 정도로 예쁜 사랑 하길 바랄게요."

혜미의 눈빛에 우러나는 진심을 깨닫고 시온이 기분 좋게 씩 웃었다. 역시, 쿨한 오 쌤.

"고마워요, 쌤."

"고마우면 밥 사든가."

"암요. 위로주까지 사드리죠."

❖　❖　❖

"그래서 밥에다 위로주 사기로 했다고?"

그날 저녁, 제주 시내에 있는 식당에서 시온과 함께 식사하던 도중에 태성이 뜨악해서 물었다. 좌식 테이블에 앉은 시온이 옥돔을 발라 그의 밥 위에 놓아주며 고개를 까딱였다.

"너무 미안하잖아."

"억지로 빼앗은 것도 아니고, 미안할 일도 많다."

태성이 핀잔을 주자, 시온이 곱게 눈을 흘겼다.

"오 쌤이 쿨하니 망정이지 못됐어 봐. 날 못살게 굴기라도 하면 어쩔 거야."

"두 여자가 날 사이에 두고 싸우는 꼴이 가관이었겠지."

"내가 왜 처음에 널 안 좋아하는 척한 줄 알아?"

"왜?"

"그 기고만장한 태도 때문이야. 나니까 특별히 널 좋아하…….."

태성이 지그시 쳐다보는 통에 시온은 가슴이 뛰어 그만 말꼬리가 사그라졌다. 사실, 그윽한 눈빛만 봐도 마음이 설레니 그가 기고만장해도 할 말이 없었다. 얼굴이 화끈 달아올라 살짝 몸을 꼬았다.

"그렇게 예쁘냐? 얼굴 뚫어지도록 쳐다보게."

"얼굴에 밥풀 묻었어."

"에이그, 농담도 참 복고로 한다."

주변을 슬쩍 살피던 그가 가까이 오라 손짓을 했다. 진짜인가 싶어 시온은 얼른 얼굴을 그의 앞으로 쓱 내밀었다. 의자에서 엉덩이를 뗀 태성이 허리를 굽혀 그녀의 입술에 쪽 뽀뽀를 했다.

손님들이 더러 앉아 있어 시온은 그의 과감한 스킨십에 깜짝 놀랐다. 미국에서 와서 이런 스킨십쯤은 아무렇지도 않은 걸까? 그러기엔 그동안 미국과는 거리가 먼 토종 같았는데 말이다.

얼굴이 발그레해진 그녀를 보더니 그가 싱긋 웃었다.

"나, 이런 거 되게 해보고 싶었어."

얼마 전까지만 해도 젊은 녀석들이 아무 데서나 해대는 스킨십이 못마땅했던 그였다. 그런데 막상 사랑하는 여자가 생기고 보니 젊은이들 마음이 조금은 이해가 간다. 더군다나 함께할 시간이 얼마나 될지 알 수 없어 그녀를 위해서라면 뭐든 해주고 싶었다.

죽은 아내에게도 살갑지 못했고, 하나뿐인 자식 놈에게도 무섭게만 대했던 그가 시온으로 인해 달라진 것이다. 다시는 후회하지 않기 위해서 그는 현재에, 그리고 사랑하는 시온에게 최선을 다하리라 마음먹었다.

그것이 신의 선물에 보답하는 일이었다.

—보고서 7

백태성이 백호 회장과 통화한 기록을 누군가 삭제.
전문가의 짓으로 사료됨.

조직적인 움직임으로 보아 백 회장이 '야누스'를 갖고 있는 게 확실함.

후계자들의 전쟁이 시작되었음.
지금으로선 백태성이 가장 유력함.
후계자 발표가 날 때까지 모든 작전을 끝마쳐야 함.

강시온은 약에 관해 모르는 게 확실함.
백재규도 마찬가지.
도우영은 백 회장과 유일하게 연락이 되므로 끝까지 지켜볼 필요가 있음.
백태성을 비호하는 천일송은 알고 있는 게 분명함.
카메라가 발각된 후 매일 철저하게 점검하고 있고, 주주총회를 서둘러 연 것이나 백태성의 존재를 세상에 알린 배경에 그녀가 있음.

제15장

바(Bar)에 혼자 앉아 양주를 홀짝대는 혜미 옆으로 우영이 다가와 앉았다. 다 죽어가는 목소리로 전화를 했길래 또 무슨 일인가 싶었다. 그녀의 얼굴이 한없이 우울해 보였다. 그녀가 우울할 땐 십중팔구 재규 때문이었다.

"재규 형이랑 뭔 일 있었냐?"

"내 인생에서 그 인간만 쏙 빠지면 살맛이 솟구칠 거야. 그래서 말인데……."

혜미가 결연한 눈빛으로 우영을 쳐다보았다. 그러더니 다짐을 받듯 말했다.

"너 꼭 후계자 돼라."

"뭐?"

"재규 오빠가 그러더라, 후계자 못 되면 떠나겠다고. 후계자가 되면 나랑 결혼할 거고. 나, 더 이상 그 인간이랑 얽히기 싫거든. 그러니까 날 위해서라도 꼭 후계자 돼, 우영아."

"태성 씨 좋아한다면서?"

"태성 씨는 시온 씨 가졌으니까 후계자 자린 네가 가지라고. 그래야 공평하지."

우영이 어이없다는 듯 웃었다. 결국엔 태성을 놓친 게 속상했던 거다. 페어플레이 어쩌고 하며 쿨한 척해도, 사랑 앞에선 다들 사탕 빼앗긴 어린애가 되어버리는 게 인간의 속성인 모양이다.

솔직히 사랑 앞에서 쿨해진다는 건 거짓말이었다. 농도와 강도의 차이는 있겠으나, 사랑은 세상을 다 얻거나 다 잃거나 둘 중하나가 아니던가. 세상을 다 잃었는데 무덤덤한 사람은 없다.

혜미는 그날 엄청난 주량을 선보이더니 만취 상태로 우영에게 업혀 집에 왔다. 단 한 번도 혜미가 취한 모습을 본 적이 없는 그는 좀 놀라웠다. 재규 때문에 힘들어할 때도 오늘처럼 취한 적이 없었다. 생각보다 상실감이 큰 듯했다. 태성의 존재가 그녀의 마음에 깊이 아로새겨져 있었다는 걸 알자 되레 상처를 입은 건 그였다. 혜미가 마음이 아프니 그도 아프고, 혜미가 속상하니 그도 속상한 것이다.

혜미를 침대에 눕혀놓고 그 옆에 걸터앉았다. 우영은 착잡한 심정으로 그녀를 내려다봤다. 정신을 놓을 정도로 취해 버린 그녀를 보자 점점 가슴 속에서 화가 확확 일었다. 태성이나 시온이 원망스러워서가 아니었다. 똑똑하고 고상한 혜미가 사랑 때문에 망가진 모습이 정말 보기 싫었다.

이윽고 침대에서 일어나려는데, 뒤척이던 그녀가 옷을 벗기 시작했다. 잠결에 갑갑증이 일었던 모양이다. 티셔츠를 단숨에 벗어버리자 하얀 속살이 훤히 드러나 우영은 화들짝 놀랐다. 자기도 모르게 눈을 질끈 감았다가 슬그머니 실눈을 떠 그녀를 보았다. 빨간색 브래지어만 한 채로 이번엔 청바지를 벗는다.

'헉!'

아무리 친구라 해도 그녀는 여자였다. 우영은 급히 그녀의 발치에 개켜져 있는 이불을 가져다 덮어주었다. 그러자 바지를 벗다 말고 이불이 거추장스러웠던지 혜미가 두 다리를 휘적거려 침대 아래로 밀쳐 내버렸다. 그러고는 몸에 꽉 붙는 스키니진을 벗느라 낑낑댔다.

그냥 나가야 할지 도와줘야 할지 우왕좌왕하던 우영은 하는 수 없이 침대로 올라가 무릎을 굽혀 앉았다. 편히 재우려면 바지를 벗겨주는 게 낫다는 판단이었다. 눈을 질끈 감고서 고개를 옆으로 돌린 채 그녀의 바지를 벗겼다.

하지만 잘 벗겨지지 않아 애를 먹었다. 벗기도 힘든 청바지를 여자들은 왜 입는지 이해불가였다. 허리춤에서 엉덩이까지 벗겨내는 것만도 진땀이 삘삘 날 지경이었다. 하물며 고개까지 돌리고 바지를 벗기려니 더 어려웠다. 자기도 모르게 눈을 떴다가 빨간 팬티를 보고 그는 심장이 파삭 가루가 되어 날아가는 느낌이었다. 마치 나쁜 짓을 저지르는 듯한 기분에 귀밑까지 새빨개졌다.

바지가 빨리 안 벗겨지자 혜미가 세차게 두 다리를 허우적거렸다. 그 바람에 바지를 붙잡고 있다가 우영의 몸이 그녀 위로 풀썩 엎어졌다. 뺨이 그녀의 풍만한 가슴에 밀착되었고, 그녀의 심장 소리가 고스란히 귀에 들려왔다. 뜨거운 체온과 고운 살결에 우영의 심장박동이 세 배로 빨라졌다.

　'으악! 돌겠네.'

　다행히 그녀는 아무것도 모르는 양 잠에 빠져 있었다. 그녀가 깰까 살며시 얼굴을 든 우영은 멍하니 그녀의 얼굴을 바라보았다. 도톰하고 붉은 입술을 보자 절로 꿀꺽 침이 삼켜졌다. 우유 빛깔의 긴 목덜미를 눈으로 훑으니 입안이 바짝바짝 말랐다.

　영혼이 완전히 빠져나간 것처럼 머릿속이 텅 비어버리는 그때.

　누군가 뒤통수를 후려친 것처럼 번뜩, 정신이 들어 그는 후다닥 일어났다. 다리엔 벗기다 만 청바지가 걸려 있었고, 빨간색 팬티와 브래지어 차림으로 요염하게 누워 잠이 든 그녀의 모습을 보자 숨이 턱 막혔다.

　그는 침대 아래 떨어진 이불을 황급히 주워 그녀에게 덮어주고, 바지는 더 이상 벗길 엄두도 내지 못한 채 방을 나왔다. 그리고 도망치듯 그녀의 집을 나섰다.

　자명종 소리에 간신히 잠에서 깨어난 혜미는 목이 타는 듯해 부스스 일어났다. 한데, 꼴이 말이 아니었다. 윗도리는 벗어 내던졌고, 벗다 만 바지는 한쪽 다리에 낀 상태였다. 속옷 차림으로 널브러져 잔 것이다. 우영이 집까지 바래다준 기억이 나 그녀의 인상이 밟힌 귤처럼 찌그러졌다. 우영이 어디까지 봤는지 알 수 없었기 때문이다. 아무리 속마음 죄다 털어놓는 친구라 해도 그는 남자였고, 민망한 건 당연했다. 그녀는 가뜩이나 산발이 된 머리를 마구 흐트러뜨렸다.

"으윽! 미쳐!"

이게 다 재규 때문이라고 생각하며 출근 준비를 서둘렀다. 우영을 만나면 어떻게 해야 할지 고민이 되었다. 우영이 못 봤다면 가장 좋겠지만, 먼저 물어보긴 더욱 민망한 상황이 아닌가.

속마음은 보여도 속옷은 보이기 싫었다. 더군다나 어젠 속옷 중에서도 제일 야한 걸로 골라 입었는데 어쩌나?

"미션은 잘 돼가?"

시온 문제도 있고 일부러 우영을 불러 점심 식사 자리를 마련한 태성은 사무적인 이야기부터 꺼냈다. 질문을 했는데도 우영이 멍하니 딴생각에 빠져 있자 설핏 미간이 찌푸려졌다. 시온이 혜미에게 사실대로 이야기했다더니, 그새 이 녀석 귀에도 들어간 걸까.

시온을 빼앗기고 넋이 나갔다고 생각한 태성은 양심의 가책이 느껴졌다.

"내 말 듣고 있어?"

"네? 아, 죄송합니다. 뭐라고 하셨습니까?"

"쯧쯧. 나도 일이 이렇게 될 줄 꿈엔들 알았겠나."

미안해서 하는 소리에 우영이 영문을 몰라 두 눈만 껌벅댔다.

"뭐가요?"

"흠흠, 시온이 말야. 너한텐 미안하게 됐어."

남자로서 태성은 진심으로 우영을 위로했다. 경쟁자에게 좋아하는 여자를 빼앗겼다면 어느 남자인들 기분이 좋을까. 그 마음 충분히 이해한다.

"시온 씨 좋아한 건 사실입니다. 하지만 시온 씨가 사랑하는 사람은 태성 씨잖아요. 그 마음까지 제가 간섭할 순 없죠."

"궁금한 게 있는데……."

"네."

"재규가 혜미 좋아하는 거 맞지?"

우영의 낯빛이 눈에 띄게 굳어졌다. 재규 이름만 들어도 전신의 근육이 팽팽해질 정도로 긴장되었다.

"혜미 때문에 신경 쓰이는 거라면 그러지 않으셔도 됩니다. 혜미……."

잠시 뜸을 들이던 우영은 이내 확신하듯 말을 이었다.

"괜찮아요."

완전히 정신을 잃을 만큼 힘겨워하긴 했지만, 혜미니까 금방 털고 일어날 것이다. 사랑이란 감정에 질질 끌려다닐 정도로 약한 여자가 아니었다. 세상을 다 잃었다 해도 또다시 세상을 개척하고도 남을 강한 여자였다. 그러면서 우영은 스스로를 돌아보았다. 혜미 걱정에 정작 자신의 감정을 들여다보지 못했다.

시온에게 적극적인 구애를 하진 않았지만, 그래도 가슴 언저리가 따끔하게 아팠다. 시온을 놓친 게 아까워서가 아니었다. 감정의 동요가 전혀 없었다. 오히려 갑작스럽게 닥친 일들을 대처하고 수습하느라 사랑에는 소홀할 수밖에 없었고, 그럴 여유조차 없는 청춘이 안타까웠다.

가만히 그의 표정을 읽던 태성은 돌연 가라앉은 분위기를 바꿔 목소리 톤을 조금 높였다.

"미션은 잘 돼가나?"

처음 질문으로 돌아와 두 사람은 시종일관 사무적인 이야기를 나누었다.

회사의 전반적인 문제와 앞으로의 설계까지 줄줄 꿰는 태성을 보면서 우영은 속으로 꽤 감탄했다. 회장님이 철두철미하게 교육을 시킨 결과이리라. 회장님에게 직접 듣는 것 같은 착각에 빠질 정도였으니. 노인과 젊은이의 차이만 있을 뿐 말할 때 표정과 제스처마저 똑같이 닮았다.

처음부터 힘겨운 싸움이 될 거라 예상했었지만, 이런 상대를 이긴다는 건 거의 불가능했다. 얘기를 나누면 나눌수록 전의가 뚝뚝 떨어지는데, 문득 혜미가 한 말이 떠올랐다.

"재규 오빠가 그러더라, 후계자 못 되면 떠나겠다고. 후계자가 되면 나랑 결혼할 거고. 나, 더 이상 그 인간이랑 얽히기 싫거든. 그러니까 날 위해서라도 꼭 후계자 돼, 우영아."

혜미가 오 이사와 인연을 끊기 전엔 아무리 발버둥 쳐도 재규의 마수에서 벗어나지 못할 게 분명했다. 그녀의 말대로 그 마수에서 벗어날 길은 재규가 후계자가 되지 못하는 것뿐일지도 모른다. 태성이 후계자가 되면 그녀에게도 좋은 일이리라.

하지만 우영은 어부지리가 아닌 제 손으로 혜미를 재규에게서 벗어나게 해주고 싶었다. 정정당당히 후계자가 되어 그녀에게 보여주고 싶었다. 그동안 재규 때문에 힘들어하는 그녀를 보면서도 아무런 도움이 되지 못했던 게 가슴 아팠으니까. 보잘것없는 자신과 친구가 되어준 그녀를 위해 정말 멋지게 보답하고 싶었다.

책상 앞에 앉아 원석은 골똘히 생각에 잠겨 있었다. 태성을 생각하느라 밤새 한숨도 자지 못했다. 회장님에게 일일이 지시를 받는 줄 알았던 그가 지금껏 단독으로 일을 해왔다는 게 석연치 않았다. 이곳에 보내기 전 한꺼번에 모든 지시를 내렸다 해도 통화 한 번 안 했다는 게 말이 되지 않는다. 게다가 회장님은 무슨 연유로 전화번호를 바꾸고, 위치 추적까지 차단해 버린 것일까? 아무리 잠적했기로 그렇게까지 할 필요가 있을지 의문이었다.

우영과 태성이 통화한 내용이 있으니, 태성이 숨겨둔 아들이 아닐 거란 상상은 애당초 접어두었다. 그때 고민에 잠겨 있던 그의 머릿속에 번뜩 떠오른 사람이 있었다.

책상 위에 둔 핸드폰을 낚아채듯 들고 사무실 밖으로 나왔다. 그리고 주변을 살핀 뒤 안 부장에게 전화를 걸었다.

"접니다."

[무슨 일이야?]

"날짜와 시간을 문자로 보낼 테니까 살모사 두목 핸드폰을 조사해 보세요."

[살모사 두목은 왜?]

"파티가 있던 날, 살모사 두목한테 전화가 걸려왔던 거 기억나시죠. 분명히 회장님 지시를 받은 자예요. 그 전화를 받은 직후에 살모사 두목이 얌전히 잡혀갔거든요. 살모사 두목을 얌전하게 만들 정도의 사람이라면, 뭔가 있을 겁니다. 그 번호를 역추적해 보면 실마리가 풀리지 않을까 해서요."

만일, 회장님과 태성이 약과 관련이 있다면 시온까지 위험해질지 모른다. 시온이 그들과 더 깊이 얽히기 전에 회장님을 찾는 게 급선무였다. 그래서 회장님과 태성이 약과 아무 관련이 없음을 증명하는 것이 중요했다. 또한, 무척이나 궁금했던 전화 속의 인물을 알아낼 절호의 기회였다.

화장실 세면대에서 손을 씻다가 문득 거울을 보니 얼굴이 참 밋밋했다. 엷은 화장만 하고도 돋보이던 얼굴이 어쩌다? 사랑을 하면 예뻐진다는 말은 다 거짓말인 걸까?

"어흑! 퍼펙트한 얼굴이 완전히 망가져 버렸네."

울상이 되어 거울로 요리조리 얼굴을 뜯어보는 시온 옆으로 고지가 다가왔다. 시온만 보면 샐쭉하던 표정이 오늘따라 화사했다. 또 무슨 시비를 걸려고 저러나 싶어 시온이 뜨악해서 그녀를 쳐다봤다.

"왜 그래요, 무섭게?"

"백태성 씨랑 사귄다면서요?"

원석이 얘기했을 리는 없고, 기찬 짓인 모양이었다.

하여튼 그놈의 저럼한 주둥이.

"팀장님이랑 안 된 게 그렇게 좋아요?"

고지는 무척 신이 난 투였다.

"당연하죠. 우리 팀장님 솔로인 게 내 평생소원이거든요."

"좋아한다면서 악담이 너무 심한 거 아닌가?"

별안간 고지의 얼굴에 짙은 슬픔이 드리워졌다.

"시온 씨야 백태성 씨랑 사귀게 됐으니 내 마음 알 리 없죠."

"그렇게 따지면 과장님은요? 고지 씨만 바라보는 과장님 마음은 헤아려 봤어요? 팀장님만 평생 바라볼 거면 과장님 사랑도 받지 말아야죠. 너무 이기적이네, 고지 씨."

시온이 따끔하게 질책하자 고지가 파르르했다.

"내가 양다리라도 걸쳤다는 거예요?"

"과장님과 고지 씨 사이에 간섭하기 나도 싫은데요, 과장님이 가엾어서 얘기해야겠어요. 아침저녁으로 과장님이 고지 씨 출퇴근시켜 주는 거 알거든요."

"그, 그건 회사 동료니까……."

"동료래도 과장님이 사무실 2층에 사시는데 굳이 수고할 필요는 없는 거죠. 고지 씨는 본인 편한 대로 사랑도 하고 받고 그러나 봐요. 그 옷도 과장님이 사준 거죠?"

"새, 생일 선물 받은 거예요."

"생일 선물이든 뭐든 나 같으면 미안해서라도 못 받는다. 과장님을 진지하게 거절하긴 한 거예요?"

"내가 팀장님 좋아하는 거 사무실 사람들 다 아는데, 뭘."

"그러니까 더더욱 정중하게 거절하는 게 예의 아닌가."

계속되는 힐난에 고지가 입술을 질끈 깨물었다.

"하, 하려고 했는데……."

그러더니 금방이라도 눈물을 쏟을 듯 울먹인다.

"나는 뭐, 안 미안한 줄 알아요? 미안해서 더 말 못 하겠으니까 그렇죠. 내가 좋아서 출퇴근시켜 달라는 거냐고. 처음엔 팀장님 자극 좀 받으라고 한 건 맞아요. 근데 팀장님은 끄떡도 안 하지, 과장님은 자꾸 데리러 오는 걸 어떡해."

"고지 씨……."

"알아요, 나도. 염치없는 년이라는 거. 과장님 보면 꼭 날 보는 것 같아서 호의를 안 받아줄 수가 없다고요. 그래야 마음이 조금은 편하니까."

"그런 걸 뭐라고 하더라? ……아! 희망 고문. 과장님 마음 받아줄 것도 아니면서 호의만 받는 건 잘못이라고요."

"관계 정리하려면 여기 관둬야 해요. 그러기 전엔 마음 정리 안 된다고."

시온은 절로 한숨이 푹 나왔다.

'여기도 정글이 따로 없구나.'

화장실을 나오자 원석이 복도를 걸어오는 게 보였다. 그를 보자 또다시 마음이 착잡해진다. 내색하지 않아서 그렇지 그도 어쩌면 고지처럼 속으론 피눈물을 흘리고 있지 않을까. 너무 퍼펙트해도 인생이 피곤하다.

"퇴근 준비 안 해요?"

원석이 먼저 다정히 말을 붙였고, 시온이 멋쩍게 웃었다.

"해야죠."

"태성 씨 만나요?"

그녀는 대답 대신 고개를 끄덕였다. 태성과 사귀게 되었노라 얘기만 하면 끝난 줄 알았다. 그런데 고지 얘기를 듣고 보니, 희망 고문보다 더 큰 고통을 안겨준 게 아닐지 염려되었다. 고지 말마따나 이곳을 관둬야 깨끗이 정리가 끝나려나.

"우와, 예쁘다."

서귀포에 있는 이중섭 거리를 거닐다가 민속품 가게에 들렀을 때 시온이 작은 돌하르방이 달린 목걸이를 집어 들었다. 제주에서는 흔하디흔한 목걸이가 그녀의 눈엔 매우 특별해 보였다.

태성은 언뜻 베트남에서 타잉이 선물해 준 목걸이가 떠올랐으나, 억지로 머릿속에서 지워 버렸다.

"사줄게."

"정말?"

그녀의 까만 두 눈이 반짝였다. 태성에게 처음 받는 선물이라 몹시 감격한 모습이었다. 어지간히 마음에 들었는지 그녀는 계산하자마자 목걸이를 목에 걸었다.

기념으로 사준 것뿐인데 목걸이를 한 시온이 어이없어 태성이 가게를 나오며 타박했다.

"걸고 다니긴 좀 그렇지 않아?"

"왜? 예쁘잖아."

금도 아니고 다이아몬드도 아닌 기념 목걸이가 뭐가 예쁘다는 건지 알 수 없었다. 오히려 첫 선물이 너무 하찮아서 태성은 민망했다.

"진짜 목걸이 사줄 테니까 그건 좀 빼."

"진짜 목걸이? 금으로 된 거?"

얼굴에서 환하게 빛이 나는 시온을 보며 태성이 속으로 혀를 찼다.

여자들이란.

"안 그럼 그 목걸이 계속 하고 있을 거잖아."

시온이 냉큼 그의 팔짱을 끼며 재촉했다.

"당장 가자. 쥬얼리숍이 어디 있지? 시내로 나가야 하나?"

"지금?"

"마음 바뀌면 어쩔 거야."

하여간.

결국 시내의 쥬얼리숍에서 마음에 쏙 드는 목걸이를 받은 시온은 행복감에 날아갈 것 같았다. 좋아서 연신 입을 다물지 못하는 그녀에게 운전을 하며 태성이 핀잔을 주었다.

"그렇게 좋아?"

"완전. 남자한테 목걸이 선물 받는 거 처음이거든."

"따라다닌 남자들 많다고 하지 않았어? 목걸이 하나 선물하는 놈이 없었단 말야?"

"선물하는 남자들은 많았지. 하지만 내가 받은 건 이게 처음이야. 목걸이 선물을 누가 함부로 받니?"

태성의 입가로 빙글 미소가 담겼다. 하는 짓은 허당 같아도 속은 꽉 찬 녀석이었다.

"선물 받았으니까 펜션으로 가자."

그녀가 느닷없이 하는 말에 태성이 흠칫 놀랐다.

"펜션에?"

시온이 금방 실눈이 되어 수상하게 그를 쳐다보았다.

"남자들이란."

속을 들킨 그는 민망하여 얼굴이 붉어졌다.

"내가 뭐?"

"무슨 생각했는지 다 알거든."

"느닷없이 펜션에 가자고 하니까 물어본 것뿐이야. 다른 뜻 없었어."

거짓말이었다. 요즘 젊은이들은 섹스를 가벼이 여기는 경향이 있었으니까. 아무리 진짜 백태성으로 살기로 마음먹었어도, 보수적인 남자인 건 변함없었다. 그래서 시온이 선물 받은 보답으로 펜션에 가자고 했을 때 놀랐던 것이다.

"저녁 해주려고 그런다. 사 먹는 밥 지겨울 것 같아서."

그런 심오한 뜻이.

지레 놀랐던 게 무안해 태성은 피식 웃고 말았다. 그러자 시온도 어이가 없었는지 따라 웃었다.

"말투만 이상한 줄 알았더니 넌 다른 남자들이랑 좀 다른 것 같아."

"뭐가?"

"남자들은 어떻게든 꼬셔서 여자랑 자고 싶어 하잖아."

"모든 남자가 그렇진 않아. 정말 사랑하는 여자라면 더 지켜주고 싶어 하는 남자도 있어."

"너도 그래?"

시온이 직설적으로 묻기에 태성은 순간 말문이 막혔다. 그녀를 사랑하는 것조차 양심의 가책을 느끼는 그로서는 꽤 어려운 질문이었다. 진짜 백태성으로 탈바꿈하기엔 백호의 잔재가 너무나 많이 남아 있었다. 그걸 다 지워내기 전까진 늘 그녀에게 미안해하고, 마음을 졸여야 할 것이다. 잔재를 지운다고 해도 다시 원래의 모습으로 돌아오면 모든 노력이 허사가 될 일.

어떻게 하면 백호의 잔재를 말끔히 지울 수 있을까. 그것은 곧

어떻게 하면 진짜 백태성으로 살 수 있을까 하는 것과 일맥상통
했다.

태성은 요즘 그 고민에 빠져 있었다.

장을 봐서 펜션으로 온 두 사람은 시온이 직접 한 음식으로 저
녁 식사를 하기로 했다. 다소 늦은 시각이어서 무척 배가 고팠
다. 김치찌개를 좋아한다기에 잘 못 하는 솜씨지만, 정성껏 만들
었다. 네팔에 있을 때 이따금 한국 사람들이 주고 간 김치로 김
치찌개를 만들던 아빠 생각이 물씬 났다.

냄비를 태성 앞으로 놔주고 그녀가 기대하는 눈빛으로 권했
다.

"먹어봐."

한입 떠먹은 태성이 만족스러운 듯 고개를 주억거렸다.

"맛있네."

시온이 의기양양하게 어깨를 추어올리며 뻐겼다.

"내가 뭐랬어? 맛 기가 막힐 거라 그랬지."

"무슨 말을 못 해, 너한텐."

"어! '너'라고 했다. 맨날 '자네'라고 하더니."

"싫어?"

시온이 냉큼 도리질을 쳤다.

"싫을 리가! '너'라고 불러주길 바랐던 거 몰라? 사귀면서 '자
네'라고 부르는 거 웃기잖아. '너'라고 하니까 친근해 보이고 얼
마나 좋아."

태성은 그녀의 목에 걸린 목걸이를 물끄러미 바라보았다. 목걸이에, '너'라는 호칭에, 하루 만에 많은 게 변한 느낌이었다. 이러면 좀 더 백태성 같을까?

"이제 일주일 남았나?"

시온의 물음에 무슨 뜻인지 몰라 태성이 그녀와 눈을 맞췄다.

"미션 말이야. 준비는 잘 돼?"

어영부영하는 사이 시간이 훌쩍 지나 버렸다. 갑자기 몰려오는 부담감과 막막함에 태성은 입맛이 뚝 떨어졌다.

"뭘 어떻게 해야 할지 감이 안 잡혀."

"우영 씨도 그러더라."

그 녀석이라고 뾰족한 수가 있을 리 만무했다. 그런데 시온은 호전적인 말을 꺼낸다.

"그래도 우영 씬 오 쌤이 도와주겠지. 머리 좋은 두 사람이 뭉쳤으니까 잘 할 거야."

"꿈, 사랑, 가족에 부합되는 거……."

호텔방을 서성이며 미션 주제를 반복하여 읊조리던 우영은 머리가 터질 것 같아 신음하면서 소파로 쓰러졌다. 소파에 길게 드러누워 천장을 올려다보았다. 시간은 자꾸 흘러가는데 가닥조차 잡지 못했다. 그 세 가지에 가장 걸맞은 게 대체 뭘까?

그런데 천장에 둥실 떠오른 건 빨간색 브래지어와 팬티를 입은 혜미였다. 아닌 게 아니라 그때 이후로 그녀의 모습이 시도 때도 없이 떠올라 곤혹스러웠다. 가뜩이나 미션이 풀리지 않아 괴로운데 집중력을 흩뜨리는 혜미 때문에 우영은 꿍 소리를 내며 옆으로 돌아누웠다.

"으헉!"

그는 자기 눈을 의심했다. 혜미가 속옷 차림으로 테이블에 다리를 꼬고 앉아 유혹하듯 웃고 있는 게 아닌가.

이젠 헛것까지 보이자 우영은 좌절하며 눈을 감았다.

"미친놈."

자책하며 중얼거리는데 테이블에 둔 핸드폰에서 문자 알림이 들렸다. 손을 뻗어 문자를 확인한 그는 자기도 모르게 벌떡 일어나 앉았다. 혜미였다.

—지금 좀 볼 수 있어?

늘 주고받는 문자인데 괜스레 멋쩍어서 머리를 긁적이다가 답장을 보냈다.

—어디야?

부랴부랴 옷을 갈아입고 간 곳은 리조트 앞 산책로였다. 곳곳에 켜진 가로등 아래를 걸어가자니, 벤치에 오도카니 혜미가 앉아 있었다. 머쓱한 기분으로 우영이 쭈뼛쭈뼛 그녀에게 다가갔다.

혜미도 객쩍은 표정으로 옆자리를 손바닥으로 톡톡 쳤다. 우영이 그녀의 곁에 다붓이 앉았다.

"바쁜데 불러낸 거 아냐?"

언제든 편하게 불러내던 혜미는 어색한 질문이었단 걸 깨닫고 우영 모르게 인상을 살짝 찡그렸다.

"미션 생각하고 있었어."

안 바쁘다 해야 옳은데 너무 정직하게 대답하고서 우영은 겸연쩍게 웃었다.

"방해했구나, 미안."

"미안할 것까진 없고. 왜? 무슨 일 있어?"

짐짓 아무 일 없었던 척 넘어가려고 했는데, 그녀는 그럴 생각이 없는 모양이었다.

"어제 있잖아."

혜미가 난감한 얼굴로 말을 꺼냈고, 우영은 순간 얼굴이 화끈했다.

"어, 어제 뭐?"

"내가 주정이 심했지?"

속옷 차림이었던 게 마음에 걸려 혜미는 고민 끝에 우영에게 만나자고 한 것이었다. 확인하고 넘어가지 않으면 앞으로 그의 얼굴을 똑바로 못 볼 것 같았다. 마음에 찜찜하게 담아두느니 창피하더라도 사과할 건 사과하고 예전처럼 허물없이 지내고 싶었다. 속옷을 사다 준다고 할 만큼 스스럼없는 사이가 아니었던가. 속옷을 입은 모습을 보였다는 게 이토록 민망하고 창피할 줄 몰랐다는 게 문제라면 문제였다.

"주정이라기보다……."

"보다?"

그녀가 긴장하는 게 보여 우영은 진땀을 흘리며 대충 얼버무
렸다.

"자던데, 그냥."

"넌 어디까지 본 건데?"

"그게, 보려고 본 게 아니라……."

당황한 나머지 사실을 말해 버렸다. 흐릿한 가로등 불빛에 혜
미의 경악한 얼굴이 또렷하게 보였다.

"지, 진짜로 봤단 말이야?"

"자세히 못 봤어. 정말이야."

우영은 정색했지만, 혜미는 이미 이성을 잃은 뒤였다.

"그 말을 어떻게 믿어!"

"정말이야! 옷도 내가 벗긴 거 아니거든! 네가 벗었지. 바지가
안 벗겨져서 도와주긴 했지만."

"뭐?"

혜미가 펄쩍 뛰었다. 어쩔 수 없이 본 게 아니라 벗겼다니!

"여자한테 숙맥인 줄 알았더니, 바지를 벗겨?"

분기탱천한 그녀 때문에 우영은 매우 억울했다.

"다른 뜻이 있어서 그런 게 아니라니까. 내 맑은 영혼에 흠집
내지 마라."

"맑은 영혼 좋아하네. 벗기려면 다 벗겼어야지, 벗기다 만 건

뭔데?"

'헉! 예리한 계집애.'

속을 정확히 들킨 그는 두 주먹을 치켜드는 혜미의 손목을 꽉 잡아 저지시켰다. 그녀가 분을 못 참아 손목을 빼려 애쓰며 악을 썼다.

"그걸 말렸어야지, 왜 벗기냐고!"

"나 아니었음 어쩔 뻔했냐?"

"뭐?"

"나니까 그 정도로 끝났지. 딴 놈이었어 봐."

"야, 도우영!"

우영이 정말 화가 난 듯 인상이 굳어졌다.

"앞으로 취할 것 같으면 꼭 나 불러라. 인사불성 돼서 아무 남자나 집에 들이지 말라고."

부끄러워 괜히 화난 척했지만, 마치 난 믿어도 된다는 말처럼 들려서 혜미는 금세 마음이 누그러졌다.

"고마워."

한순간에 화가 누그러진 그녀 때문에 우영은 어처구니가 없었다. 실은, 그 말을 하러 온 게 아니었을까 싶을 정도였으니.

"참 나, 치한 취급할 땐 언제고."

"네가 내 친구여서 정말 다행이야."

그의 말마따나 어제 기분으로 다른 남자와 술을 마셨더라면 어떡할 뻔했을까. 처음으로 만취해 크나큰 실수로 이어질 수도 있었다고 생각하자 정신이 아찔했다.

"술 왕창 마시고 싶을 땐 꼭 널 부를게. 안 마시게 되면 더 좋고."

"걱정 많이 했냐? 내가 너 속옷 입은 거 봤을까 봐."

혜미가 쑥스럽게 고개를 돌렸다.

"창피했지. 그래도 남잔데."

"친구라고 아무렇지도 않아 할 줄 알았더니."

"넌 아무렇지도 않던? 하긴, 아무렇지 않았으니까 아무 일도 없었던 거겠지."

우영은 양심에 찔렸지만, 이번엔 속마음을 꼭꼭 숨겼다. 창피해하는 그녀를 배려하는 의미에서.

"날 자꾸 다른 남자들이랑 동급으로 취급하는데, 아니야. 애인도 지켜줄 판에 친구를 못 지키겠냐."

아주 잠깐 의심했던 건 사실이지만, 우영이라면 그러고도 남으리라. 한순간 친구를 매도한 게 미안해 혜미가 진심으로 사과했다.

"내가 잠시 이성을 잃었네, 친구. 부디 넓은 아량으로 용서하시게."

우영도 능청스럽게 그녀의 어깨를 토닥였다.

"그만한 일에 뭘."

"역시 도우영은 엔젤이야."

'악마도 처음엔 천사였다더라.'

졸지에 사탄으로 타락한 천사가 된 기분이어서 우영은 억지웃음을 지었다. 그러면서 생각했다.

'빨간 속옷이 엄청 섹시하고 예쁘긴 했어.'

❖　❖　❖

[어젯밤 경기도 이천 부근의 야산에서 여자의 신체 일부가 발견됐습니다. 실종 신고 이틀 만입니다. 한 달 보름여 만에 또다시 토막살인 사건이 일어나 시민들이 불안에 떨고 있습니다. 6개월 사이 벌써 다섯 번째 희생자입니다. 하지만 경찰에서는 범인의 윤곽조차 밝혀내지 못하고 있어 대책이 시급한 상황입니다.]

모처럼 아침 일찍 일어나 거실 소파에 앉아 아침 식사를 하던 시온은 심각하게 뉴스를 보았다. 네팔에 있을 때도 인터넷으로 소식을 접하긴 했지만, 막상 뉴스로 들으니 소름이 오싹 끼쳤다. 한 명을 죽인 것도 끔찍한데, 다섯 명이나 토막살인을 저지른 인면수심의 살인범은 대체 어떻게 생겨먹은 놈일까.

입맛이 뚝 떨어져 버려 그녀는 숟가락을 내려놓았다.

사무실에서도 살인 사건이 단연 화제였다. 회의 테이블에 빙 둘러앉아 커피를 마시며 수다를 떠는 직원들 사이에 시온이 끼어 앉았다.

"시온 씨, 뉴스 봤어요?"

기찬이 호들갑스레 물었고, 시온이 새삼 소름이 끼쳐 어깨를 부르르 떨었다.

"네. 범인 윤곽도 못 잡았다면서요?"

혁보도 심란한 듯 말을 보탰다.

"큰일이네. 무서워서 어떻게 사냐?"

"그러게. 잔혹 범죄가 너무 판을 쳐요."

늘 방긋방긋 웃던 닉도 얼굴에 수심이 가득했다. 문득 혁보가 커피를 홀짝이는 고지에게 시선을 돌렸다.

"고지 넌 꼭 내 옆에 붙어 있어. 혼자 다니면 절대 안 돼. 알았지?"

기찬이 눈꼴시다는 듯 두 사람을 번갈아 쳐다봤다.

"고지는 보디가드 필요 없는 얼굴이지 않아?"

그러더니 시온에게 느끼한 미소를 보낸다.

"흐응. 시온 누난 보디가드 열 명쯤 붙여야겠다."

기찬의 옆에 앉았던 고지가 그의 팔을 사정없어 꼬집어 뜯었다.

"아악!"

기찬이 비명을 질렀고, 고지가 코 평수를 넓히며 씩씩댔다.

"다시 말해봐. 보디가드가 뭐가 어째?"

"하여튼 매를 다발로 벌어."

혁보가 다 마신 종이컵을 와그작 구겨 기찬에게 던지려 하자, 기찬이 후다닥 달아났다.

티격태격하는 그들을 뒤로하고 원석이 커피를 더 마시기 위해 커피머신이 있는 탁자로 걸어갔다. 시온도 슬그머니 일어나 그의 옆으로 다가갔다.

원석이 자기 잔에다 쪼르르 원두커피를 따른 뒤 빈 머그잔에 3분의 2쯤 채워 시온에게 내밀었다. 그녀를 위해 일부러 구입한 커피머신이었다. 그리고 지금은 원석이 애용했다.

"퇴근하고 시간 좀 내주실래요? 드릴 말씀이 있어요."

원석은 따뜻한 머그잔을 두 손으로 감쌌다. 손바닥에 전해져 오는 온기를 느끼면서도 가슴이 서늘해진다. 시온이 특별히 시간을 내달라 할 땐 두 가지 일뿐이다.

백태성, 아니면 그녀의 아버지 첸.

태성의 이야기는 어제도 했으니, 오늘은 첸의 이야기가 아닐까 짐작했다. 시온이 첸의 이야기를 꺼낼 때마다 일부러 자리를 피했지만, 오늘은 더 이상 그러지 못할 것 같았다. 국정원에서 태성의 목을 서서히 조이고 있는 마당에 마냥 그녀를 그의 곁에 둘 순 없었다.

"그래요. 나도 할 얘기가 있어요."

어느덧 점심시간이라 혜미는 뻐근한 어깨를 돌리며 진료실을 나왔다. 옆방의 성형외과 의사인 박지근이 마침 밖으로 나오기에 가볍게 묵례를 했다. 일전에 사표를 냈을 때 그에게 장 여사를 부탁했었다. 혜미가 리조트에 남기로 하면서 부탁도 철회했지만.

박지근이 입가에 보일 듯 말 듯 미소를 지으며 복도를 걸어가는 그녀의 옆으로 다가왔다.

"몸 아프다더니 괜찮아요?"

이틀 동안 결근했다가 나온 박지근은 특유의 조곤조곤한 음성으로 대답했다.

"네. 오 선생님도 괜찮은 거죠?"

"저요?"

"사표 건 때문에 좀 시끄러웠잖아요."

민망해서 그녀의 얼굴이 살짝 붉어졌다.

"아, 그거요. 반항 한 번 해본 거죠, 뭐."

"반항? 후후. 오 선생님도 반항 같은 걸 해요?"

"난 뭐 사람 아닌가."

박지근은 이곳에 와서 처음 만났다. 서울에 있는 대학병원에서 유능한 의사였고, 자원해서 왔다는 정도만 알 뿐 신상에 관해선 별로 아는 바가 없었다.

나이는 서른일곱. 이지적인 외모와 친절한 성격의 미혼 남자.

서른 살인 혜미보다 일곱 살이나 위였지만, 깍듯이 경어를 쓰는 매너까지 겸비한. 개원한 지 얼마 안 돼서 친해질 시간도 없었지만, 박지근이 대체로 조용한 성격이라 만나면 인사만 가볍게 주고받는 정도였다.

"오 쌤!"

그가 늘 따로 식사하는 게 마음에 걸려서 오늘은 같이 식사할까 생각하던 혜미는 익숙한 목소리에 고개를 돌렸다. 에스컬레이터에서 내린 시온이 반갑게 웃으며 뛰어왔다.

"시온 씨가 웬일이에요, 이 시각에?"

"점심시간이잖아요. 같이 밥 먹자고요."

시온이 혜미 옆에 서 있는 박지근을 보더니 난처해했다.

"선약 있는 줄 몰랐네요."

박지근이 묘한 눈길로 시온을 훑으며 혜미에게 말했다.

"아니에요. 먼저 갈게요, 오 선생님."

"아, 네."

시온은 박지근의 차분하고 조용한 음성과 차갑게 느껴지는 외모에서 오는 중압감에 기분이 묘했지만, 내색하지 않았다. 그가 시야에서 완전히 사라지고 나서야 혜미에게 은근슬쩍 물었다.

"누구예요?"

혜미가 걸음을 옮기며 덤덤하게 대답했다.

"박지근 선생님이라고, 나랑 같은 성형외과 의사예요. 근데 연락도 없이 웬일이에요?"

"갑자기 생각나서 왔어요."

"태성 씬 어쩌고요?"

"천 사장님이랑 선약 있대요."

혜미가 미심쩍게 그녀를 곁눈으로 쳐다보았다.

"나 어쩌고 있나 궁금해서 온 건 아니고요?"

"그런 것도 있고."

"태성 씨한테 깨끗하게 마음 접었다니까요."

우영이 실연의 상처를 못 이겨 주정을 대형사고 수준으로 했단 말을 전했을 리 없었다. 그럼에도 혜미는 그날의 실수가 두고두고 창피했다.

지하 식당에 자리를 잡고 앉아서야 혜미는 시온의 목에 걸린 목걸이를 발견했다. 그들과 조금 떨어진 곳에서 먼저 온 박지근이 혼자 앉아 식사 중이었지만, 그녀는 눈치를 채지 못했다.

"목걸이 못 보던 거네요. 예쁘다."

시온은 태성에게 선물 받았다는 말도 못하고 멋쩍게 웃기만 했다.

"잘 어울리네. 나도 살까?"

혜미가 마음이 허전해서 하는 말에 시온이 괜스레 깜짝 놀랐다.

"같은 걸로요?"

"싫어요? 나랑 같은 목걸이 하는 거."

너무 티를 내버려서 시온은 몹시 당황했다.

"그게 아니고……."

그제야 눈치를 채고 혜미가 물었다.

"선물 받았어요, 태성 씨한테?"

시온이 그녀의 눈치를 보며 기어들어 가는 소리로 대답했다.

"네……."

시온이 부러운 건 어쩔 수 없었다. 그러자 더욱 외로워졌다.

혜미가 시무룩하게 숟가락을 드는데 누군가 옆자리에 식판을 툭 내려놓으며 앉는다. 누군가 하고 봤다가 시온과 혜미는 똑같이 깜짝 놀라고 말았다. 재규였던 것이다.

"닭똥집!"

그만 자기도 모르게 툭 튀어나온 말에 시온은 입술을 쏙 오므렸다.

재규는 전에 호텔 복도에서 만났을 때도 비슷한 말을 들은 기억에 그녀를 언짢게 쳐다봤다.

"그거 나더러 하는 소리야?"

"드디어 자아성찰에 눈을 뜨셨군요?"

그에게 안 좋은 감정이 남아 있으니 고운 말이 나올 리 없었다. 회장님 아들이라 해서 무조건 저자세일 필요도 없었다.

"자아성찰?"

"흠! '닭똥집'이라고 내 맘대로 별명 붙인 거 미안해요. 근데 그럴 이유가 있었거든요."

"무슨 이유?"

"전에 만난 적 있었어요, 서울 WT 호텔 카지노 복도에서."

카지노란 소리에 재규는 기억을 더듬었지만, 그의 뇌리 속에 그녀는 없었다.

"근데?"

"술에 취해서 기억이 안 나시나 본데요. 제가 실수로 부딪혀서 이사님 핸드폰을 떨어뜨렸죠, 그래서 이사님이 무지막지한 무례를 범했고요. 지나간 일이니까 덮고 갈 수도 있었는데, 이렇게 알아서 얘기할 기회를 주시네요."

"난 얘기하라고 한 적 없어. 네가 맘대로 떠든 거지. 사과받으려던 거면 꿈 깨고."

'저 싸가지!'

속으로 욱했으나, 시온은 꾹 부아를 눌렀다.

"그럼 거긴 왜 앉은 건데요?"

그녀는 자기에게 볼일이 있다고 오해했다가 혜미의 똥 씹은 얼굴을 보고서야 아니란 걸 알았다.

혜미가 숟가락을 드는 재규에게 탐탁지 않게 말했다.

"할 얘기 있으면 나중에 해."

"그냥 식사하러 온 거야. 네가 있길래 앉은 것뿐이고."

"양해 구할 줄 몰라?"

재규가 혜미를 쓱 쳐다보았다.

"같이 먹어도 되지?"

곧바로 그리 물을 줄은 몰라서 혜미는 할 말을 잃었고, 재규는 푹푹 밥을 떠먹기 시작했다. 심상치 않은 둘 사이의 분위기를 간파한 시온은 중간에서 어찌해야 좋을지 몰라 불안하게 지켜보기만 했다.

"미안해요, 시온 씨."

"아, 아니에요. 자리 비켜 드려요, 쌤?"

"그럴 필요 없어요. 어서 식사해요."

혜미는 아무렇지 않은 척 숟가락을 들었다. 밥을 먹는데 속이 상해 울컥울컥 뜨거운 것이 치밀었다. 누군 애인에게 목걸이 선물도 받는데, 누군 끔찍한 남자랑 억지로 밥을 먹고 있어야 하다니. 비교를 안 하려야 안 할 수가 없었다.

시온이 가고 난 후에도 재규는 갈 생각을 하지 않고 그녀를 옥상으로 데려갔다.

"용건이나 빨리 말해."

짜증스럽게 내뱉는 혜미에게 재규가 무언가를 내밀었다. 손안에 꼭 쥐고 있어 무엇인지 알 수 없었다.

"뭔데 뜸을 들여?"

손바닥을 펴자 그의 손가락 사이로 금빛 목걸이가 차라락 떨어졌다. 줄에는 자그마한 메달이 달려 있었는데, 모양이 꽤 독특했다. 햇빛에 반짝거리는 목걸이를 보자 혜미의 가슴이 쿵 떨어졌다.

"너한테 어울릴 것 같아서. 특별한 이유 있는 거 아니니까 받아."

받을 수 없었다. 그는 특별한 이유가 아니라고 하지만, 받는 순간 특별한 의미가 될 게 분명했기에.

"내가 이걸 왜 받아?"

쌀쌀맞게 고개를 돌리는 그녀를 보다가 재규는 머리 위로 늘어진 나뭇가지에 목걸이를 걸어두었다.

"마음 바뀌면 언제든 와서 목걸이 가져가."

"그러다 딴 사람이 가져가기라도 하면 어쩌려고? 아깝지 않겠어?"

"네가 안 아까워하는 목걸이, 나도 안 아까워. 간다."

재규가 먼저 돌아섰다. 외로움에 찌든 그의 등을 물끄러미 보다가 혜미는 나뭇가지에 걸린 목걸이로 시선을 옮겼다. 그에겐 안된 일이지만, 절대 목걸이를 가지러 오는 일은 없을 것이다.

그날 저녁, 혜미는 산책로에서 우영을 만났다. 목걸이 일로 심란했던 것이다. 낮에 있었던 일을 얘기했더니 그는 무척이나 뜨악해했다.

"목걸이?"

이 무슨 얄궂은 신의 장난인지. 그녀는 울적하게 고개를 주억거렸다.

"시온 씨가 태성 씨한테 목걸이 선물 받았대서 부러워했다가 날벼락 맞았지 뭐야."

"부러웠어?"

"미치게 부러웠지. 남들은 알콩달콩 연애하느라 바쁜데, 난 허구한 날 이게 뭐람."

"가자."

벤치에 앉았다가 우영이 그녀의 손을 잡고 일어났다. 혜미가 엉거주춤 따라 일어섰다.

"어딜?"

"목걸이 사줄게."

그녀가 어처구니없어 웃었다.

"네가 목걸일 왜 사줘? 불쌍해서 애인 코스프레하는 거야?"

"친군데 목걸이 정도는 사줄 수 있지. 안 그래?"

"됐다 그래. 사람 더 비참하게 만들고 있어."

벤치에 다시 주저앉는 그녀 옆으로 우영도 털썩 자리했다. 그러고는 똑같이 하늘을 올려다봤다.

휘영청 밝은 달이 나뭇가지 사이에 걸려 있었다. 정글 옥상에 있는 나뭇가지에 걸린 목걸이처럼.

모두 퇴근하고 사무실에 남은 시온과 원석은 테이블에 마주 앉았다. 적막감이 흐르는 실내에서 두 사람은 잠시 아무 말 없이 앉아 있었다.

망설이던 시온이 먼저 어렵게 입을 열었다.

"아빠 일로 물어볼 게 있어요. 오늘은 꼭 대답해 주세요, 팀장님."

오늘은 피하지 않으리라 마음먹었기에 원석이 순순히 고개를 끄덕였다.

"아빠의 죽음에 대해 알고 있는 거 맞아요?"

긴장하여 열 손가락을 서로 맞대고 있다가 그가 깊은 한숨을 몰아쉬었다.

"나 때문에 돌아가셨어요."

음성은 건조했으나, 눈가의 떨림은 감출 수 없었다. 괴로워하는 게 고스란히 느껴져 시온은 가슴이 미어졌다.

"그날 밤 같이 있었나요?"

"네."

"왜…… 갔던 건데요? 눈보라 치는 산엘 왜……?"

"작전 중이었어요."

"무슨……?"

"저 국정원 요원이었어요, 전에."

"……."

뭔가 숨기고 싶은 과거가 있다는 건 짐작했지만, 국정원 요원이었을 줄은 상상도 못 했다. 시온은 떨리는 두 손을 급히 어루만졌다.

"아빠 왜……?"

"정보원이었어요. 시온 씨 어머니도 마찬가지였고요."

"엄마가요?"

놀랄 일의 연속이었다. 누군가에게 총격을 당해 죽은 줄로만 알았던 엄마가 국정원 정보원이었다니. 아빠와 마찬가지로 엄마도 단순한 사고사가 아니었다.

"두 분 다 훌륭한 정보원이셨죠. 첸은 내게 아버지이자 삼촌이자 친구였고요."

목이 메어 소리가 다소 거칠어졌다. 그의 눈앞에 그날의 일이 선명하게 떠올랐다.

안나푸르나, 거친 눈보라, 첸, 젤리…….

"젤리라고, 우리가 쫓던 놈이 있었어요. 거의 따라잡았는데, 놈이 쏜 총소리에 눈사태가 나버렸죠. 첸이 날 구하고 희생했어요. 눈보라 때문에 더 가면 안 된다는 걸 알면서도 놈을 잡고 싶은 욕심에 첸의 말을 듣지 않았어요. 다 제 잘못입니다."

'아빠!'

왈칵 눈물이 쏟아져 시온은 두 손으로 눈을 가렸다. 볼을 타고 흐르는 뜨거운 눈물. 아빠의 죽음에 관해 알고 나자 서러움이 복받쳤다. 차가운 눈 속에서 고통스럽게 죽어갔을 아빠.

"미안해요. 정말 미안해요, 시온 씨."

원석에게 원망을 퍼부을 수 없었다. 그의 잘못이 아니라는 걸 아니까. 그건 아빠의 선택이었고, 숭고한 희생이었다. 아무도 아빠의 희생을 잘못되었다고 말하지 못하듯이 원석에게도 마찬가지였다. 그는 그의 일을 한 것일뿐. 오히려 아빠를 죽게 한 직접적 원인은 젤리라는 자였다.

아빠의 수첩에 적혀 있던 의문의 단어.

시온은 젤리의 정체를 알고 나자 가슴이 무너졌다.

"흐흑!"

가슴을 쥐어뜯듯이 부여잡은 그녀의 눈에서 걷잡을 수 없는 눈물이 흘러나왔다.

이 고통을, 이 통증을 어찌해야 할까.

입술을 깨물어 참아보려 했지만, 아빠에 대해 아무것도 몰랐다는 죄책감이 그녀를 너무나 아프게 했다.

괴롭게 오열하는 그녀를 보면서 원석은 죄인처럼 고개를 숙였다. 위로의 말조차 감히 하기 어려웠다. 모든 걸 털어놓았지만 상심은 더욱 커졌고, 해결되는 건 아무것도 없었다. 사실대로 말하고 나면 속이 후련할 줄 알았는데, 오히려 그녀에게 큰 고통을 안겨준 것 같아 그는 사납게 입술만 감쳐물었다.

옥상 난간에 서서 해 지는 광경을 바라보는 재규 곁으로 누군가가 투덜대며 걸어왔다. 돌아보니 긴 머리칼을 휘날리며 뒤뚱뒤뚱 걸어오는 제시카였다. 옥상 문을 잠그지 않은 게 실수였다. 며칠 안 보여 좋다 했더니만, 여긴 또 어떻게 알고 왔는지 그는 성가신 얼굴로 나무랐다.

「오픈된 곳 아니야.」

「다시 오고 싶은 마음도 없어. 하이힐이랑 어울리지도 않고.」

그녀는 정원을 지나오느라 구두에 흙이 묻자 짜증을 냈다.

「제주도에 눌러살 참이야?」

「그럴 수도 있지. TV 잘 봤어. 화면발 좋더라.」

능글대는 말투에 재규는 기가 차서 헛웃음을 지었다.

「경고했을 텐데. 계속 들러붙으면…….」

「후계자 되는 건 봐야지. 자기가 어떻게 그 자릴 지켜낼지 궁금하거든.」

「지켜보는 것까진 안 말려. 신경 쓰이게만 하지 마. 내 앞에서 자꾸 얼쩡거리지 말라고.」

위험한 꽃뱀이라 생각했던 그녀는 의외로 정체를 드러내지 않았다. 때문에 재규도 그녀를 신고하기가 애매했다. 한 번씩 불쑥불쑥 나타나 염장 지르는 것만 빼곤 딱히 뭔가를 요구하는 게 없었다.

성마르게 뇌까리고는 정글 안으로 사라지는 재규를 보다가 제시카가 어깨에 멘 명품백 안에서 핸드폰을 꺼내 어디론가 전화를 걸었다.

"저예요."

그녀의 입에서 나온 건 서툰 한국말이 아닌 정확한 발음의 한국어였다.

제16장

다음 날 오전 10시쯤 태성이 시온의 펜션으로 찾아갔다. 아침 저녁으로 불이 나도록 전화하던 그녀가 연락이 없기에 무슨 일인지 걱정스러웠다. 아니나 다를까. 병이 나 집에 있다는 것이었다.

그 길로 죽까지 사서 온 그는 침대에 드러누워 있는 시온의 이마에 가만히 손을 대었다. 열은 없는데 안색이 창백한 게 꾀병은 아닌 듯했다.

"병원 가자."

"싫어. 안 가."

"너 이러고 있으면 걱정돼서 나 아무것도 못 해."

"가서 일 봐. 미션 때문에 가뜩이나 머리 아프다면서."

"가슴도 아파. 그러니까 병원 가서 주사도 맞고 약도 먹고 하자."

시온은 또 왈칵 눈물이 쏟아져 이불을 머리 위까지 뒤집어썼다. 몸이 아픈 게 아니라 다른 일이 생겼음을 감지한 태성이 얼굴이 굳어져 이불을 끌어 내렸다.

"왜 그래? 무슨 일 있었구나. 그렇지?"

"엄마, 아빠 생각나서……."

닭똥 같은 눈물을 뚝뚝 흘리는 시온을 보자 태성은 안아서 달래주고 싶은 마음이 굴뚝같았다.

"엄마, 아빠 보고 싶어서 우는 거야?"

"불쌍해서 그래. 마음 아파서 그래. 미안해서 그래. 이럴 줄 알았으면 더 잘해 드릴걸. 엉엉!"

어린애처럼 펑펑 눈물을 쏟는 모습이 안쓰러워 그는 그녀의 옆에 나란히 누웠다. 그리고 그녀를 품으로 바짝 끌어당겼다. 가슴에 얼굴을 묻고 흐느껴 우는 그녀의 등을 가만히 토닥거렸다.

그녀의 마음이 이해가 갔다. 부모님이 모두 돌아가셨을 때 그도 그랬으니까. 한동안 부모님을 떠올릴 때마다 시도 때도 없이 울컥 눈물이 솟구치곤 했었다.

그리움과 후회. 부모님을 생각하면 늘 그 두 마음뿐이다.

"돌아가시고 난 후에야 후회하는 게 자식이지. 그래서 또 자식들 낳아 그 서러움 똑같이 받는 거고. 모르니까 불효하는 거고, 아니까 참아주는 거야. 그게 부모 자식이야."

시온은 차마 태성에게 아빠의 죽음에 대해 이야기할 수 없었다.

원석과 젤리, 그리고 국정원.

중요한 일을 앞둔 태성에게는 하나 도움이 되지 않는 일이었다. 그저 이렇게 아프고 힘들 때 기댈 수 있는 그가 있어 고마웠다. 그리고 언제까지나 그의 곁에 있고 싶었다.

그를 꼭 끌어안은 채 시온이 부탁했다.

"태성 씬 엄마, 아빠처럼 아무 말 없이 떠나지 마."

"……."

수많은 여행객을 만나며 이별에 이골이 났을 터인데 그녀는 정작 헤어짐에 대해 두려움을 안고 사는 듯했다. 늘 밝기만 하던 그녀의 이면에 오래도록 고여 있던 슬픔을 그는 보았고, 그녀의 아픔을 함께 끌어안고 싶었다.

태성이 눈물에 젖은 그녀의 뺨을 곱게 어루만졌다. 그렁거리는 눈으로 시온도 그를 마주 바라보았다.

그는 그 어떤 말 대신 그녀의 입술에 입을 맞춰 위로했다. 언제까지나 함께하고픈 마음, 누구보다 그가 간절히 원하는 것이었다. 그녀 곁에서 그녀의 맑은 웃음소리를 마음껏 듣고 싶었다. 그녀가 아픈 눈물을 흘릴 때 온 마음을 다해 안아주고 싶었다.

그녀에게 어느 날 이별의 인사도 없이 떠나게 될까 봐 두려웠고, 그렇게 또 혼자 남게 될 그녀 때문에 마음이 아팠다.

하지만 그녀를 향해 미친 듯이 달려가던 마음을 절제하지 못한 걸 후회하진 않는다. 그랬다면 이 짧은 시간조차 그녀와 함께할 수 없었을 테니까. 아파하는 그녀를 위로조차 하지 못했을 테니까.

이제 모든 건 신에게 달렸다. 그녀를 잃고 싶지 않은 한 남자의 간절한 마음을 신이 알아주시길.

그녀에게 뜨겁게 입맞춤하며 태성은 기도했다.

❖　　❖　　❖

"상어라고 알지?"

그날 밤, 원석에게 안 부장이 찾아왔다. 그의 입에서 나온 '상어'라는 이름은 꽤 신경을 자극하는 것이었다.

"'야누스'와 관련이 있습니까?"

"놈이 '야누스' 기밀문서를 해킹했어."

원석의 강인한 눈동자가 흠칫 떨렸다.

"회장님에게 지시를 받아 살모사 두목에게 전화한 게 그자입니까?"

"그래."

일이 묘하게 꼬여간다. 회장님이 약과 아무 연관이 없기만을 간절히 바랐던 그로서는 치명적인 소식이었다.

"그자를 잡았습니까?"

"아니. 하지만 놈의 아지트를 찾아냈어. 강원도에 있더군. 산장 지하에 엄청난 컴퓨터 장비들을 갖추고서."

상어를 직접 본 적은 없었다. 소문을 들어 알 뿐. 그는 국정원 블랙리스트에도 오른 자였다. 각국의 주요 인사들을 암살하는 킬러로, 젤리와 마찬가지로 정확한 신상을 알 수 없었다. 본명도 나이도 국적도 오리무중이었고, 심지어 그의 진짜 얼굴을 본 사람도 없었다. 한마디로 유령 같은 자. 워낙 신출귀몰하다 보니 국제 테러리스트에 가까운 그가 '야누스'와 연관이 있다는 건 사실 놀라운 일이 아니었다. 하지만 회장님과 안다는 건 충격이었다.

강원도 산장이란 말에 한 사람이 원석의 뇌리를 스쳤다. 얼마 전 시온과 함께 갔던 산에서 본 젊은 산장지기.

"어느 산이죠?"

"설악산."

'정말 그자인가?'

원석은 심증이 굳어졌으나, 안 부장에게 사실을 숨겼다. 상어를 봤으니 안 부장이 귀찮게 할 게 뻔했다. 무엇보다 회장님과 상어의 연결고리가 석연치 않아 섣불리 아는 체하기 어려웠다.

"백태성 반응은요?"

"조용해. 상어와 통화한 내역도 없고."

"백태성이 진짜 모르는 일일 수도 있습니다."

안 부장이 냉정한 눈빛으로 원석을 쳐다보았다.

"그건 두고 보면 알겠지. 우리 요원들과 정보원들이 백태성을 집중 감시하고 있으니까 자넨 내일부터 백태성을 밀착 감시해. 상어가 백태성을 찾아올 거다."

다음 날, 오전 6시. 상어의 연락을 받은 게 어제 오후 5시경. 감시자들이 있을 거란 말에 태성은 아침에 눈을 뜨자마자 옥상으로 올라갔다. 출입금지 구역이라 그나마 감시자들의 눈을 피하기엔 이곳이 적합했다.

옥상 문을 잠그고 조심스럽게 정글 쪽으로 몇 발짝 들어갔을 때였다. 뒤에서 싸늘한 기운이 느껴져 우뚝 걸음을 멈췄다. 그러나 채 뒤를 돌아보기도 전에 빠른 속도로 다가온 상어가 그의 멱살을 잡아 바닥으로 메다꽂았다.

쿵!

등에 강한 충격을 받고 쓰러진 태성은 후드 티 안에서 번뜩이는 상어의 눈빛에 심장이 덜컥 굳는 듯했다.

"회장님은 어디 계시나?"

상어가 끙 소리를 내며 일어나려는 태성의 목을 아프게 짓눌렀다. 2년 전의 인연으로 지금까지 유대관계를 유지하고 있지만, 그는 여전히 위험하고 거친 짐승 같았다.

상어가 태성의 주머니를 뒤져 핸드폰 두 개를 꺼냈다.

"하나는 회장님이 쓰시던 거다. 근데 왜 네가 두 개 다 갖고 있는 건지 설명해라."

그가 원하는 대로 해주지 않으면 이 자리에서 목숨을 잃을지도 모른다. 하지만 사실을 말한다 한들 곧이곧대로 믿기나 할까. 일송은 몰라도 이 녀석은 어림없을 것이다.

태성이 대답이 없자 상어가 더욱 세게 목을 졸랐다. 숨이 막혀 태성의 얼굴이 시뻘게졌다. 쇳소리 같은 음성이 상어의 입에서 무섭게 새어 나왔다.

"너 누구야?"

"말할 테니까 이거 좀……."

쥐어짜는 소리로 간신히 내뱉자 목을 움켜쥐었던 손아귀가 조금 느슨해졌다.

기회는 더 없을 터. 이 순간, 태성은 모험을 걸어야 했다. 어차피 백호가 나타나지 않으면 국정원이나 '연동회'에 잡히기 전에 그의 손에 죽을 게 분명했다.

"내가 백호다."

순간 상어의 눈빛에 맹수의 살기가 어렸다. 그의 손아귀에 이전보다 훨씬 강한 힘이 들어갔고, 태성은 금방이라도 숨이 넘어갈 것처럼 버둥거렸다.

"약…… 때문이야. 부작용으로…… 젊어졌어."

충혈된 눈알이 튀어나올 것처럼 아팠다. 다급해져 사실을 말해 버렸지만, 믿지 않을 게 뻔해 절망스러웠다. 어쩌다 이 녀석에게까지 목숨을 위협받는 신세가 되었단 말인가.

꽤 놀란 듯 상어의 손아귀에 서서히 힘이 빠졌다. 조금 숨통이 트이자 태성은 밭은 숨을 컥컥 내뱉었다.

간신히 호흡을 가다듬는가 싶었는데, 순식간에 품 안에서 단도를 꺼내 든 상어가 태성의 목에 갖다 댔다. 태성은 이제 숨도 제대로 못 쉴 지경이었다. 조금만 움직여도 날카로운 칼날에 목줄기가 끊어질 터였다.

상어는 평범한 사람들과 달랐다. 인간의 이성이나 세상이 만든 규칙 따위 그에게는 해당되지 않았다. 짐승처럼 살아왔고 스스로 만든 규칙만이 존재했다. 그렇다고 판타지를 믿느냐. 그건 더더욱 아니었다. 그의 삶에서 판타지란 존재하지 않았으니까. 하물며 약 부작용으로 젊어졌다는 걸 곧이곧대로 믿을 리 없었다.

표정은 없었으나 태성은 상어가 속으로 비웃고 있다는 걸 알 수 있었다. 태성은 마지막 보루를 꺼냈다. 이것마저 통하지 않는다면 그는 정글 옥상 어딘가에 시체로 파묻히게 될 것이다.

그는 냉정을 찾고자 애쓰며 최대한 침착하게 말을 꺼냈다.

"들어보겠나? 2년 전 자네와 나만 아는 이야기 말일세."

흠칫. 어지간한 일에 동요라곤 없는 상어의 짙은 눈동자가 꿈틀하는 것을 태성은 분명히 보았다. 그것이 희망의 불씨이길 간절히 바라며 상어의 눈을 마주 응시했다.

칼을 쥔 상어의 손목에 은근히 힘이 들어갔다.

회장님과 가까운 그 누구도 자신의 존재를 알지 못했다. 그런데 이자는 누구이기에 회장님과의 일을 아는 것일까?

달빛이 스며든 상어의 눈동자에 태성의 얼굴이 오롯이 담겼다.

회장님과 태성.

정말 닮았다.

TV에서 하도 떠들어대기에 회장님의 젊은 시절 사진을 찾아봤었다. 인터넷에선 회장님의 젊은 시절과 태성의 사진을 비교해 사람들의 흥미를 돋우기도 했다. 그때까지만 해도 상어 역시 태성이 회장님의 숨겨둔 아들일 거라 생각했다. 회장님이 태성을 숨기기 위해 가짜 신분으로 살게 한 것이라고.

후계자를 다시 뽑을 계획으로 비로소 진짜 신분을 찾아준 거라 믿었는데, 국정원에서 의심한 바와 같이 회장님과 태성 사이에 통화가 전무한 게 이상했다. 회장님에게 먼저 연락을 해야 하나 고민했지만, 직접 확인하는 게 더 나을 것 같았다.

한데 자신을 회장님이라고 하는 것이다. 게다가 약의 부작용으로 젊어졌다는, 말도 안 되는 소리를 지껄였다. 아무리 회장님과의 비밀 이야기를 안다고 해도 믿을 수 없긴 마찬가지였다.

"난, 널 믿지 않는다."

한 자 한 자 서슬 퍼렇게 뇌까리는 상어 때문에 태성은 속으로 '젠장!' 하고 욕설을 내뱉었다. 마지막 보루도 먹히지 않는다면 더 이상 그를 설득할 방법이 없었다.

"날 죽이면, 넌 네 손으로 은인을 죽이는 거야. 다신 못 보게 돼!"

다신 못 보게 된다는 말에 상어의 눈빛이 잔잔히 흔들렸다. 세상에서 유일하게 마음을 놓고 만나는 사람. 회장님을 못 만난다는 건 그에겐 더없는 슬픔이자 상실이었다.

"그건 회장님이 아직 살아 계시다는 뜻이겠군."

손목을 돌려 칼끝을 태성의 목에 내리꽂을 것처럼 잡은 상어가 날카롭게 눈을 빛내며 말했다.

"당장, 회장님이 계신 곳을 말해라. 버티면 버틸수록 고통스럽게 죽여주겠다."

'그게 나라니까!'

어떤 말을 해도 상어의 머릿속에 입력이 되지 않으니 태성은 환장할 노릇이었다.

"살아야겠다! 난 살아야겠어. 시온이…… 그 아일 위해서라도 살아야 해."

"……."

상어는 한 남자의 처절한 몸부림을 보았다. 이곳에 오기 전에 이미 국정원의 움직임을 지켜보고 있었고, 태성이 강시온과 사귀는 사이인 것도 알고 있었다. 게다가 놀랍게도 소원석과 그 여자, 아는 사람이었다.

일부러 알고 산장에 찾아온 것 같진 않지만 묘한 인연인 것만은 사실이었다.

이 와중에 한가하게 사랑까지 하는 태성을 더욱 이해하지 못했던 상어는, 그러나 그 여자 때문에 살아야겠다고 눈으로 울부짖는 태성 때문에 곧추세웠던 감정의 날이 흩어지고 말았다.

빠져나갈 구멍을 찾고자 연기하는 것이 아니었다. 태성의 눈 속엔 죽음보다 더 두려운 무언가가 담겨 있었다.

상어는 문득 그에 대해 궁금해졌다. 왜 이런 사기극을 펼치게 되었는지. 국정원과 '연동회'를 적으로 돌리면서까지 약을 빼돌리고 회장님의 아들로 돌아와야 했던 이유가 무엇인지. 목숨을 건 사기극에 왜 하필 첸의 딸인 강시온을 사랑하게 됐는지. WT 후계자가 목적이었다면 굳이 그녀가 아니어도 될 텐데 말이다.

꽤 흥미로운 일이었다. 그가 회장님이라고 우기는 것도, 살아

야 할 이유가 강시온이라는 것도. 게다가 지금 죽이면 회장님의
안전을 보장받기 어렵게 된다.

상어의 입가에 차가운 미소가 서렸다.

"살려두지, 당분간은. 사기극의 말로가 어떨지 궁금해졌다."

옥상에서 내려와 후들거리는 다리를 끌고 터덜터덜 방으로 돌
아왔다. 그런데 웬일로 원석이 문 앞에 서 있었다. 태성이 의아
해서 물었다.

"무슨 일이야?"

"얘기 좀 하죠."

아침부터 찾아온 게 심상치 않아 태성은 그를 안으로 들어오
게 했다. 상어에 이어 원석까지, 뭔가 급박하게 일이 돌아가고
있는 것 같았다.

소파에 앉자마자 태성이 채근했다.

"할 얘기가 뭐야?"

"오늘부터 제가 모시게 됐습니다."

"가이드를 바꿨단 거야?"

"시온 씨가 일을 못하게 돼서요."

"몸이 아프다잖아. 암튼, 난 됐으니까 신경 쓸 거 없어."

"본사에서 특별 지시가 내려왔어요. 아직 미션 중이라 개인 비
서나 운전기사를 붙일 상황도 아니고, 본사 직원들을 붙이는 건
미션상 편파적일 가능성이 크다고요. 그래서 에이전시인 우리
가이드 회사에 도움을 청한 모양이에요."

그 후로 종일 함께 다니면서 원석은 숫제 가이드가 아니라 보디가드라 해도 무방했다. 심지어 화장실까지 따라다녔으니까. 이 정도는 아니어도 일송이 붙인 보디가드들도 있었고, 어디선가 몰래 지켜보고 있을 상어도 있었다. 그들 말고도 국정원에서 감시자들을 붙였으니, 아무리 날고 기는 젤리라도 쉽게 접근하지 못할 것이다.

지난 한 달이 넘는 기간 동안 제주도 곳곳을 돌아보아서 구경거리가 없다 생각했는데, 같은 장소를 몇 번이나 반복해 다녀도 갈 때마다 새롭게 느껴진다.

올레길을 걸으며 태성이 그간 궁금했던 걸 물었다.

"가이드가 되기 전에 다른 일을 했다고 들었는데, 뭐였어?"

회장님에게 들었을 게 뻔해 원석은 시큰둥했다.

"그게 왜 궁금하죠?"

"예사로운 사람은 아니다 싶어서."

원석을 처음 만났을 때부터 느끼던 거였다. 사연이 담긴 눈빛에 고독과 슬픔이 진하게 배어 있었다. 저런 얼굴로 사람들을 대해야 하는 가이드를 할 수 있을지 걱정스러워 더 마음이 갔다. 회사에 대해 알아봤더니, 망하기 일보 직전이었다가 원석에게 인수되어 무려 1년 만에 제주에서 알아주는 트레킹 가이드 회사로 거듭났다. 놀라운 실적의 배경에는 원석의 피나는 노력이 있었다. 태성은 그 근성을 높이 샀다.

"제 사생활에는 관심 갖지 말아주셨으면 좋겠군요."

"자네 에이전시와 우리 WT가 1년 계약이 아니라 평생 계약을 할 수 있는 기회야. 내 사람이 되어주는 조건으로. 비밀 많은 자네를 신뢰할 순 없지 않겠나."

"백태성 씨."

태성은 그의 어깨를 두어 번 툭툭 쳐주고는 가던 길을 재촉했다. 뭔가 아는 듯한 분위기여서 원석은 불안했다. 사실, 태성은 아침에 옥상에서 만난 상어에게 새로운 사실을 들었다.

"소원석이라고 아나?"

상어의 입에서 원석의 이름을 들을 줄은 몰랐기에 태성은 깜짝 놀랐다.

"소 팀장을 어떻게……?"

태성이 회장님이란 걸 믿진 않지만, 상어는 국정원 또한 믿지 않았다. 국정원이나 젤리 쪽에서 태성을 먼저 가로채면 회장님을 찾는 일이 더욱 요원해질 것이 자명했다.

"안상철 부장이 '야누스' 담당자야. 그자의 통화 내역을 봤어. 소원석은 1년 전까지 '연동회'의 젤리를 쫓던 국정원 요원이다."

"뭐?"

"그리고 강시온."

태성은 숨이 턱 막혔다. 시온까지 상어가 알고 있다면, 국정원에서도 그녀를 알고 있단 뜻이었다.

"강시온 아버지가 소원석의 정보원이었지. 젤리를 쫓다가 사고로 죽었고."

'그래서 시온이 제주에 원석을 만나러 온 거였구나.'

갑자기 아프다는 핑계로 퇴사한 것도 같은 이유가 아닐까 추측
했다. 품 안에서 구슬피 흐느껴 울던 그녀의 모습이 떠올랐다. 결
국엔 그녀도 '야누스'와 무관하지 않았다. 아니, 오히려 자신과 똑
같이 국정원과 젤리의 타깃이 될 수도 있었다.

놀라운 사실의 연속이라 태성은 신음처럼 중얼거렸다.

"소 팀장이 국정원에 복귀했군."

"서류상에선 아니더라도 안 부장을 돕는 건 확실해."

혼란스러운 태성의 두 눈을 똑바로 노려보며 상어가 나직이 경
고했다.

"무슨 일이 있어도 살아남아라. 네 목숨은 내 것이니까."

원석과 헤어져 시온의 펜션에 태성이 온 것은 오후 5시. 거실
창으로 보이는 하늘이 붉게 노을 져 있었다.

종일 집 안에만 틀어박혀 있던 시온은 소파에 쪼그려 앉아 뉴
스를 보는 중이었다. 토막살인범을 아직 찾지 못했다는 소식이
었다. 우울한 소식들뿐이라 기분이 더 축 처졌다.

그나마 태성을 보자 기분이 나아져 곁에 와서 앉는 그의 허리
를 둘러 안고 가슴에 폭 기댔다. 태성이 여전히 기운을 못 차리
는 그녀의 이마에 손을 올렸다.

"열은 없네."

"괜찮아."

태성은 그녀답지 않게 기운이 쪽 빠져 있는 게 안쓰러워 애틋
한 눈길로 바라보았다. 끝내 원석에 대해선 한마디도 꺼내지 않

는 그녀가 대단하게 느껴졌다. 얼마나 하고픈 말이 많겠는가.

"종일 집에만 틀어박혀서 안 심심해?"

"아빠 돌아가시고도 한동안 이랬어. 시간 지나면 훌훌 털고 일어날 거야. 직접 운전하고 다니려니 불편하지?"

"소 팀장이 가이드하기로 했어."

그의 가슴에서 얼굴을 뗀 시온이 뜨악하게 그를 올려다보았다.

"팀장님이?"

"본사에서 가이드 한 명씩 붙이라고 했나 봐."

겸연쩍을 게 뻔해 그녀는 그를 위로했다.

"미안해. 팀장님이랑 같이 다니기 싫을 텐데."

"싫지 않아. 그러니까 미안해하지 않아도 돼."

"다 가진 남자의 오만이 멋져 보이긴 처음인걸."

"너야말로 멋지게 털고 일어나. 이러는 거 너랑 정말 안 어울려."

시온이 그의 손가락을 만지작댔다. 간지러운 느낌이 나쁘지 않아 태성은 빙그레 미소를 머금었다.

"네팔로 돌아갈 건가?"

그녀의 머리칼을 쓸어 넘겨주며 그가 염려되어 묻자, 시온이 살며시 고개를 저었다.

"너 후계자 되는 건 보고 가야지."

"어쨌든 가는 거잖아."

원거리 연애가 불가능한 건 아니다. 그러기엔 시간이 얼마나 주어질지 기약이 없었다. 게다가 국정원과 젤리가 그녀를 주시하고 있었다. 불안한 마음에 태성이 그녀의 머리를 끌어당겨 안았다. 따뜻한 체온을 느끼자 왠지 가슴이 뭉클했다.

"가지 마. 내 옆에 있어. 내가 가도 좋다고 할 때까지."

감동한 듯 시온의 눈시울이 붉어졌다.

"그래, 그럴게."

태성은 성급히 그녀의 입술을 찾았다. 사르르 눈을 감은 시온도 그의 뜨거운 입술을 머금었다. 그의 단단한 두 손이 등과 머리를 감쌌고, 그녀는 그의 품 안에서 깊은 안도를 느꼈다.

사랑의 본질은 하나이지만, 이렇듯 사람마다 감정의 차이는 있다.

누군가는 우정으로, 누군가는 집착으로, 누군가는 연민으로, 그리고 누군가는 한없는 이기심으로.

부모를 잃고 슬픔과 외로움을 혼자 짊어지고 산 그녀에게 태성은 더 큰 마음의 짐을 안겨줄 것이다. 그럼에도 그녀를 포기하지 못한 것은 사랑이란 이름의 이기적인 감정 탓이었다. 시한부 사랑이 그를 이기적으로 만들었고, 나쁜 남자가 되게 했다.

태성은 그녀를 품에 안고 먹먹한 가슴으로 속삭였다.

"신이 선물로 준 건 젊음이 아니라 너였어."

원석을 뺀 나머지 직원들이 펜션으로 쳐들어온 건 태성이 온 지 두 시간 후인 7시. 저녁을 먹을 겸 나갈 채비를 하던 중이었다. 태성이 오기 전에 닉의 전화를 받긴 했었다. 저녁에 집에 있을 거라고만 했는데, 이렇게 찾아올 줄은 미처 몰랐다.

기찬이 능청스럽게 태성에게 인사말을 건넸다.

"안녕하십니까? 저는 우리 시온 씨를 내 몸처럼 아끼는 회사 선배 동기찬이라고 합니다. 잘 부탁드립니다."

태성이 너스레를 떠는 그를 떨떠름하게 쳐다봤다.

"연락도 없이 막 와도 되는 거야?"

난처해진 혁보가 급히 해명했다.

"계신 줄 모르고…… 죄송합니다. 연락하면 시온 씨가 오지 말라고 할 것 같아서요."

혁보 옆에 새침하게 서 있는 고지에게 시온이 미소를 지으며 알은체를 했다.

"고지 씨도 왔네요. 고마워요."

닉이 들고 온 비닐봉지를 테이블에 내려놓았다.

"뭐야, 이게?"

"맛있는 거 해주려고 사왔는데, 그냥 가야겠다."

"아냐, 앉아."

태성은 갑자기 나타난 방해꾼들이 싫은 기색이 역력했다. 태성의 눈치를 보다가 기찬이 먼저 소파로 와서 슬그머니 앉았다.

"이왕 왔는데 잠깐 앉았다 가지 뭐. 앉아, 앉아."

직원들이 너도나도 자리에 앉았고, 닉이 비닐봉지를 들고 주방으로 갔다. 시온이 따라가려 하기에 태성이 그녀의 팔을 잡았다.

"앉아 있어. 몸도 아프다면서."

"괜찮아, 이젠."

"내가 가볼게, 시온 씨."

혁보가 능숙한 일인 듯 주방으로 가자, 기찬과 고지가 어색하게 서로 눈치만 봤다. 고지가 괜히 왔다 싶은 얼굴이기에 시온이 미안해서 말을 붙였다.

"음료수라도 줄까요?"

"뭘 물어봐. 그냥 가져오면 되지."

고지가 구시렁거리는 소리에 태성의 표정이 무섭게 굳어졌다.

"주방에서 음식 만드는 사람들도 있는데, 자넨 병문안 와서 대접받을 생각만 하나?"

태성이 따끔하게 야단치자, 고지의 얼굴이 새빨개졌다. 민망해진 시온이 그의 옆구리를 쿡 찔렀다.

"왜 그래? 일부러 와준 사람한테."

"말하는 본새가 글러 먹었잖아."

숫제 시아버지 같은 말투에 기가 막힌 듯 고지가 발딱 일어나 주방으로 가버렸고, 기찬 혼자 머쓱하게 앉아 있었다. 이번엔 태성이 기찬을 쏘아보았다.

"자넨 상사가 주방에 있는데 무슨 배짱으로 거기 앉아 있는 건가?"

"아, 전 요리하곤 상극이라……."

"가서 거드는 시늉이라도 해. 배고프니까 빨리빨리."

기찬마저 주방으로 쫓겨나자 시온이 태성을 나무랐다.

"왜 심통이야?"

"내 시간 방해했으니 이 정도는 감수해야지. 빨리 먹고 보내."

하지만 그날 직원들은 저녁을 먹고 간식까지 챙겨 먹고 나서도 갈 생각을 하지 않았다. 기찬이 슬슬 발동을 걸어 갖고 온 보드게임을 하자고 했던 것이다. 보드게임을 사온 걸 보니 애초에 일찍 갈 생각이 없었던 거다.

태성은 기가 찼다. 어떻게 병문안을 오면서 놀 생각을 하는지 이해 불가였다. 간만에 펜션이 북적거려 시온이 모처럼 웃고 떠들지 않았다면 일찌감치 내쫓아 버렸을 것이다. 그새 직원들과 정이 든 게 표가 나 태성도 나중에는 흐뭇하게 보드게임을 구경했다.

몇 판 돌아갔을 때 기찬이 그에게 같이할 것을 권했다.

"같이하시죠."

"그럴까?"

은근히 해보고 싶던 차에 태성이 못 이기는 척 사람들 틈에 끼었다.

"난 이번 판 빠질게. 누나, 2층 구경해도 되죠?"

"어, 그래."

닉이 일어나 2층으로 올라갔다. 계단 모퉁이에서 슬쩍 1층 거실을 보니, 모두 보드게임에 열중하느라 신경도 쓰지 않았다.

2층 테라스로 올라온 닉은 조명을 밝힌 정원을 내려다봤다. 어느덧 사위는 어두워졌고, 멀리 바다에서 파도 소리만이 쉴 새 없이 들려왔다. 눈웃음이 귀엽기만 하던 그의 눈빛이 사뭇 날카로웠다. 그는 수상한 그림자가 있는지 사방을 둘러보다가 주머니에서 핸드폰을 꺼냈다.

"아직 별다른 문제는 안 보여요."

[강시온은 아픈 게 확실한가?]

"예."

[네가 정보원이란 걸 알면 소원석이 가만있지 않을 거다. 그러니 들통 나지 않게 조심해.]

닉은 밀려오는 압박감에 마른 숨을 훅 들이마셨다.

[나라를 위한 일이다. 네 어머니를 위한 일이기도 하고.]

"원석이 형을 왜 못 믿으시죠? 믿으셨다면 저에게까지 손을 내밀진 않으셨을 텐데요."

[전쟁터에서 누군들 믿을 수 있겠나.]

"제가 정보원을 하기로 한 건 원석이 형을 믿어서였어요. 원석이 형이 하는 일이면 나도 할 수 있겠다고 생각했으니까."

[지나친 동경은 환상에 지나지 않아. 목숨을 내놓고 일하는 우리에겐 내일이란 없다. 그러니 감상은 집어치우고 조금이라도 수상한 낌새가 보이면 바로 연락해. 다시 말한다. 상어란 자를 조심해라. 젤리보다 훨씬 무서운 자니까.]

닉의 안색이 급격히 어두워졌다. 암에 걸린 엄마의 병원비를 감당하기 힘들어 휘청이다가 안 부장의 제안을 받고 하겠다고 한 것이 잘못이었다. 망설이는 그에게 원석의 이야기를 꺼낸 것도 안 부장이었다. 그래서 용기를 낼 수 있었다. 결국엔 그를 돕는 일이기도 했으니까. 원석 혼자 감당하기 힘들 거란 말에 엄마 병원비도 벌고 아무도 모르게 그를 돕고자 했던 일이 이토록 큰

일이 될 줄 몰랐다.

'빨리 모든 일이 지나갔으면.'

햇병아리 정보원 닉은 별들이 반짝이는 까만 하늘을 올려다보며 간절히 바랐다. 억만금을 준대도 다시는 위험한 일에 뛰어들지 않으리라. 세상에 목숨보다 귀한 것은 없다. 죽음의 그림자가 드리워진 엄마를 봐도 그랬다. 내일이란 시간이 얼마나 소중한 것인지 엄마가 아프기 전엔 몰랐다.

"여기서 뭐 해?"

돌아보니 시온이었다. 닉이 어둡던 인상을 풀고 빙그레 웃었다. 조금만 웃어도 눈이 초승달이 되는 닉이 귀여워 그녀가 정겹게 말했다.

"너 같은 동생 있으면 참 좋겠다."

"동생 하죠, 뭐."

"그럴까? 약속."

시온이 새끼손가락을 내밀었고, 닉이 가만히 손가락을 걸었다.

국정원 정보원이었다는 시온의 부모님은 어떤 분이셨을까?

부모님을 잃은 그녀가 가여웠다. 원석을 찾아온 건 맞는 것 같지만, '야누스'라는 약 때문이라곤 생각하지 않는다. 지금까지 드러난 정황으로도 약과는 무관해 보였다. 태성을 만나 본의 아니게 의심을 받는 것뿐이었다.

"회사 그만두는 거예요?"

원석이 시온에게 첸과의 일을 이야기한 줄 모르는 닉은 솔직히 그녀가 네팔로 돌아갔으면 하는 마음이었다. 이곳에 있어봤자 의심만 더 받을 테니. 그녀에겐 태성의 옆에 있는 게 가장 위험한 일이었다.

"어떻게 알았어? 팀장님이 그래?"

"아뇨. 그냥 짐작으로요."

시온이 착잡하게 정원을 내려다봤다.

"팀장님은 좀 어때?"

"우울 모드예요. 필요한 말 외엔 한마디도 안 하고, 식사도 안 하고, 심지어 눈도 안 마주쳐요. 다크 원석으로 돌아갔어요."

"다크 원석?"

"처음에 제주도에 왔을 때 그랬거든요. 형이랑 친해지려고 별 짓 다했었는데. 난 우리 에이전시 사람들이 가족이나 다름없어요. 제주도가 좋아서 눌러앉은 것도 있지만, 형들이랑 고지 누나가 좋은 게 더 크거든요. 고지 누나가 까칠해 보여도 나한텐 엄청 잘해줘요. 형들은 두말할 것도 없고."

"알아. 근데 난 처음부터 오래 있을 생각 없었어."

"형이랑 무슨 일 있었는지 나한테만 얘기해 주면 안 돼요?"

시온이 물끄러미 닉을 바라보았다. 드러나지 않아 더 귀한 진실도 있다. 아빠의 희생이 그러했듯이.

"미안. 그냥 모른 척해줘. 팀장님한테도 아는 척하지 말고. 다른 사람들 있어서 걱정은 안 되는데, 그래도 네가 팀장님 잘 보살펴 드려. 라이트 원석으로 돌아올 수 있게."

　사무실 2층으로 우르르 몰려 올라오는 소리에 원석이 침대에 누웠다가 밖으로 나왔다. 술까지 사들고 왁자지껄 올라온 혁보와 기찬, 그리고 닉은 테이블에 둘러앉았다. 원석이 아무 말 없이 돌아서자 기찬이 얼른 가서 그의 어깨를 잡아 소파에 앉혔다.

　"내가 형 마음 잘 알지. 그래도 남자라면 보내줄 줄도 알아야 하는 거야. 어휴, 난 형이 이렇게 여자한테 약할 줄 몰랐다."

　기찬은 원석이 시온에게 실연당해 우울 모드인 걸로 오해하고 있었다. 닉이 원석의 눈치를 보다가 공손히 잔에 맥주를 따라주었다.

　"드세요, 형."

　원석이 술잔을 들어 단숨에 들이켰다. 가슴이 답답해 미칠 것 같았는데 마침 와준 이들이 반갑고 고마웠다.

　"우리 지금 시온 씨 집에서 오는 길이야."

　기찬이 눈치를 보며 말했고, 원석이 담담하게 대꾸했다.

　"다신 가서 귀찮게 하지 마."

　"귀찮아하긴. 엄청 좋아하더구만."

　"말 들어."

　원석의 한마디에 주눅이 든 기찬이 대꾸 대신 후룩 맥주를 들이켰다. 혁보가 싸늘해진 분위기를 수습했다.

　"또 갈 일 있겠냐. 술 마시자, 어?"

　몇 잔을 연거푸 마신 원석이 먼저 방으로 들어와 침대에 드러누웠다. 술을 마셔도 답답한 마음이 가시지 않는다.

그녀가 보고 싶었다.

도무지 마음에서 떠나지 않는 그녀.

첸을 마음에서 지워내지 못하듯이 그녀 또한 그러하리란 걸 안다. 그래서 괴로운 것이다.

혁보가 살며시 방문을 열고 들어왔다. 원석은 팔을 이마에 올린 채 눈을 감고 있었다. 그의 앞으로 의자를 당겨다 앉았다. 힘들어 보이는 원석의 얼굴을 가만히 보다가 혁보는 긴 한숨을 토해냈다.

"시온 씨한테 말한 거냐?"

국정원 선후배 관계였던 원석과 혁보. 원석보다 3년 먼저 관뒀던 혁보는 시온에 관해서만 알 뿐 최근에 일어난 일은 일체 몰랐다. 둘 다 안 부장의 명령에 따랐었고, 작전 중에 여러 번 죽을 뻔한 위기도 넘겼다. 인생 중에 그때가 가장 지옥 같았던 혁보였기에 다시는 같은 일에 끌어들이고 싶지 않았다. 그래서 안 부장에게 혁보만은 내버려 두라고 신신당부했었다.

"첸이 나 때문에 죽었다고 얘기했어."

"인마, 그게 어떻게 너 때문이야. 엄밀히 따지면 젤리가 죽인 거나 다름없지. 이제 그만 죄책감 좀 떨쳐 버려. 시온 씨도 잊어버리고."

그녀를 잊을 자신이 없었다. 숨고 도망쳐도 첸에 대한 죄책감을 떨치지 못한 것처럼.

젤리를 잡으면 그녀와 첸에게 덜 미안할까.

놈을 잡고 싶었다. 그래야 첸도 편히 눈을 감으리라. 지금도 설산 어딘가 묻혀 있을 그를 생각하자 원석은 참을 수 없는 분노가 가슴속에서 이글거렸다.

똑똑!

늦은 밤, 진료실을 노크하는 소리에 혜미는 책상 앞에 앉아 전공서적을 보다가 고개를 들었다. 순간 재규일 거라는 생각에 카디건을 여미며 자리에서 일어났다. 또 술이 떡이 돼서 찾아온 거면 욕을 퍼부어주리라.

문을 홱 열자 뜻밖에도 박지근이 서 있었다. 가운이 아닌 평상복을 입은 박지근은 조금 다른 느낌이었다. 가운을 입었을 때보다 좀 더 안온한 인상이었다. 너무 성격이 차갑다고 간호사들에게 몇 번 들었던 것이다.

"박 선생님."

"불이 켜져 있길래."

"아직 퇴근 안 하셨어요? 당직 아니시잖아요."

"볼 게 있어서. 들어가도 돼요?"

불이 꺼진 복도에 서 있는 그를 안으로 들어오게 했다. 눈동자만 살짝 돌려 진료실을 살피던 그는 한쪽 벽면에 놓인 대기 의자에 가서 앉았다.

"차 좀 드릴까요?"

"아뇨. 마셨어요, 좀 전에. 같은 진료실인데 여자분이라 그런지 분위기가 더 아늑하군요."

혜미가 빙긋 웃었다. 근무 조건에 불만이 있는 건 아닐지 약간 염려스러웠다.

"그런가? 근무하는 건 좀 어때요? 전에 있던 병원보다 나아요?"

"네. 서울에 있을 때보단 마음이 더 편해요. 근데 요즘은 백재규 이사님 안 찾아오나 봐요, 밤에?"

"네?"

그걸 어떻게 알았나 싶어 혜미는 몹시 당황했다. 무안한 듯 얼굴이 빨개지는 그녀를 향해 박지근이 빙그레 웃었다.

"전에 봤거든요, 우연히."

"보신 줄 몰랐네요. 따끔하게 얘기했으니까 다신 안 찾아올 거예요."

"그래야죠. 술 취해서 찾아오는 남자, 위험하잖아요. 혼자 있다가 무슨 일이라도 당하면 어떡해요?"

"걱정해 주셔서 감사합니다. 그만 가야겠어요. 많이 늦었네요."

박지근이 의자에서 일어났다. 가방을 챙긴 혜미가 앞서 나가는 그를 따라 진료실을 나갔다. 불을 끄고 문을 잠그자 한 치 앞도 안 보일 정도로 어두웠다. 복도의 센서등이 켜지지 않아 그녀는 의아한 듯 중얼거렸다.

"센서등이 고장 났나?"

가방에서 핸드폰을 꺼내 플래시를 켰다. 그런데 박지근은 플래시를 켜지 않고 그녀를 가만히 보고만 있다.

"박 선생님, 플래시 좀 켜주실래요? 배터리가 얼마 안 남아서 제 거는 곧 꺼질 것 같아요."

"핸드폰 두고 왔네요, 진료실에. 같이 가요."

발밑을 비추어 옆방 앞까지 왔다. 박지근이 문을 열었을 때였다. 저편 어둠 속에서 빛과 함께 뚜벅뚜벅 발자국 소리가 들렸다. 깜짝 놀란 혜미가 플래시로 복도를 비췄다. 어둠 속에서 모습을 드러낸 사람은 재규였다.

재규가 핸드폰 플래시로 혜미 옆에 선 박지근을 비추었다. 따가운 불빛에 손으로 얼굴을 가린 박지근을 보더니 마치 불륜 현장이라도 잡은 것처럼 재규의 인상이 굳어졌다.

"뭐 해?"

"핸드폰 가지러 들어가려던 참이었어. 센서등이 고장 났거든. 오빠 또 왜 왔어?"

"밖에서 보니까 진료실에 불이 켜져 있길래. 같이 있는 줄은 몰랐네."

재규가 또 오해하기 전에 얼른 가는 게 상책이었다.

"박 선생님, 저희 먼저 갈게요. 내일 봬요."

혜미가 플래시로 발밑을 비추며 앞서 걸어갔고, 재규가 박지근을 노려보다가 그녀를 따라갔다. 그녀의 발 앞에 두 개의 플래시가 어지럽게 흔들렸다.

어둠 속에서 가만히 두 사람을 지켜보던 박지근의 입가에 아쉬운 미소가 스르륵 내려앉았다.

"밤에 불쑥 찾아오지 말라고 했잖아."

주차장으로 걸어가며 혜미가 신경질을 내었다. 박지근에게 그가 다신 안 찾아올 거라고 큰소리쳤는데 비웃음거리가 된 것 같았다.

재규가 툴툴대며 걸어가는 그녀의 팔을 잡아 돌렸다. 그의 눈길이 자연스럽게 그녀의 목에 머물렀다. 옥상에 둔 목걸이가 없어져 혹시나 하는 기대감으로 찾아왔는데, 그녀가 아니었다.

'누가 가져간 거지?'

실망감에 젖는 그를 혜미가 원망의 눈길로 쏘아보았다. 재규가 그녀의 눈을 마주 응시했다.

"도저히 미션이 안 풀려서 산책 나왔다가 본 거야. 술도 안 마셨고, 도박도 끊었어. 나도 노력하고 있다고. 물론, 넌 내가 후계자가 못 되길 바라겠지만."

"그래도 밤엔 찾아오지 마. 싫어, 내가. 갈게."

잡힌 팔을 억지로 빼고서 차로 걸어가는 그녀를 보다가 재규는 쓸쓸한 마음에 허한 눈을 들어 하늘을 올려다봤다. 늘 엇갈리기만 하는 마음이 괴로워 눈시울이 뜨거워진다. 아무리 노력해도 알아주는 사람이 없다는 게 비참하다.

혜미가 차를 몰고 그의 앞을 지나친 후에도 그는 갈 곳을 잃은 사람처럼 오래도록 그곳을 서성였다.

상어는 불이 꺼진 '프리비던스' 사무실 2층을 바라보았다. 안부장의 통화 내역을 알아본 결과, 뜻밖의 인물이 그를 기다리고 있었다.

소원석.

1년 전까지 젤리를 쫓던 자였다. 더욱 놀라운 건 소원석의 정보원, 강인태의 딸이 강시온이란 사실이었다. 강시온은 '야누스'에 대해 모르지만, 강인태의 죽음으로 소원석을 찾아온 것만은 분명했다. 그리고 현재, 백태성과 강시온은 사귀는 사이였다.

전화 해킹을 통해 그 모든 걸 지켜보았던 상어는 입가에 묘한 미소를 담았다. 다시 생각해도 태성과 시온이 사랑하는 사이라는 게 어처구니가 없었다. 옥상에서도 시온 때문에 살아야겠다고 발악하던 모습이 머릿속에서 떠나질 않았다.

태어나자마자 버려져 부모의 사랑은커녕 사랑 그 자체를 믿지 않는 상어로서는 그의 행동을 이해할 수 없었다. 설사 그가 정말 회장님이 맞다고 치자. 회장님이 대범한 성격인 건 알지만, 절대 무모한 분은 아니었다.

주변에 흐르는 싸늘한 냉기.

상어는 생각에 잠겨 있다가 누군가의 시선을 느끼고 온몸의 촉각을 곤두세웠다. 급히 몸을 돌렸을 때였다. 사무실 쪽에서 누군가가 툭 튀어나오며 소리쳤다.

"서라!"

입가에 비릿한 미소를 지은 상어가 달리기 시작했다. 그 뒤를 원석이 쫓아왔다.

원석은 술을 마신 탓에 운전을 할 수 없어 안타까웠다. 잠이 오지 않아 사무실 뒷문으로 나와 주변을 서성이다가 낯선 사람이 사무실 앞에 서 있는 걸 발견한 것이다.

상대는 굉장히 날렵했다. 달리기라면 누구 못지않다 여겼던 원석도 그를 쫓아가기가 힘겨울 정도였다. 숨이 목까지 차올라 심장 부위가 끊어질 듯 아팠다.

한편 제주 지리를 잘 아는 원석에 비해 상어는 익숙지가 않아 도망친다는 것이 그만 막다른 골목이었다. 높은 담도 가볍게 뛰어넘는 그였기에 이번에도 몸을 날려 담을 넘었다. 하지만 길을 가로지른 원석에게 덜미가 잡히고 말았다.

상어의 얼굴부터 사정없이 후려친 원석은 휘청하는 그의 멱살을 잡아 담에 쾅 소리가 나도록 밀어붙였다. 어두워서 푹 눌러쓴 후드 속의 얼굴이 잘 보이지 않았다.

원석이 후드를 벗기려는 순간, 상어의 반격이 시작되었다.

급소를 공격했기에 원석은 피하느라 멱살을 놓고 쓰윽 뒤로 물러섰다. 이어 빠르게 들어오는 상어의 공격을 피하기에 바빴다. 정체를 알 수 없는 무술을 쓰는 상어 때문에 원석은 혼란스러웠다. 젤리인 줄 알았는데, 무술이 달랐기 때문이다. 1년 만에 익힌 무술이라고 하기엔 내공이 상당했다.

네팔에서 딱 한 번, 젤리와 맞붙었던 적이 있었다. 물론, 엄청나게 깨지고 놓쳐 버렸지만.

그런데 이자도 젤리와 비견할 만한 실력을 갖고 있었다. 아니, 젤리보다 훨씬 월등했다. 간결하고도 깔끔한 무술 실력으로 완전히 원석을 제압했다.

그렇다면 이자는?

"너, 상어지?"

상어가 대답 대신 그의 급소를 내려쳤다. 너무 순식간의 공격이라 잔뜩 경계했음에도 원석은 그 일격에 비명조차 지르지 못하고 힘없이 쓰러졌다.

잠깐 졸도했다가 상어가 사라진 후 깨어난 원석은 그의 정체를 알아차리고 진심으로 간담이 서늘했다.

'상어. 그자가 상어였어.'

그의 소문을 들어 아는 바, 죽지 않은 게 천운이었다. 그가 제주도에 나타난 이유야 태성 때문일 것이다. 사무실 앞으로 찾아온 걸 보면 자신의 정체를 알았을 테고.

'그런데도 살려두었어. 왜지?'

아마도 지금 죽이면 그의 정체를 고스란히 드러내는 꼴이 되어서였으리라. 그리 되면 회장님과 태성도 위험해질 게 뻔했다.

원석은 상어가 나타난 이상, 정면승부가 불가피해졌음을 깨달았다. 상어까지 야누스에 개입됐다는 건 조용히 끝날 일이 아니라는 것이니까. 희생을 줄일 방법은 회장님을 만나 담판을 짓는 것뿐. 그러기 위해선 태성의 도움이 필요했다. 그를 설득하기만 한다면, 태성과 시온이 다치지 않고 회장님 선에서 끝날 수 있었다.

　　　　❊　　❊　　❊

"회장님 뵙게 해주십시오."

아침에 호텔방으로 찾아와 원석이 하는 말 때문에 태성은 걱정이 앞섰다. 어젯밤, 상어로부터 이미 연락을 받았기 때문이다. 앞서 상어에게 그의 주변 사람들에겐 절대 손을 대지 말라고 했던 말이 원석을 살린 셈이었다.

소파에 앉은 원석은 잠자코 태성을 쳐다보았다.

안 부장에게 보고도 하지 않은 채 단독으로 움직였을 때 그는 이미 모든 걸 각오했다. 첸을 죽게 만든 젤리를 잡고 싶은 마음은 누구보다 컸다. 존경해 마지않던 회장님이 야누스를 훔쳐 갔다 해도 충격은 받을지언정 비난할 생각은 없었다. 오로지 그의 관심과 걱정은 이 사건으로 인해 시온이 위험해질까 하는 것뿐이었다.

태성의 안색이 차갑게 가라앉았다.

"아버진 왜?"

"직접 뵙고 말씀드리죠."

"아버지가 아무도 만나길 원치 않아. 할 얘기가 있으면 나한테 해. 전해줄게."

잠시 두 사람은 서로를 매섭게 응시했다. 믿을 수 없기는 서로가 마찬가지였다.

하지만 지금이 아니면 원석은 이들을 지옥에서 건져 줄 기회를 영영 놓치게 될 것 같았다. 국정원에 배신자로 찍힐 일이다. 그럼에도 개의치 않는 이유는 자신의 목숨보다 시온의 안전이 더 중요했기 때문이다.

"솔직히 말씀해 주신다고 약속할 수 있겠습니까?"

원석이 그 말을 꺼냈을 때 태성은 그가 대단한 결심을 했음을 알았다.

"물론."

"'야누스'에 대해 알고 계시죠?"

"……."

원석이 원하는 게 무엇일까? 무엇이기에 단도직입적으로 약에 관해 묻는 것일까?

태성은 그의 의도가 심히 궁금했다. 상어가 나타났다 싶으니 국정원에서 선수를 치자는 속셈인가.

그 어느 때보다 신중해야 했다. 자칫 그들의 꼬임에 빠져 낭패를 당할지 모르기에.

태성의 속내를 읽었는지 원석이 말을 돌렸다.

"걱정하지 마세요. 태성 씨한테 이런 얘기 하는 거 아무도 모르니까."

'아무도 모른다고?'

태성은 그의 말에 조금 놀랐다. 짐작한 게 맞는다면 그는 지금 큰 모험을 하는 셈이었다.

"이러는 이유가 뭔가? 혹시, 시온이 때문인가?"

시온의 이름을 듣자 원석은 속에서 뜨거운 것이 울컥 치밀었다.

"예. 시온 씨까지 위험해지는 거 볼 수 없습니다. 당신 곁에 있는 한 시온 씨, 안전을 보장받기 어려워요."

태성도 이미 알고 있는 사실이었다. 그녀를 사랑한다는 이기심으로 곁에 두고 있지만, 가장 힘겨운 시간을 보내는 사람 또한 그였다.

"내가 어떻게 하길 바라나?"

그 말은 곧 '야누스'에 대해 알고 있다는 뜻이리라. 끝까지 모른다고 할 줄 알았는데, 순순히 시인하는 그를 보자 얼마나 마음고생이 심했을지 짐작이 갔다.

"약은 회장님이 갖고 계신 겁니까?"

"그래."

"회장님이 약을 내놓지 않으면, 모두가 위험해집니다. 국정원에 약을 넘겨야 끝나요."

태성이 참담한 얼굴로 읊조렸다.

"그렇게 끝날 일이 아니야."

"태성 씨."

"아버지가 위험한 게 아니야. 그 약, 그 약이 위험하다네."

"예, 압니다. 그 약이 큰 무기가 될 걸 알기 때문에 돌려달라는 겁니다. 약을 팔 목적이 아니라면 회장님께서 잠적하면서까지 갖고 계실 이유가 뭡니까?"

"아버질 모욕하지 말게. 절대 그럴 목적이 아니니까. 다만, 지금은 상황이 여의치 않을 뿐이야. 그러니 자네가 국정원에 말해주게. 날 잡을 생각 말고 '연동회'인지 '젤리'인지 하는 놈이나 잡으라고. 나야말로 그놈의 '야누스'인지 '야차'인지 하는 약 때문에 내 사람들이 다치는 걸 원치 않아."

"국정원과 연동회는 다릅니다. 약을 찾을 수만 있다면 사람 하나 죽이는 것쯤은 연동회에겐 쉬운 일이죠. 상대가 회장님이라 해도 말입니다. 그러니 태성 씨나 시온 씬 디하겠죠."

"만약 아버지를 설득해 약을 국정원에 넘기면 '연동회'에서 날 가만히 둘까?"

거기까진 생각하지 못했다. 그제야 원석은 태성이 왜 약만 넘겨서 끝날 일이 아니라고 했는지 알 수 있었다.

아무 말도 하지 못하는 그를 보자 태성이 씁쓸하게 웃었다.

"국정원에서 평생 아버지와 날 그들로부터 지켜줄 것 같은가? 우리 때문에 시온이가 잘못될 수도 있어. '연동회'가 얼마나 잔학한 집단인지 자네가 더 잘 알지 않나? 보디가드를 수십 명 둔다 해도 우린 언제 테러를 당할지 몰라 두려움에 떨어야 할 거야. 내 몸은 고사하고 사랑하는 여자 하나 지키지 못하는 남자가 될 테지."

근심에 가득 찬 그의 눈을 보자 원석은 대꾸할 말을 잊어버렸다. 그리고 약을 어떤 목적 때문에 갖게 된 게 아니라는 것도 알 수 있었다. 뜻하지 않게 약을 손에 넣고 어떻게 해야 할지 몰라 전전긍긍했으리라는 걸. 차라리 일찍 약을 넘겼더라면 일이 이렇게까지 되지 않았을 텐데 안타까웠다.

"그래도 약은 국정원에 돌려주는 게 옳아요. 갖고 있을수록 위험 부담은 더 커질 겁니다. 다른 목적이 없었다고 해도 신고하지 않은 채 갖고 있었다는 자체로 죄라는 걸 알잖아요."

"누군들 갖고 있고 싶었겠나."

원석은 시름하듯 중얼거리는 태성을 물끄러미 응시했다. 어떤 연유로 약을 갖고 있게 된 건지 알 수 없으나, 어렵게 털어놓은 보람은 있었다.

태성이 굳은 얼굴로 결연히 말을 이었다.

"시간을 좀 주게. 아버지 결정이 우선이니까."

그가 과연 회장님의 고집을 꺾을 수 있을까?

원석은 진심을 다해 그에게 충고했다.

"전 시온 씨가 행복해지길 바랍니다. 그러기 위해선 태성 씨가 시온 씨 옆에 끝까지 있어야 해요. 그게 제가 시온 씨한테 빚을 갚는 길이에요."

"갈수록 태산이구만기래."

태성의 이야기를 듣고 일송은 아연실색했다. 원석이 국정원 요원이라는 게 기가 막혔다. 게다가 시온의 부모가 국정원의 정보원이었다니 정말 놀라웠다.

고민에 빠진 태성에게 일송이 넌지시 물었다.

"약을 국정원에 넘겨줄 생각이네?"

그런다고 '연동회'에서 순순히 물러날까? 오히려 약을 빼돌린 걸 알았을 때 보복하지 않으리란 보장이 없었다.

태성은 사면초가에 빠져 있었다. 원석의 말을 듣자니 '연동회'가 걸렸고, 가만있자니 자기 하나 때문에 주변 사람이 다칠게 염려되었다. 더군다나 지금은 후계자 선출을 앞둔 시점이었다. 자칫 잘못하다간 모든 걸 망치게 된다.

"약을 넘겨준다 해도 '연동회'에서 눈치챌 거이 뻔해. 고저 날 죽여줍쇼, 하고 손 흔드는 꼴이디."

"나도 알아. 그렇다고 소 팀장한테 다 얘기해 버렸는데 계속 갖고 있는 것도 이상하지. 어차피 제자리로 돌려놔야 할 물건이었어."

"두렵디 않네?"

그의 얼굴에 짙은 어둠이 드리워졌다.

"두려워, 매순간. 죽음이 무서운 게 아니야. 다시 늙는 게 두려워."

그의 두려움은 시온에게서 기인된 것이었다. 모든 일이 순조롭게 끝나서 진짜 백태성으로 살 수만 있다면 얼마나 좋을까. 그래서 시온과 행복하게 새 삶을 영위할 수 있다면……. 그 아득하고도 먼 소망 앞에서 그는 자신이 너무나 작게 느껴졌다.

늙는 걸 좋아하는 사람이 누가 있으랴. 그러나 적어도 그는 늙지 않으려 기를 쓰며 살진 않았다. 아무리 좋은 약과 성형으로 애쓴다 한들 자신에게 주어진 삶을 거스를 순 없는 일. 그저 사는 동안 열심히 최선을 다해 살면 된다 생각했고, 실제로도 그렇게 살아왔다.

그런데 지금은 아니었다. 그의 마음이 점점 젊음에 대한 욕망으로 진하게 물들어가고 있었다.

❖　❖　❖

—보고서 8

　제시카는 안 부장과 통화하며 하이힐을 벗었다. 하이힐을 벗고 나니 살 것 같았다.

　"저도 그만 교체해 주시면 안 됩니까?"

　안 부장의 짜증스러운 목소리가 튀어나왔다.

　[너까지 왜 그래? 가뜩이나 카메라 발각된 것 때문에 원장님한테 된통 깨졌는데.]

　난간에 기대서서 아픈 다리를 주무르며 제시카가 울상을 지었다.

　"그렇게 누가 콘셉트를 이렇게 잡으라고 했습니까?"

　꽃뱀인 제시카에게 협박 아닌 협박을 하여 미국으로 돌려보낸 후, 가짜 제시카 역할을 하느라 그녀는 아주 죽을 맛이었다. 호텔방에서 제시카가 갖고 간 재규의 핸드폰을 빼앗아 그럴싸하게 연극을 했지만, 역시나 재규는 제시카가 누군지 기억조차 하지 못했다. 기억 못 할 줄 알고 부러 제시카 흉내를 낸 것이지만, 덕분에 팔자에도 없는 꽃뱀 노릇을 하느라 청초한 심장에 금이 갈 지경이었다.

　[백재규가 섹시한 여자 좋아한다잖아.]

　"그 자식은 진짜 아무것도 몰라요. 지 앞가림도 제대로 못 하는 놈이에요. 그런 놈한테 백 회장이 행여나 얘기하겠습니다. 백

재규는 감시하나 마나라니까요."

[야, 시끄러워. 괜히 하기 싫으니까 핑계야. 무슨 수를 쓰든 백재규 옆에 들러붙어 있어. 찰거머리가 네 원래 콘셉트잖아.]

그녀는 끊어진 전화를 붙들고 이를 박박 갈았다.

"섹시한 여잘 좋아해? 백재규는 의사 좋아해, 의사. 제대로 파악이나 하고 콘셉트를 잡았어야지 이게 뭐냐고."

다시 하이힐을 신고 투덜투덜 정글을 지나던 그녀는 발을 헛디디는 바람에 뒤로 벌러덩 넘어지고 말았다.

"으악!"

넘어지면서 머리를 심하게 나무에 부딪혔고, 이내 그 아래 대자로 뻗어버렸다. 뇌진탕이 왔는지 가물가물 눈앞이 흐릿해지는데 나뭇가지 사이에서 뭔가 반짝 빛나는 게 보였다.

그것이 무엇인지 채 알기도 전에 그녀는 완전히 졸도해 버렸고, 그녀와 부딪힌 충격에 나뭇가지에 아슬아슬 걸려 있던 재규의 목걸이가 그녀의 가슴 위로 나붓이 떨어졌다.

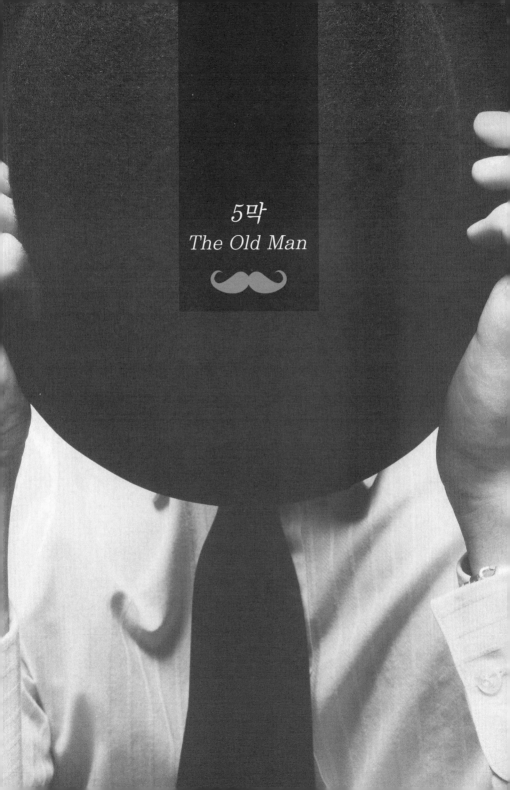

5막
The Old Man

제17장

"시온 씨 일 관뒀다면서요? 무슨 일 있는 겁니까?"

리조트 옥상에서 만난 우영이 태성에게 걱정스레 물었다. 마침 회사 지시로 미션 수행을 돕기 위해 개인 가이드들을 한 명씩 붙였던 참이었다. 시온이 아닌 원석이 가이드를 맡았다기에 전화했더니, 일을 관뒀다는 것이었다. 이유를 말하지 않아서 더욱 걱정되었다. 그새 태성과 사이가 나빠진 게 아닐까 해서였다.

"그럴 일이 좀 있어."

"싸운 겁니까?"

그녀와 사사건건 투덕거리던 것이 생각나 태성이 씁쓸하게 말했다.

"넌 사랑하는 여자 생기면 절대적으로 잘해줘. 자존심 세운답

시고 싸우지 말고."

그녀를 사랑하게 될 줄 알았더라면 유치하게 싸우는 짓은 하지 않았을 것이다. 그녀 곁에서 평생 오순도순 살고 싶어질 줄 알았더라면 처음부터 아낌없이 모든 걸 내어주었으리라.

지나 보니 그녀에게 못되게 굴었던 게 너무나 후회되었다. 엄마를 사고로 잃은 것도 모자라 아빠까지 잃은 후 그녀가 겪었을 충격과 고통을 생각하자 다시금 마음이 아팠다. 아빠를 죽인 사람을 찾기 위해 생면부지인 원석을 찾아 제주까지 온 그녀는 혼자 얼마나 힘든 시간을 보냈을까. 그런데도 밝기만 하던 그녀가 새삼 기특했다.

'젤리.'

태성은 유종현의 선한 얼굴을 떠올리며 속으로 이를 갈았다.

놈을 꼭 잡고 싶었다. 그래서 비명에 간 그녀 아버지의 한을 조금이나마 풀어주고 싶었다.

우영은 태성이 시온과 사귀기 전에 원수처럼 싸우던 일이 생각나 풋 웃고 말았다. 태성이 젤리 생각에 이마를 구기고 있다가 뜬금없다는 듯 그를 쳐다봤다.

"왜 웃어?"

"시온 씨랑 싸운 거 맞나 보네요."

"예전에 싸운 거 후회하는 중이야. 이렇게 시간에 쫓길 줄 알았으면 사랑만 할 걸 그랬어."

아쉬운 표정이 역력한 그에게 우영이 이상하다는 눈초리를 보냈다.

"시간에 쫓기다니, 무슨 말이죠? 계약 연애 하는 것도 아닐 테고."

"사랑에 계약이 왜 필요해? 그거 다 골빈 것들이나 하는 짓거리야."

"그러니까요. 태성 씨가 시간에 왜 쫓겨요? 사랑에 시간 제한이 있는 것도 아닌데."

정해지지 않은 시간 제한에 걸린 기분을 우영이 알 리 만무했다. 이젠 초침 소리만 들어도 깜짝깜짝 놀랄 지경이라 늘 차고 다니던 시계도 벗어 던진 지 오래였다.

"오늘이 마지막이라는 생각으로 살란 뜻이야. 그러니 사랑하는 사람에게 더 잘해야지."

우영이 공감이 가는지 엷은 미소를 띠었다.

"시온 씬 행복하겠군요. 날마다 최선을 다해 사랑해 주는 애인이 있어서."

말속에 부러움과 외로움이 섞여 있어 태성이 안쓰럽게 물었다.

"넌 언제까지 그러고 살 거냐?"

"제가 뭘 어쨌다고……?"

태성이 불현듯 표정을 바꾸어 한심하다는 듯 혀를 끌끌 찼다.

"뭐가 못나서 여자 하나를 변변히 못 사귀는지, 원."

우영은 회장님에게 늘 듣던 말이라 소름이 오싹 돋았다.

"한국어를 영 잘못 배우신 것 같네요."

"왜?"

"가끔 깜짝깜짝 놀라요, 회장님이랑 너무 똑같아서."

그토록 힌트를 줬건만 의심조차 하지 않는 그가 답답해 태성은 끙 앓는 소리를 냈다. 운이 좋아 진짜 백태성으로 살게 된다면 영영 모르는 편이 나으리라. 하지만 이전처럼 허물없는 관계가 되기까지 시간이 걸릴 것이다.

"우영아."

"네."

"만약에 내가 후계자가 되지 못하면, 네가 했으면 해."

부드러운 미소를 머금었던 우영의 얼굴이 돌연 경직되었다.

"그게 무슨……?"

"아버지가 널 양자로 들이는 이유를 알 거다. 아버진 널 사랑하셔."

"……."

"자식들 중에 안 아픈 손가락 어디 있냐는 건 거짓말이야. 아픈 손가락, 덜 아픈 손가락 있어. 잘난 자식 보면 마음이 놓이고, 못난 자식 보면 마음이 더 쓰이는 게 부모 마음이지. 아버지한테 재규는 아픈 손가락이야. 아픈 손가락한테 힘든 일을 맡길 순 없잖아. 덜 아픈 손가락인 너한테 회사를 맡기는 게 아버지 마음도 편하실 거야."

"태성 씬 회장님한테 어떤 손가락이죠?"

"없는 손가락."

충격을 받은 양 우영은 빤히 그를 쳐다보았다. 지금까지 뭔가 착각하고 있었단 생각이 들었다.

"회장님이 제일 믿고 맡길 사람이 태성 씨라고 생각했는데요."

태성의 눈빛이 희뿌옇게 흐려졌다.

"난 애초에 세상에 없는 존재였는걸. 지금이라도 아버지가 그만두라고 하면 깨끗이 물러나야 해."

"후계자 되고 싶지 않아요? 그동안 숨어 살았던 거 억울하지 않냐고요?"

태성은 허한 시선으로 정글 어딘가를 응시했다. 나뭇잎 사이로 반짝이는 햇빛을 보자, 해가 지면 사라질 그 존재가 마치 자신 같아 쓸쓸했다.

"억울하진 않지만, 아쉽긴 하겠지."

거만하고 제멋대로인 줄로만 알았는데 우영은 그의 깊은 속내를 들여다본 기분이었다. 그 때문이었을까. 멀게만 느껴지던 거리감이 한순간에 가까워진 듯했다. 강한 척하지만, 태성도 결국엔 부담감이 만만치 않다는 걸 알 수 있었다.

"후계자가 되지 못하면 태성 씨도 떠날 생각입니까?"

"넌 떠날 생각이야?"

"제가 아니라 재규 형이요."

"쯧쯧, 한심한 놈."

태성이 무심코 흘리는 소리에 우영이 인상을 찡그리며 툴툴거렸다.

"아, 진짜. 회장님 말투 좀 따라 하지 말아요. 여기 보이죠, 소름 돋은 거."

우영이 팔뚝을 내밀었고, 태성이 힐끗 소름 돋은 팔뚝을 보더니 못마땅하게 눈을 흘겼다.

"드라마랑 영화 보는데도 안 고쳐지는 걸 난들 어떡하나?"

"닮을 게 따로 있지 노인네 말투를 배웁니까. 사람들이 웃는다 고요."

"웃으라지 뭐. 지들은 얼마나 고운 말 바른말 쓰길래 비웃어, 비웃길."

"조언하면 들을 줄 아는 것도 미덕이에요."

교과서처럼 바른말만 골라 하는 우영 때문에 태성은 더 이상 잔소리를 듣기 싫어 양손으로 귀를 막았다. 그것 또한 회장님과 똑같아 우영은 어이없다는 듯 웃고 말았다.

점심시간이 되어 우영은 자신의 가이드가 된 닉과 함께 지하 식당으로 내려갔다. 그곳에서 만난 혜미와 동석을 했다.

"되게 미소년이시다. 몇 살?"

처음 보는 닉에게 혜미가 관심을 보이기에 우영은 밥을 먹다 말고 떨떠름한 눈으로 건너편에 앉은 그녀를 쳐다봤다.

"스물넷이요."

"어머. 고등학생이라고 해도 믿겠네. 이름이 뭐예요?"

"닉 신입니다. 한국 이름은 신준우예요."

"외국에서 왔나 보다. 어디? 미국?"

"네."

닉이 방긋 웃었다. 웃으니 눈동자가 사라져 스마일 청년의 매력이 더욱 도드라졌다. 그의 미소에 반한 혜미가 감탄했다.

"웃는 게 어쩜 이렇게 예쁘냐. 자주 좀 놀러 와요. 맛있는 거

사줄게."

그녀의 관심이 닉에게 쏠리자 보다 못한 우영이 둘 사이에 불
쑥 끼어들었다.

"너 취향이 미소년이었냐?"

"개인적으로 좋아하는 얼굴이긴 해. 왜?"

좋아하는 얼굴이라는 말에 우영은 슬슬 배알이 꼬였다.

"나이도 한참 어린 사람한테 초면에 너무 들이대는 거 아냐?
부담스럽게."

얼굴이 화끈 달아올라 혜미가 날 선 눈빛으로 우영을 쏘아보
았다.

"성형외과 의사가 선호하는 얼굴 만나 반가워했기로 들이대다
니. 말 너무 심하다, 너."

"좀 전에 네 눈빛 장난 아니었거든."

"당연히 장난 아니지. 성형외과 의사 눈이 얼마나 감각 있는
데."

"태성 씨 좋다고 한 게 언젠데 그새 딴 남자한테 눈 돌리냐."

하지 말아야 할 말을 자기도 모르게 뱉어놓고 우영이 아차 하
는 찰나, 얼굴이 하얗게 질린 혜미가 들었던 숟가락을 탕 소리가
나도록 식판에 내려놓았다.

"야, 도우영. 너 방금 뭐라 그랬어?"

혜미라면 늘 이해하고 져주던 우영은 실수한 걸 알면서도 닉
앞이라 그런지 뻗대고 나왔다.

"내가 뭐 틀린 말 했어? 실연당해서 주정하는 거 다 받아줬더

215

니만. 옆에서 똥개가 밥을 먹어도 너처럼 그러진 않아."

우영의 힐난에 얘가 오늘 뭘 잘못 먹었나, 하는 얼굴로 혜미가 무섭게 쏘아붙였다.

"너 내가 아는 도우영 맞아? 아님 타락한 천사라도 된 거야? 하루아침에 사람이 어쩜 이렇게 달라질 수가 있어? 정말 실망이다."

"실망은 내가 더해. 아무리 친구라도 마주 앉아 밥 먹으면서 너, 나한테 눈길 한 번 제대로 안 줬어. 내가 소개팅 시켜주러 온 거냐고?"

"얘가 오늘따라 왜 이래? 유치하게."

밥 잘 먹다가 난데없이 말다툼인 두 사람 사이에서 닉은 어쩔 줄 몰라 눈치만 봤다. 지금껏 가이드한 사람들 중에 제일 인간성 좋아 보이던 우영에게 이렇게 까칠한 면이 있을 줄 몰라서 몹시 당황스러웠다.

'내 취향이랑 의견은 소용없는 거야?'

닉은 황당해했지만, 이미 두 사람의 관심 밖이었다.

서운한 마음을 알아주진 못할망정 유치한 걸로 치부해 버리는 혜미에게 우영은 정말 화가 났다.

결국 벌떡 일어난 그는 그곳을 떠났고, 닉도 부랴부랴 식판을 들고 그를 따라갔다.

혼자 덩그러니 남은 혜미는 주위의 따가운 시선이 창피한 것도 있었지만, 처음으로 큰 소리를 낸 우영 때문에 너무 속상했다. 절대 딴마음이 있어 닉에게 친절하게 대한 것이 아니었다. 우영의 가이드이니 편하게 대하고 싶은 생각이었던 게 오해를 산 것이다.

괜한 자존심에 식사도 중단하고 밖으로 나온 우영은 그러나
차에 오르자마자 자신의 행동을 후회했다. 혜미가 닉에게 관심
을 보인 게 그토록 기분 상할 일이었을까.

코앞으로 닥쳐온 미션 마감에 대한 스트레스가 잠깐 돌게 만든
모양이었다. 졸지에 중간에 끼어 좌불안석하게 만든 닉에게도 미
안하고, 열이 바짝 올라 있을 혜미를 생각하자 눈앞이 캄캄했다.

운전석에 앉은 닉이 조수석에 앉은 우영에게 조용히 물었다.

"어디로 갈까요?"

"아무 데나 가죠."

제주도 곳곳을 돌아다녀 봐도 딱히 가슴에 와 닿는 게 없었다.

"후우―"

무심히 창밖을 내다보다 우영이 긴 한숨을 토해내자, 힐끗 쳐
다본 닉이 싱긋 웃으며 말했다.

"부럽네요."

막막함에 휩싸여 있던 우영이 황당하여 닉을 쳐다보았다.

"부럽다고요?"

"네. 많이 사랑하시나 봐요, 그 의사선생님."

데엥!

우영은 머릿속에서 커다란 종이 울리는 것처럼 골이 흔들렸다.

"친군데 당연히 사랑하죠."

그가 변명처럼 멍하니 중얼대자, 닉의 입매가 더욱 호선을 그

렸다.

"친구끼린 그런 질투 안 하죠."

데엥! 데엥! 데엥!

이번엔 끝도 없이 종소리가 이어졌다. 머리뿐만 아니라 온몸이 흔들기리는 느낌이어서 우영은 천장에 달린 손잡이를 꽉 움켜잡았다.

"정말 우영 씨가 그랬단 말이에요?"

하소연이나 할까 하고 시온을 만난 혜미는 믿기 어렵다는 그녀의 표정에 뾰로통하게 고개를 주억거렸다.

"시온 씨가 봤어야 해. 열 길 물속은 알아도 한 길 사람 속은 모른다는 말이 딱 걔를 두고 한 거였다니까."

본디 한쪽 말만 들어서는 정확한 상황을 알기 힘든 게 사람의 일이었다. 그것이 우영 때문에 잔뜩 마음 상한 혜미 말만 듣고 섣불리 판단할 수 없는 이유였다. 아무리 가릴 것 없는 친구 사이라 해도 우영이 화를 냈을 때는 그만한 까닭이 있을 터.

"우영 씨가 질투하는 거 아닐까요?"

술을 마시다가 혜미는 사레가 들려 콜록콜록 기침을 했다. 급히 기침을 갈무리한 그녀는 헛웃음을 쳤다.

"말도 안 돼. 무슨 질투예요? 친구끼리."

"닉한테만 알은체해서 화난 거라면서요."

"그러니까 그게 질투할 일이냐고요. 어이가 없으려니까 진짜."

"질투할 일이 아닌데 했다는 건 심경 변화가 있다는 뜻 아닌가. 우영 씨 입장을 몰라서 함부로 말하긴 좀 그런데요. 이전과 달라진 점 또 없었어요?"

"이전과 달라진 점?"

혜미는 곰곰이 기억을 더듬었다. 둘 사이에 특별한 일이라곤 일전에 술에 취해 속옷을 보여준 것밖에 없었다. 그 일로 서로 서먹하고 어색해하긴 했지만, 금방 대화로 풀었으니 문제랄 게 없었다. 솔직한 성격인 혜미일지라도 시온에게 그날의 추태를 얘기하고 싶지 않아 슬쩍 얼버무렸다.

"없었는데."

"아니면 오늘따라 신경이 좀 예민했던 거겠죠. 미션 마감이 코앞이잖아요."

"나도 그렇게 이해해요. 다른 사람들처럼 딱히 스트레스를 풀 데도 없고. 친구인 나야 그래도 편하니까 냅다 퍼부었댔구나, 생각한다고요."

"오 쌤이 좀 봐줘요. 표현을 안 해서 그렇지 얼마나 힘들겠어요."

혜미가 울적하게 시선을 술잔으로 가져갔다.

"알아요, 나도. 근데 자꾸 속상한 거 있죠. 다른 사람 앞에서 그렇게 화낸 거 처음이었거든요. 내가 엄청 대죄를 지은 사람 같더라니까요. 진짜 후계자 되고 나면 나랑 친구였던 것도 잊어버리는 거 아닌가 걱정도 되고."

"설마."

혜미가 술을 홀짝이더니 쓰디쓴 표정으로 진저리를 쳤다.

"우영이가 다른 사람처럼 느껴지는 게 싫어요. 영영 잃어버릴 것 같아."

시온은 그녀가 무엇을 걱정하는지 알 것 같았다. 그동안 서로에게 많이도 의지했었던가 보다. 우영이 멀어질까 두려워하는 그녀의 마음이 이해가 갔다.

'태성 씬 괜찮을까?'

그가 후계자가 되면 삶 자체가 바뀔 것이다. 이전에 몰랐던 신분 차를 시온은 지금에서야 어렴풋하게 느끼고 있었다. 가는 곳마다 그를 알아본 사람들이 귀한 대접을 해주었으므로. 후계자가 되면 더 많은 게 달라지리라.

'정말 그 사람 곁에 있어도 되는 걸까?'

사랑이 불확실할 땐 사랑 하나만 보였다. 그런데 사랑을 이루고 나니 사랑 그 외의 것들이 보이기 시작한다.

사랑 하나만으로 살기엔 그에게 주어진 삶이 녹록지 않았다. 그의 일부분만으로 만족하며 살 수 있을지 시온은 미래에 대한 확신이 서지 않았다. 그의 삶 속에 함께 녹아들기엔 환경도 목적도 서로가 너무나 달랐다. 사는 곳부터 극과 극이 아닌가.

그는 도심 속, 그녀는 자연 속.

그 엄청난 괴리감을 얼마나 줄일 수 있을지 시온은 자꾸 마음이 무거워졌다.

시온과 헤어져 택시를 타고 집 앞에서 내린 혜미는 담장 옆에 세워진 차에서 내리는 재규 때문에 미간을 찌푸렸다. 우영과의 일로 기분이 썩 좋지 않은 상태라 하필 이럴 때 찾아온 그가 달가울 리 없었다.

외면하고 서 있는 혜미 앞으로 다가온 재규가 슬쩍 그녀의 목을 살폈다. 오늘은 목걸이를 했을까 하는 기대감에서였다. 그런데 여전히 목걸이가 보이지 않자 좌절하고 말았다. 정말 다른 누군가가 가져간 모양이다.

"병원에선 퇴근했던데 어딜 갔다 이제 와?"

그녀에게서 엷은 술 냄새가 나 재규가 곧장 말을 이었다.

"우영이 만났어?"

꼬치꼬치 캐묻는 것도 싫었지만, 우영의 이름을 듣자마자 자기도 모르게 파르르했다.

"내가 누굴 만나든 상관하지 마. 그리고 난 뭐 만날 사람이 우영이밖에 없는 줄 알아?"

신경질적인 그녀를 보자 으레 그러려니 하면서도 재규는 성격상 그냥 지나치지 못했다.

"우영이랑 무슨 일 있었구나."

단번에 눈치를 챘기에 속으로 움찔 놀란 그녀가 얼른 시치미를 뗐다.

"아무 일도 없었어."

"점심시간에 식당에서 싸우는 거 봤어. 언성이 꽤 높던데 아무 일이 없어?"

'젠장!'

그건 또 언제 봤는지 혜미는 오히려 시치미를 떼고 있던 재규를 밉게 흘겨보았다.

"별일 아냐. 내가 잘못한 거니까 우영이한테 뭐라고 하지 마. 그럼 가만 안 둘 거야."

그녀가 정색하며 눈을 부릅뜨기에 재규는 내심 허탈했다. 그건 누가 봐도 우영이 질투가 나서 화를 낸 것이었기 때문이다. 조용히 지켜보기만 한 것도 그런 까닭이었다. 실제로 재규가 걱정했던 사람은 태성이 아니라 우영이었으니까.

너무 가까워서 언제고 연인으로 발전하기 쉬웠고, 오늘 그 전환점을 목격하고 잠시나마 절망감에 휩싸였었다. 그녀가 다른 남자의 여자가 된다는 상상만 해도 피가 거꾸로 솟구치는 일이었다. 그런데 상대가 징글징글하게 미운 우영이었다. 들끓는 질투심이 금방이라도 폭발할 것 같았다.

"그 자식은 안 돼."

"무슨 소리야?"

재규가 충혈된 눈으로 혜미의 깊은 눈을 뚫어져라 쳐다보았다.

"그 자식 사랑하지 마."

또 혼자 앞서 가는 재규 때문에 그녀는 역정을 내었다.

"누굴 사랑하든 그 또한 내 맘이야. 이상한 소리 자꾸 하지 말고 돌아가. 피곤해."

혜미가 냉정히 돌아서 대문 안으로 사라졌고, 재규도 곧장 몸을 돌려 차에 올랐다.

그 길로 찾아간 건 우영의 호텔방이었다.

마침 샤워를 하고 가운만 걸친 채 문을 연 우영은 재규가 들어서자마자 날린 주먹에 저만치 나가떨어졌다. 그의 위에 올라탄 재규가 억세게 목을 내리눌렀다. 숨이 막혀 얼굴이 벌게진 우영이 온 힘을 다해 그를 후려쳤고, 이번엔 재규가 바닥에 나동그라졌다.

가까스로 숨통이 트인 우영이 화가 나 소리쳤다.

"뭐 하는 짓입니까!"

벌떡 일어난 재규가 그의 멱살을 다시 잡았다.

"네가 감히 혜미를 사랑해?"

"뭐라고요?"

"모른 척하지 마, 새끼야. 난 진즉에 알고 있었어."

억지로 그의 팔을 뿌리치고 일어선 우영이 비뚤어진 가운을 똑바로 하며 뇌까렸다.

"진즉에 알고 있었다면서 왜 지금 이러는 겁니까?"

"내가 나서지 않으면 넌 계속 달려갈 거니까."

"혜미랑은……."

"친구라고 말하고 싶겠지. 아니, 그렇게 우기고 싶겠지. 지금까지 그랬던 것처럼!"

우영의 표정이 굳어졌다. 마치 다들 아는 사실을 당사자인 혼자만 모르고 있던 느낌이었다. 종일 그녀와의 일로 많은 생각을 했었다. 어쩌면 닉이 했던 말이 맞을지도 모르겠다고 심란해하던 차였다. 한데, 재규까지 갑자기 찾아와 그가 생각했던 말들을 꺼내놓으니 흐릿하던 고민거리가 비로소 또렷해졌다.

"혜미 사랑한다면 어쩔 겁니까?"

"뭐⋯⋯?"

"혜미를 사랑한다면 어쩔 거냐고요?"

"이 새끼!"

와락 덤벼드는 재규를 가볍게 따돌린 우영이 가슴이 진정되지 않아 흥분된 어조로 말했다.

"난 왜 안 돼요? 왜 다 양보만 해야 해요? 갖고 싶은 거, 하고 싶은 거 있다고요, 나도!"

"닥쳐!"

"싫어요, 이제! 더 이상은 싫습니다. 다시는 나한테 명령하지 말아요."

우영은 소파에 걸쳐 놓았던 옷가지들을 홱 낚아채 밖으로 나갔다. 그의 완강한 저항에 적잖이 놀란 재규는 이제껏 감춰두었던 본심이 나온 것이라 믿어 의심치 않았다.

복도로 나온 우영은 바지와 티셔츠로 갈아입었다. 그리고 입었던 가운은 복도 끝에 놓인 빨래함에 던져 넣었다.

주차장에 세워둔 차를 몰고 혜미의 집으로 향했다. 가는 동안 그의 생각은 더욱 명확해졌다. 그녀를 친구라고만 여겼던 그 마음이 실상은 사랑이었다는 것. 언제 사랑으로 발전했는지는 정확하지 않지만, 어쨌든 지금의 이 폭발할 것 같은 심장박동은 분명히 이성으로서의 감정이었다.

갑작스러운 우영의 방문에 이제 막 샤워를 하고 나온 혜미는 옷을 갈아입을 생각도 못 하고 그를 맞이했다. 낮에 있었던 일 때문이라 생각한 그녀는 쭈뼛쭈뼛 현관문에서 물러났다.

"웬일……?"

혜미가 말을 마치기도 전에 현관 안으로 들어온 우영이 다짜고짜 그녀를 끌어안고 입을 맞췄다. 깜짝 놀란 그녀가 뒤로 물러서려 했지만, 벽에 가로막혀 꼼짝달싹할 수 없었다.

우영의 키스가 점점 진해졌다.

아무리 밀어내려 해도 끄떡도 하지 않는 우영 때문에 혜미는 그의 어깨를 탁탁 내려쳤다. 그것도 소용없어 옆구리를 꼬집으려 했지만, 먼저 그의 손에 손목이 잡히고 말았다.

"아악!"

달콤한 입술을 탐닉하던 우영이 짧은 비명을 지르며 그녀에게서 뚝 떨어져 나왔다. 혜미가 그의 입술을 세게 깨물었던 것이다. 그의 입술에서 붉은 피가 스며 나왔다.

당황하고 놀란 그녀가 얼굴이 새빨개져 외쳤다.

"너 미쳤지!"

"야, 그렇다고 깨무냐!"

정말 아픈지 우영이 쩔쩔맸다.

"또 깨물어 버리기 전에 나가."

그런데 그는 신발을 벗더니 안으로 들어가 버린다. 기겁한 혜미가 후다닥 그를 쫓아갔다.

"나가라니까!"

성큼성큼 걸어가다가 휙 돌아선 우영 때문에 화들짝 놀란 그녀가 주춤 멈췄다. 그의 표정이 너무나 진지해서 술에 취한 것도 아니요, 장난은 더더욱 아니란 걸 알 수 있었다. 그녀는 자꾸 낯선 그가 무서워졌다.

"너 오늘 정말 이상한 거 아니?"

우영의 시선은 그녀의 벌어진 가운 사이에 꽂혀 있었다. 가운이 흐트러진 것도 모르고 있다가 그녀가 재빨리 앞섶을 여몄다. 하지만 이미 봉긋한 가슴 언저리를 보고 만 우영은 심장이 심하게 두방망이질 쳤다.

그의 야릇한 시선을 감지한 혜미가 말을 얼버무렸다.

"너 빠, 빨리 가. 나 진짜 화낼 거야."

"넌 아니야?"

대뜸 넌 아니냐고 물으니 그녀는 어안이 벙벙했다.

"뭐가?"

"넌 내가 남자로 안 보이냐고."

"여자로 보이겠냐, 그럼?"

점점 어색해지는 분위기에 혜미가 농담으로 넘어가려 했다. 하지만 우영은 진지한 표정을 풀지 않았다.

"난 네가 여자로 보여."

우영의 고백에 그녀의 심장이 쿵 떨어졌다. 가뜩이나 이상하다 여기고 있던 참에 난데없이 들이닥쳐 키스한 것만 봐도 그의 마음을 읽을 수 있었다.

"야, 난……."

당혹스러운 기색이 역력한 그녀를 보자 우영은 온몸에 힘이 쭉 빠지는 느낌이었다. 그녀도 조금은 같은 마음일 줄 알았다. 그녀의 마음을 확인하고 나자 그때서야 자기가 무슨 짓을 한 건지 이성이 돌아왔다. 늘 이성적이다 여겼었는데, 문이 열리자마자 앞뒤 가리지 않고 키스부터 해댔으니 얼마나 황당하고 놀랐을까.

"미안하다. 갈게."

기운이 하나도 없이 밖으로 나가는 우영을 보면서도 혜미는 붙잡지 못했다. 시온에게 들으면서도 그럴 리가 없다고 생각했던 그녀로서는 그의 심경 변화가 도무지 적응이 안 되었다.

호텔방 침대에 엎드려 두 다리를 까딱대며 잡지를 보고 있던 가짜 제시카는 벨소리에 깜짝 놀랐다. 이 시각에 찾아올 사람은 안 부장뿐이었기 때문이다. 후다닥 잡지를 침대 아래 숨기고 연기에 들어갔다. 어기적어기적 걸어 현관 앞까지 가서는 다 죽어가는 목소리로 누구냐 물었다. 안 부장의 목소리를 듣고서야 살며시 문을 열었다.

안으로 들어온 안 부장이 딱딱한 어조로 물었다.

"병원에선 다 나았다던데, 언제까지 놀 생각이야? 우리가 지금 여행 온 건 줄 알아?"

"여긴 못 믿겠어요. 서울 가서 정밀검사 받을래요."

"여기 의사들 전국에서 알아주는 사람들만 모였어."

"그럼 차라리 백태성을 맡을게요. 강시온도 괜찮고."

"넌 왜 백재규를 싫어해? 아니, 임무에 싫고 좋고가 어디 있어? 까라면 까는 거지."

국정원에서도 꼴통으로 유명하더니 끝내 속을 썩인다.

"몇 번을 말씀드립니까. 백재규는 아무 이상 없다니까요. 백날 붙어 있어봤자 소득 없습니다. 시간 낭비하느니 시급한 쪽으로 인력 돌리자는 게 뭐 잘못입니까."

"차라리 서울 가라."

그녀의 죽을상이던 얼굴이 금세 환해졌다.

"정말입니까?"

"가서 사표 내고 딴 일 알아봐. 네 마음대로 하고 싶은 일 하면서 살라고. 나도 너 같은 부하 직원이랑 더 이상은 일 못 해."

안 부장이 강경하게 나오는데도 그녀는 눈 하나 깜짝 하지 않고 되레 큰소리였다.

"저 정말 갑니다. 후회하지 마십시오."

"후회는 이미 했어, 널 이 작전에 넣었을 때. 당장 짐 싸서 꺼져."

안 부장의 매정한 처사에 화가 난 그녀도 씩씩거리며 드레스 룸으로 갔다. 그러고는 옷장에서 캐리어를 꺼내 닥치는 대로 옷을 담았다. 취향에도 맞지 않는 옷과 구두를 사느라 진을 뺀 게 억울했다.

캐리어에 아무렇게나 짐을 쑤셔 넣은 후 간신히 지퍼를 닫았다. 남긴 짐이 없는지 둘러보던 그녀는 옥상에 메고 갔던 명품백을 들고 그곳을 나왔다.

거실에서 인상을 쓰고 있는 안 부장에게 꾸벅 인사한 뒤 현관으로 향했다. 청바지와 티셔츠, 야구모자를 푹 눌러쓴 그녀는 신발장을 열었다. 여러 켤레의 하이힐을 대충 옆으로 치우고 구석에서 운동화를 꺼냈다.

운동화를 신으며 그녀가 안 부장을 향해 큰 소리로 말했다.

"구두는 알아서 치우십시오."

방을 나와 홀가분하게 엘리베이터를 타고 1층 로비로 내려온 그녀는 마침 반대편에서 걸어오는 재규를 발견하고 화들짝 놀랐다. 얼른 야구모자를 깊숙이 눌러쓰고 고개를 숙인 채 빠르게 그를 지나쳤다.

그녀 옆을 지나던 재규가 멈칫 걸음을 멈췄다. 행색은 딴판인데 어깨에 멘 가방이 눈에 익었기 때문이다. 옥상에서 본 제시카의 가방과 똑같았다. 하지만 어딜 봐도 제시카의 모습은 보이지 않았다. 같은 가방이겠거니 생각한 재규는 이내 걸음을 재촉했다.

다음 날, 조식을 먹기 위해 호텔 식당에 우영과 마주 앉은 태성은 그의 표정을 요리조리 살폈다. 안색이 어두워 무슨 일이 있었던 게 틀림없었다.

"얼굴이 왜 그래? 입술도 터지고."

혜미에게 물린 입술에 까만 딱지가 앉은 우영은 의기소침하게 대답했다.

"별일 아닙니다."

'내가 널 몰라?' 라고 말했다가 태성은 얼른 말을 덧붙였다.

"표정만 봐도 알아."

"관심 끄십시오."

반항조의 말에 태성의 눈빛이 무섭게 살아났다.

"불어. 좋은 말로 할 때."

그의 협박에 우영이 짜증스럽게 인상을 구겼다.

"아침 안 먹는다니까 억지로 불러낸 것도 모자라서 협박까지 합니까?"

"천 사장님 서울 갔어, 후계자 선출 준비로."

아닌 게 아니라 미션 종료를 이틀 남겨두고 있었다. 우영이 한 숨을 후우 내쉬었다.

"밥 먹을 사람 없어서 불러낸 거라고요? 가이드는 어쩌고요?"

"회의 있어서 조금 늦는다고 연락 왔어. 그만 투덜대고 왜 다 죽어가는 얼굴인지 말이나 해봐. 안 그럼 오늘 종일 나랑 같이 다녀야 할 거야."

"사람 들들 볶는 것도 꼭 회장님 닮아가지고."

"뭐야!"

태성이 호통을 치자 우영이 심란하게 숟가락을 내려놓았다.

"왜 안 먹어?"

"속에서 안 받는 걸 어떻게 먹습니까? 난 먹는 것도 내 맘대로 못 합니까?"

"이 녀석이 안 하던 짓을 골라가면서 해. 사춘기 때도 반항 한 번 안 하던 놈이."

"회장님한테 무슨 말을 들었는지 모르겠는데 저 그렇게 착한 놈 아니에요."

얼씨구! 이젠 자아비판까지.

우영이 이럴 때는 반드시 특별한 사정이 있으리라.

태성이 너그럽게 그를 달랬다.

"속에만 담아두지 말고 말을 해. 그래야 도와줄 거 아냐."

그의 부드러운 말투에 조금 마음이 누그러진 우영이 망설이다가 슬쩍 본심을 털어놓았다.

"태성 씬 시온 씨 마음 어떻게 사로잡았어요?"

"너 아직도 시온이한테 마음 있는 거야?"

"시온 씨 아니에요."

"아냐? 그럼, 혜미?"

단번에 알아맞히는 태성 때문에 우영은 깜짝 놀랐다. 정녕 다들 아는 사실을 본인만 몰랐단 말인가.

"표가 나던가요?"

"나지. 나고말고, 나다마다."

회장님 입버릇마저 똑같은 태성을 보자 우영은 기가 찼다. 이건 흉내 수준이 아니라 복사판이다.

"내가 혜미를 사랑하는 걸 알고 있었다고요?"

"그렇게 오래 만났는데 왜 정분이 안 나나 했다."

"꼭 옆에서 지켜본 사람처럼 말한다니까."

우영이 못마땅하게 구시렁대자, 지그시 그를 바라보던 태성이 슬쩍 말을 돌렸다.

"혜미랑 뭐가 잘 안 돼?"

"고백했다가 일언지하에 거절당했어요."

푸핫 웃음을 터뜨리는 태성 때문에 우영이 씩씩댔다. 고소하다는 것처럼 보였으니 말이다.

"웃지 말아요."

"누구라도 당황해. 오랜 친구였다가 하루아침에 남자로 보기가 쉬운 줄 알아?"

"뭐 좋은 방법 있어요?"

"혜미가 너한테 완전히 마음이 없는 게 아니라면 시간을 좀 줘. 혜미도 자기 마음을 들여다볼 시간이 있어야지. 그래도 아니면, 진짜 아닌 거야."

우영이 안색이 굳어져 조바심을 쳤다.

"진짜 아니면 어떡하죠? 고백까지 했는데 다시 친구로 돌아간다는 건 말이 안 돼요. 그럴 마음도 없고요."

우영이 진심인 게 보여 태성은 흐뭇하게 미소를 지었다. 그토록 연애 좀 하라고 닦달했더니, 제일 가까운 곳에 인연을 두고 못 찾았던 셈이었다. 드디어 사랑에 눈을 뜬 우영이, 그의 눈엔 그저 기특하고 예뻐 보이기만 했다.

"내 짐작이 맞았네."

태성이 저녁에 카페에서 만난 시온에게 자초지종을 얘기하자, 시온이 심각하게 듣고 있다가 무릎을 탁 쳤다.

"나도 오 쌤 만났거든. 근데 오 쌤은 절대 그럴 리가 없다는 거야. 그 말은 곧, 오 쌤이 우영 씨한테 마음이 없다는 거지."

자칫 둘 사이에 친구 관계도 깨질 위기였다. 혜미를 좋아하는 재규가 마음에 걸렸지만, 혜미가 재규를 싫어하니 어차피 불가능했다. 우영과 재규 어느 편도 들어주기 힘든 상황이어서 태성은 고민에 빠졌다. 혜미의 결정이 가장 크겠지만.

"내가 오 쌤 다시 만나볼까?"

"됐어. 혜미가 마음 정리할 때까지 내버려 두는 게 상책이야."

"우영 씨 불쌍해서 어떡해? 오 쌤이랑 잘되면 좋겠는데."

태성이 옆자리에 앉은 시온의 머리를 쓰다듬어 주었다. 잠깐이었지만 그런 생각이 들었다. 지금 이대로의 모습으로 계속 살면서 연인이 된 우영, 혜미와 친구처럼 지내면 좋겠다는 생각. 부질없는 꿈일지 모르지만, 그런 생각에 그는 가슴 벅찬 느낌을 주체할 수 없었다.

그러다 번뜩 떠오른 게 있었다.

꿈, 사랑, 가족에 부합되는 것.

사막에서 오아시스라도 발견한 듯 그의 얼굴에 환희가 차올랐다.

"찾았다!"

"뭘?"

시온이 의아하게 물었고, 태성이 그녀를 와락 껴안으며 기쁨을 감추지 못했다.

"미션 답 찾았다고."

"정말? 뭔데?"

그녀를 품에서 떼어놓은 그가 장난꾸러기 같은 얼굴로 씩 웃었다.

"서울 가면 알게 될 거야."

"지금 좀 알려주지."

답을 찾았다고만 하고 가르쳐 주질 않아 시온은 궁금증이 만개했다. 그녀도 오래도록 답을 찾느라 고심했지만, 끝내 알아내지 못해 답답했었다.

"우영 씬 아직이라면서? 어떡하냐? 이틀 후면 올라가야 하는데."

태성도 우영이 걱정이었다. 마음 같아선 그에게 귀띔이라도 해주고 싶은데, 그가 찾은 답이 정답이라 해도 우영에겐 해당되지 않았다. 어쩌면 우영 역시 그 답을 알아냈다손 쳐도 가져가지 못할 게 뻔해 침묵하고 있는지도 몰랐다. 그게 답일 줄 알았다면 그를 좀 더 적극적으로 도와줬을 텐데 아쉬웠다.

미션 마감 하루 전. 서울에서 오 이사가 부리나케 내려왔다. 그는 리조트에 도착하자마자 재규를 찾았다.

재규는 초조한 기색이 역력했다. 오 이사는 자리에 앉기가 무섭게 그를 추궁했다.

"아직 못 찾은 겁니까?"

"예."

"여태 못 찾으면 어쩌자는 겁니까? 내일 11시 총회 전까지 답을 찾지 못하면 실격입니다."

"머리를 쥐어짜는 중이에요."

같이 찾아줄 생각도 하지 않다가 닦달하는 오 이사가 못마땅
해 재규는 심술궂게 대꾸했다.

"백태성과 도 비서는 어쩌고 있답니까? 설마, 찾고도 입 다물
고 있는 거 아니겠죠?"

의뭉스러운 놈들이니 그러고도 남으리라.

우영을 생각하자 재규의 입에서 큰 한숨이 쏟아져 나왔다. 다행
히 혜미와 더 이상 진전이 없었지만, 가능성은 계속 염두에 두고 있
었다. 그러니 혜미의 마음이 바뀌기 전에 조치를 취해야 한다.

"우영이가 혜미를 사랑한답니다."

"뭐라고요?"

미션 때문에 불안에 떨던 오 이사는 머리에 벼락을 맞은 듯했
다. 감히 그깟 놈이 혜미를 사랑한다니 분노가 치밀었다. 둘이
어울릴 때부터 못마땅했었다. 그런데 끝내 이 사달을 낸 것이다.

"혜미는 아닌 거죠?"

오 이사가 미심쩍게 물었고, 재규가 싸늘하게 낯빛을 굳혔다.

"지금은 아니지만, 앞으로는 장담할 수 없어요."

"후계자 자리까지 넘보는 것도 모자라서 감히 내 딸을……!"

오 이사가 이를 바드득 가는 걸 보며 재규가 차갑게 웃었다.

"이놈의 자식! 가만두지 않을 테다!"

단단히 벼르는 그에게 재규가 넌지시 제안을 던졌다.

"그전에 먼저 백태성을 저지해야 합니다."

"그건 염려 안 하셔도 됩니다."

"후후. 좋은 방법을 갖고 오실 줄 알았습니다."

"백태성과 도우영 둘 다 본사에 발도 못 붙이게 만들 겁니다."

잔인하게 미소를 짓는 오 이사를 따라 재규도 한시름 던 듯 초조하고 불안하던 표정을 가다듬었다.

❖ ❖ ❖

밤 11시. 진료실에서 책을 보고 있던 혜미는 뻐근한 어깨와 목을 빙빙 돌렸다. 수술이 두 건이나 잡혀서 종일 쉴 새 없이 바빴다. 푹 쉬어야 옳은데, 내일이 미션 최종일이어서 좀처럼 잠을 청할 수 없었다. 시온으로부터 우영이 아직 답을 찾지 못했다는 말을 들었던 것이다. 그건 재규도 마찬가지여서 조금 안심이 되긴 하지만, 우영이 재규와 같이 미션에서 탈락한다 생각하자 속이 쓰렸다. 아울러 태성이 답을 찾았다는 소식을 접한 터라 더욱 초조했다.

우영과 그런 일이 있은 후 연락도 끊었기에 더욱 마음이 싱숭생숭했다. 자길 위해 꼭 후계자가 되어달라고만 했지 도움은커녕 힘들게만 했으니. 뒤늦게 미안한 마음이 가득이라 애꿎은 핸드폰만 만지작대다가 시간만 허비했다.

"친구 사이도 끝낼 생각인가?"

16년의 우정이 한순간에 무너져 버려 혜미는 속상하고 불편했다. 비행기 출발 시각이 오전 9시라 했으니, 그때를 맞춰 전화하자고 마음먹고 자리에서 일어났다.

주섬주섬 가방을 챙겨 진료실을 나왔다. 복도 센서등을 고친 덕분에 그녀가 지나가자 차례차례 불이 들어왔다 꺼졌다.

천천히 엘리베이터로 걸어가고 있는데 문소리가 들렸다. 이 시각에 누군가 하고 돌아봤더니 옆방 박지근이었다. 박지근이 혜미를 발견하고 희미한 미소를 띠며 걸어왔다.

"오늘도 늦으시네요."

혜미가 알은체를 하자, 박지근이 한쪽 입매를 위로 당겼다.

"볼 책이 있어서. 그나저나 좀 출출하네. 저녁을 안 먹었더니."

"어머. 나도 안 먹었는데."

우영 생각에 심란하여 걸렀더니 배가 무척 고팠다.

"괜찮으면 같이 식사할래요? 제가 잘 아는 곳이 있어요."

호텔 식당이라면 몰라도 밖에서 그와 단둘이 식사한 적이 없 어 혜미는 약간 주저되었다. 하지만 곧 마음을 고쳐먹었다. 거절 하면 그가 무안해할 것 같아서였다. 늦은 시각에 어울려 식사하 는 일이야 병원에선 흔한 일과였다.

흔쾌히 차를 몰고 그를 뒤따라간 혜미는 산 아래 있는 한 식당 으로 들어갔다. 흔한 쇠고기집이었는데, 불 위에 올린 고깃덩이 에서 붉은 피가 스며 나왔다. 피가 살짝 보이는 고기들을 그녀 앞으로 놓아주며 박지근이 친절하게 말했다.

"많이 먹어요."

혜미가 한 점을 집어 입에 넣고 오물오물 씹었다. 입안 가득 배어 나오는 육즙에 절로 감탄사가 나왔다.

"으음. 완전 맛있다. 박 선생님도 드세요."

"차 때문에 술은 좀 그렇겠죠?"

"드세요, 전 괜찮으니까. 댁까지 모셔다 드릴게요."

혜미는 다른 남자와는 절대 술 마시지 말라는 우영의 당부를
지켰다.

"그럴까요?"

박지근이 소주를 시켰고, 그 후로 혼자 두 병을 마셨다. 그런
데도 취기는 고사하고 흐트러짐 하나 없는 그를 보자 혜미는 대
단하게 느껴졌다.

"회식 때 안 와서 몰랐는데, 술 잘 드시네요?"

"자주 마시진 않고 가끔요. 듣자 하니까 도우영 씨와 친구라고
요?"

"네."

"후계자들과 전부 친한가 봐요."

"아버지가 회사 이사님이다 보니 그렇게 되네요."

"인맥이 넓어서 좋겠어요."

박지근의 부러움 섞인 눈초리에 혜미가 살짝 콧등을 찡그렸
다.

"꼭 그렇지만도 않아요. 피곤한 일이 많거든요."

배부른 소리로 들렸는지 박지근이 소리 없이 웃었다.

"난 고생을 많이 해서 그런지 오 선생님 같은 분을 보면 너무
부러운데요. 인생이 탄탄대로인 것 같아서."

깊은 아픔이 있는 듯 그의 눈동자에 공허한 바람이 스쳤다. 차

가운 인상과 성격으로 주변 사람들을 불편하게 하는 건 그가 가진 이면의 아픔 때문이리라 생각하며 혜미가 진심을 담아 위로했다.

"부모님 덕분에 편안하게 산 거 맞아요. 그래서 더 열심히 살려고 하죠. 내가 받은 혜택이 누군가에게는 절실하다는 거 알거든요."

고기가 타닥타닥 익어가고 있는데도 배가 고프던 박지근은 잘 먹지 않았다. 혜미가 그에게 집게를 달라 했다. 그리고 뒤적거린 다음 탄 것을 걷어내고 적당히 익은 걸 그의 앞에 놓아주었다.

"많이 드세요, 박 선생님."

식사를 마치고 차 때문에 먼저 나온 혜미에게 박지근이 자판기에서 빼온 커피를 내밀었다. 고기를 먹은 후라 커피가 당기긴 해서 그녀는 반갑게 받았다.

"고마워요."

커피를 마시며 시각을 보니 어느덧 새벽 1시가 다 되어간다. 내일은 일요일이라 조금 느긋해진 혜미는 박지근과 나란히 뜰에 서서 커피를 마저 마셨다.

차에 오른 건 3분 후.

박지근의 집으로 먼저 향했다. 그녀의 집과 정반대여서 혜미는 취침 시간이 좀 더 늦어지는 게 걱정이었다. 오전 9시 전에 우영에게 전화를 걸어야 했기 때문이다. 혹시라도 그 시각에 못 일어나면 큰일이었다. 그에게 연락이 없긴 매한가지였지만, 그래서 더 그의 마음을 풀어주고 싶었다. 이대로 끝내기엔 그와 함께

한 세월이 너무 아까웠다.

10분쯤 달렸을까. 혜미는 별안간 시야가 희뿌옇게 흐려지고 정신이 혼미해지는 느낌에 당황했다. 마치 약물에 취한 것처럼 속이 메슥거리고 구역질이 올라왔다.

"오 선생님, 왜 그래요?"

옆에서 박지근이 하는 소리가 귀에서 불분명하게 웅웅 울렸다. 브레이크를 밟으려 했지만, 다리의 힘이 들어가지 않았다.

"나 왜 이러지?"

정신력을 총동원해 혜미는 간신히 갓길에 차를 세웠다. 박지근이 의자에 힘없이 기대 버린 그녀의 어깨를 가만히 흔들었다.

"오 선생님, 나 보여요?"

혜미는 천근만근 무거운 눈꺼풀을 가까스로 들어 올렸다. 그리고 흐릿하게 보이는 박지근을 바라보았다. 무슨 말을 하고 싶었지만, 입 밖으로 나오지 않아 입술만 달싹댔다. 그의 말소리가 더 이상 들리지 않았다. 흐릿하던 그의 얼굴조차 무거운 눈꺼풀 사이로 사라지고 말았다.

완전히 정신을 잃은 그녀를 지켜보던 박지근의 눈빛이 달라진 건 그때였다. 그동안 혜미가 보았던 것과는 정반대로 악마의 눈빛이었다.

제18장

마취약을 넣은 커피를 마신 탓에 한동안 깨어나지 못했던 혜미는 어렴풋이 정신이 들었다. 좀 전 고깃집에서 봤던 핏물처럼 붉은빛이 감도는 사위에 어리둥절했다. 아직도 속이 메슥거려 현기증을 무릅쓰고 일어나려는데 어쩐 일인지 몸이 움직이질 않았다. 억지로 눈을 부릅떠 방 안을 살폈다.

낯선 방.

왜 이런 곳에 누워 있는지 기억이 나지 않았다. 두려움이 와락 몰려온 건 자신의 두 팔과 다리가 묶여 있다는 걸 알아차렸을 때였다. 자기도 모르게 터져 나오는 비명을 막은 건 남자의 커다란 손이었다. 불빛에 가려 어둠뿐인 모습이 더욱 그녀를 두려움에 떨게 했다. 혜미는 금방이라도 눈물을 쏟아낼 것처럼 그렁거리는 눈으로 그를 쳐다보았다.

'박 선생님은 무사한가?'

그녀는 차 안에서 정신을 잃었던 걸 기억해 냈고, 박지근도 이 자에게 끌려온 게 아닐까 생각했다. 그런데.

촤악, 소리가 나더니 괴한이 그녀의 입에 테이프를 붙였다. 소리조차 내지 못해 끙끙거리는 그녀에게 귀에 익은 음성이 들렸다.

"좀 아플 거야."

'박 선생!'

혜미는 순간 심장이 오그라들었다. 괴한이 박지근이라니! 너무 놀라서 온몸이 얼어붙고 말았다.

박지근이 손가락을 그녀의 긴 머리칼 안으로 집어넣어 천천히 쓰다듬었다. 그의 손길에 발끝부터 소름이 쫙 올라 그녀는 눈을 질끈 감았다.

"어디부터 잘라줄까?"

그녀의 귓바퀴에 조용히 속삭이는 그 말을 듣고서야 혜미는 최근 전국을 떠들썩하게 했던 토막살인범을 떠올렸고, 그가 그 살인범이라는 걸 깨달았다. 같은 병원, 그것도 옆방 성형외과의가 다섯 명이나 죽인 사이코패스라는 사실에 망연자실했다.

이 깊은 밤에 누가 그녀를 구해줄 것인가.

그녀의 눈가로 뜨거운 눈물이 줄줄 흘러내렸다. 살려달라는 소리가 절로 나왔지만, 그나마도 테이프로 입이 막혀 소용없었다.

침대 옆 탁자에 수술 도구가 비치되어 있었다. 그 옆엔 망치와 정, 그리고 톱이 가지런히 놓여 있었다. 박지근이 메스를 들었을 때 혜미는 질겁했다. 생살을 도려낼 셈이라는 걸 알았기 때문이다.

공포로 벌벌 떠는 그녀에게 다가온 박지근이 빙그레 웃었다.

"내가 널 죽이는 이유가 궁금할 거야. ……네가 그동안 받아온 그 혜택을 더 많은 사람들에게 돌려주기 위해서지. 넌 받을 만큼 받았으니까 너무 아쉬워하지 마. 날 원망하지도 말고. 원망을 하려면 널 사랑한 사람들에게 해. 널 불행하게 만든 사람들에게."

"읍읍!"

필사적으로 몸부림을 쳤다. 그러나 그는 멈추지 않았다. 아니, 오히려 즐기는 듯 잔인하게 웃었다.

"사람들은 죽음 앞에서야 비로소 겸손해지지. 지금의 널 봐. 너의 그 자신감과 오만도 별수 없잖아. 네가 아무리 넓은 인맥을 가졌다 한들 누가 널 구해줄까. 넌 결국 혼자야."

'난 혼자가 아니야!'

혜미는 속으로 소리쳤다. 밉고 원망스럽기만 했어도 아버지가 있었고, 아버지의 기에 눌려 평생 주눅 들어 살던 엄마도 있었다. 게다가 그 누구보다 자신을 알아주던 절친 우영이 있었다.

우영을 생각하자 혜미는 통곡하고 말았다. 이렇게 죽을 줄 알았더라면 그의 마음을 받아줄 걸 그랬다. 이토록 무서운 사이코패스와 있다 보니, 우영이 얼마나 좋은 사람이었는지 깨달았다.

'우영아. 우영아, 살려줘. 무서워. 무서워, 우영아.'

하지만 아무리 소리쳐 봐도 이 시각에 우영이 달려와 줄 리 만무했다. 언제 어느 때건 한달음에 달려와 구해주던 그는 없었다. 그 사실이 너무나 서러워 하염없이 눈물이 쏟아졌다.

다시는 그를 만나지 못한다. 다시는…….

몸부림을 치다 기진맥진한 혜미가 조금 잠잠해지자 박지근이 그녀의 뺨에 메스를 갖다 댔다. 섬뜩한 그 느낌에 그녀는 이제 손가락 하나 움직이지 못했다. 전신의 살이 바르르 떨리는데, 돌연 박지근의 눈빛이 잔혹하게 일그러졌다.

'아아악!'

겁에 질린 나머지 혜미는 단말마의 비명을 삼키며 기절해 버리고 말았다.

베트남 아군 진영 막사 안.

침대에 누워 있던 백호는 갑자기 밖에서 들려오는 총소리에 놀라 일어났다. 그때 막사 안으로 대원 하나가 뛰어 들어왔다. 다급히 그를 부축한 대원이 소리쳤다.

"기습이야! 어서 피해야 해."

막사 밖으로 나오자 총격전이 한창이었다. 백호는 부축을 받아 걸어가면서 타잉을 찾느라 두리번거렸다.

"빨리빨리! 헬리콥터 거의 도착했대!"

백호는 도망치며 죽어 나가는 전우들을 바라보았다.

헬리콥터가 오기로 한 들판까지 갔을 때 저 멀리 두 대의 헬리콥터가 날아오는 게 보였다.

쫓기고 있는 백호와 아군들. 그리고 그들 뒤를 쫓는 베트콩들로 푸르른 들판이 금세 핏물로 물들어갔다. 백호는 빗발치는 총탄 속을 미친 듯이 달렸다. 핑핑, 총탄이 그의 귓불을 스쳐 지나갔다. 고개를 살짝 돌리기만 해도 그 자리에서 즉사할 것 같았다.

헬리콥터 두 대가 거리를 두고 들판에 내려앉는 게 보였다. 그곳까진 100m 남짓.

이 지옥 같은 곳을 탈출해야 한다. 헬리콥터를 놓치면 죽는다.

그때, 백호를 부축했던 대원이 총에 맞고 쓰러졌다. 헬리콥터에서 아군이 빨리 타라고 손짓을 했다.

50m를 남겨놓고 아군들은 거의 전멸 상태였다. 뛰느라 숨이 턱까지 차올랐지만, 살아야 한다는 생각에 아픈 것도 몰랐다.

헬리콥터에 거의 다다랐을 즈음, 함께 달리던 함성철이 총에 맞아 쓰러지고 말았다. 얼핏 함성철을 돌아보았을 때에야 그는 혼자 살아남았다는 걸 깨달았다. 그러나 그보다 더 기막힌 일이 그를 기다리고 있었다. 개떼처럼 몰려오는 적군들 틈에서 타잉을 발견한 것이다. 타잉이 바닥에 떨어진 아군의 총을 줍더니 그를 조준하는 게 눈에 들어왔다.

그 순간 그녀의 본모습을 알게 된 백호는 큰 충격에 휩싸였다. 그토록 베트콩이 아니라고 믿었던 그녀가 자신을 죽이려 하고 있었다.

뛰는 것도 잊고 그 자리에서 멈춰 버렸다.

아무것도 들리지 않고, 모든 게 끝나 버린 것만 같은 시간.

그때, 두 대의 헬리콥터 중 한 곳에서 아군이 베트콩을 향해 기관총을 쏘기 시작했다. 그사이 다른 헬리콥터에 타고 있던 아군이 백호를 억지로 끌어 올렸다.

백호는 기관총에 맥없이 쓰러지는 베트콩들을 무연한 눈빛으로 바라보았다. 총알은 타잉의 작고 여린 몸에도 벌집처럼 구멍을 내버렸다. 그녀가 총을 맞고 낙엽처럼 쓰러지는 순간, 꽤 먼 거리였음에도 눈이 마주친 것 같았다. 이전과는 너무나 다른 냉혹한 눈빛. 순수한 얼굴이 철저한 가면이었음을 안 순간, 백호는 깊은 절망감으로 그만 눈앞이 뿌옇게 흐려지고 말았다.

곧 헬리콥터가 날아오르기 시작했고, 들판에는 전사한 아군들과 베트콩들의 시체로 새까맣게 뒤덮였다.

헬리콥터 바닥에 쓰러져 숨을 헐떡이는 백호의 눈가로 뜨거운 눈물이 흘러내렸다.

그의 악몽을 깨운 건 한밤중에 울리는 핸드폰 벨소리였다. 식은땀을 흘리며 잠에 취해 있던 태성은 거친 숨을 몰아쉬며 번쩍 눈을 떴다. 침대 옆 탁자 위에 두었던 핸드폰이 요란하게 적막을 깨웠다.

불길한 마음에 얼른 전화를 받았다.

"여보세요?"

[경찰섭니다.]

경찰서라는 말에 자리에서 벌떡 일어나 앉았다.

"무슨 일입니까?"

형사에게 대충 설명을 들은 그는 부랴부랴 옷을 갈아입고 병원으로 향했다.

새벽 3시가 가까워지는 시각.

수술실 앞으로 달려가자 그 앞에서 초조하게 서성이던 우영이 그를 보더니 왈칵 눈물을 쏟아냈다. 가슴이 무너질 것 같아 태성이 떨리는 손으로 그의 어깨를 붙잡았다.

"어떻게 됐어?"

"모, 모르겠어요. 수술 해봐야 안다고……."

"혜미는 괜찮아?"

우영이 정신없이 고개를 끄덕였다. 그의 얼굴이 눈물로 범벅이었다. 놀라긴 태성도 마찬가지였기에 다리 힘이 풀려 의자에 쓰러지듯 주저앉았다.

"얼마나…… 다친 거야?"

"피를 너무 많이 흘려서……."

'재규야!'

신음하듯 속으로 외치며 태성은 두 손으로 머리를 감쌌다. 자세한 내용은 알지 못한다. 다만, 재규가 위험에 빠진 혜미를 구하려다가 범인의 칼에 여러 군데를 찔려 목숨이 경각에 달려 있다는 것만 알 뿐이다.

"넌 혜미한테 가봐."

애써 침착하게 말해놓고 태성은 속에서 울컥하고 솟구치는 눈물을 꾹 참았다.

어디서부터 무엇이 잘못된 것일까.

혜미, 재규, 사이코패스…… 대체 왜!

"오 이사님이 계십니다. 전 여기 있을게요."

"제발…… 혼자 있게 해줘."

절망에 빠진 사람처럼 안색이 하얗게 질린 그를 보자 우영은 언뜻 이해되지 않았다. 재규가 아무리 형이라 해도 두 사람 사이에 끈끈한 정이 있을 리 만무했다. 금방이라도 눈물을 쏟을 것 같은 얼굴을 보자 회장님 생각이 나는 건 왜일까. 고통에 젖은 태성의 눈빛이 회장님 눈빛과 너무나 똑같아서 우영은 가슴을 한 대 얻어맞은 것 같았다.

"태성 씨……."

"괜찮아. 괜찮고말고. 괜찮다마다."

주문을 외듯 그 말만 연거푸 중얼거리는 그를 보며 우영은 혼란스러운 마음을 감추지 못한 채 천천히 그곳을 벗어났다.

그가 간 곳은 혜미가 있는 응급실이었다. 그곳에서 안정을 취하는 중이었는데, 그녀 옆에 오 이사가 괴로운 표정으로 앉아 있었다. 반쯤은 넋이 나간 것 같기도 했다.

두 사람에게 다가가자 오 이사가 자리에서 일어났다.

"이사님은 그만 들어가 쉬시죠. 제가 지키고 있겠습니다."

"아니야. 내가 있어야지. 내 딸 옆에 있을 거야."

안정제를 맞았는데도 충격이 심해서인지 혜미는 얼마 못 가 다시 눈을 떴다. 우영을 보자 그녀의 짓무른 눈에서 눈물이 와락 쏟아졌다. 우영이 재빨리 그녀의 손을 잡아주었다. 아직도 공포에서 벗어나지 못해 그녀의 차디찬 손이 파들파들 떨렸다.

"가지 마, 우영아. 가지 마. 나 무서워."

"안 가. 아무 데도 안 가. 걱정하지 마."

그녀가 홀로 겪었을 공포를 생각하니 다시금 아찔해져서 우영은 오 이사를 의식하지도 못한 채 그녀의 뺨을 어루만졌다.

'살아 있어줘서 고마워, 혜미야.'

안타까움과 안도의 감정이 한데 뒤엉킨 우영의 모습을 물끄러미 보던 오 이사는 아무 말 없이 응급실을 떠났다. 아무리 우영이 싫다고 해도 지금은 혜미의 안정이 우선이었다. 재규가 그 시각에 혜미를 쫓아가 사이코패스로부터 구해낸 것도 놀라웠지만, 그는 지금껏 모르고 있던 무언가를 깨달았다. 혜미가 죽으면 그가 손에 쥐려 했던 야망도 연기처럼 사라진다는 걸.

딸이 무사하다는 것. 지금은 그것이면 족했다.

혜미는 울어서 눈이 빨간 우영을 보자 비로소 마음이 놓였다. 그가 곁에 있으면 아무 일도 안 일어날 것처럼.

"재규 오빠는?"

"수술 중이야."

그때의 기억을 떠올리긴 싫지만, 혜미는 재규가 걱정되었다.

밤이고 낮이고 불쑥불쑥 찾아오던 그가 그 시간에 진료실로 찾아온 것은 참으로 천운이었다.

박지근과 나란히 퇴근하는 걸 지켜보다가 뒤쫓아간 게 처음엔 식당, 그다음엔 차를 몰래 뒤쫓았다. 그도 그럴 것이 박지근이 식당에 차를 두고 혜미의 차를 타고 갔기 때문이었다. 그런데 놀랍게도 중간에 차가 멈췄고, 박지근이 내리더니 정신을 잃은 것 같은 혜미를 안아 뒷좌석에 싣는 게 아닌가.

절대 음주운전을 할 혜미가 아니었기에 무슨 상황인지 언뜻 이해가 가질 않았다. 박지근의 수상쩍은 행동에 재규는 일부러 차에서 내리지 않고 그의 뒤를 밟았다. 하지만 몰래 쫓아갔다고 생각했는데 박지근이 눈치를 챘는지 아차 하는 순간에 골목 안으로 사라져 버렸다.

그곳 지리를 잘 알고 숨은 걸로 보아 자신의 집으로 데려간 게 아닐까 추측했다. 골목을 죄다 뒤져 외따로 떨어진 단독주택 담 옆에 세워둔 혜미의 차를 찾아냈다. 번호판을 보고 혜미의 차인 걸 확인하자 재규의 심장이 더 크게 뛰었다. 차 안에 아무도 없는 것으로 보아 혜미를 집 안으로 데리고 들어간 게 분명했다.

담을 가까스로 뛰어넘어 살금살금 집 안으로 다가갔다. 커튼 사이로 새어 나오는 붉은 불빛 말고는 온통 어둠에 잠긴 집이었다. 안에서 무슨 일이 벌어지고 있을지 몰라 그는 잠시 우왕좌왕

했다. 선불리 덤볐다간 일을 그르칠 것 같았다.

'침착해, 침착.'

급히 주변을 살핀 뒤 뜰 한쪽에 놓인 삽을 들고 다시 밖으로 나왔다.

혜미의 차 범퍼 위로 훌쩍 올라간 재규는 들고 온 삽으로 냅다 앞 유리창을 내려쳤다. 그 바람에 경보음이 요란하게 울렸다.

그때 막 기절한 혜미의 뺨을 도려내려던 박지근이 멈칫 손길을 멈췄다. 경보음 때문에 신경이 거슬렸다. 오는 도중에도 수상한 놈이 따라붙는 것 같아 다음으로 미룰까 했었는데, 오늘따라 방해가 많았다.

메스를 제자리에 내려놓고 그 아래에서 제법 큰 칼을 꺼낸 박지근이 현관문을 열고 밖으로 나오는 순간, 기다리고 있던 재규가 그의 멱살을 잡아챘다.

그러나 그보다 한발 앞서 박지근의 칼이 재규의 복부를 꿰뚫었다. 박지근을 단순한 성폭행범일 거라 생각했던 게 실수였다. 박지근이 비틀거리는 재규의 복부를 다시 한 번 찔렀다.

"욱!"

재규가 그 자리에 털썩 무릎을 꿇었다. 여전히 박지근의 다리에 매달린 채 피를 꾸역꾸역 토해내는 그를 보며 박지근이 흐트러진 머리칼을 신경질적으로 쓸어 올렸다.

"귀찮게 하는군."

박지근의 칼이 공중으로 치솟더니 단숨에 재규의 등으로 내리꽂혔다.

"어억!"

재규의 복부에서 흘러내린 피로 박지근의 바지는 물론이거니와 등에서 솟구치는 피로 그의 얼굴이 벌겋게 물들었다.

박지근이 발로 걷어차자 재규의 피에 젖은 몸뚱어리가 맥없이 계단 아래로 굴러떨어졌다. 잔디밭에 대자로 드러누운 그는 떠지지 않는 눈을 억지로 떠 별이 초롱초롱 박힌 까만 하늘을 바라보았다. 온몸이 갈기갈기 찢기는 통증도 견디기 어려웠지만, 숨을 쉴 때마다 피가 솟구쳐 숨을 쉬기가 벅찼다.

혜미, 아버지, 우영이, 태성…… 그리고 엄마.

그들의 얼굴이 하나하나 별들과 함께 또렷이 박혀 반짝였다. 하지만 이내 얼굴들이 흐릿해지며 그의 의식도 점점 멀어져 갔다.

마지막 정신을 놓는 순간에 재규는 사이렌 소리를 어렴풋이 들은 것 같았다. 범인의 차를 쫓으며 경찰에 신고했었다. 그리고 범인의 차를 찾은 후에 다시 한 번.

혜미가 살 수 있단 생각에 그의 고통스럽던 얼굴에 비로소 안도의 미소가 내려앉았다.

수술은 무사히 마쳤지만, 재규가 깨어날지는 미지수였다. 혼수상태에 빠진 그는 중환자실에 있었다. 본사에서 소식을 듣고 내려온 사람들로 중환자실 앞이 밀물처럼 우르르 몰려왔다가 썰물처럼 쑤욱 빠져나가곤 했다. 새벽에 연락을 받고 온 후로 지금까지 면회 시간을 제외하곤 그 자리에 붙박인 듯 앉아 있는 사람은 태성이었다.

재규의 사고로 미션은 자연히 연장되었지만, 태성의 머릿속은 미션보다 재규로 가득 차 있었다. 겁도 많은 놈이 어쩌자고 그리 무모한 짓을 하였단 말인가.

생각해 보면 그 또한 사랑하는 여자를 위한 일이었다.

잔뜩 등을 굽히고 앉아 머리를 끌어안고 있던 태성 곁으로 누군가 다가왔다.

"태성 씨."

시온의 음성에 그는 가만히 고개를 들었다. 잠을 못 자 붉게 충혈된 눈이 그녀를 망연하게 바라보았다. 그의 앞으로 다가간 시온이 따뜻하게 그를 안아주었다. 그녀에게 안기고서야 태성은 괴롭던 마음이 조금 진정되었다.

"회장님껜 연락드렸어?"

"아니. 충격받으실까 봐 못 했어."

거짓말로 둘러댄 태성은 가슴이 또 무너지는 듯했다. 자식이 생사를 오가는 마당에 아버지로서 아무것도 할 수 없단 사실이 참담했다. 재규가 어떤 고민을 하고 무엇을 원하며 누굴 사랑하는지 모른 채 살아온 게 후회스러웠다. 자신의 행복만 생각했지 정작 재규의 행복에 대해선 무관심했다. 재규에게 너무 가혹하리만큼 엄격한 잣대를 들이댔던 게 맞았다.

"태성 씨, 시온 씨."

귀에 익은 목소리에 태성과 시온은 포옹을 풀고 고개를 돌렸다. 몇 발짝 떨어진 곳에 혜미와 우영이 서 있었다. 하루 만에 혜미의 몰골도 형편없이 변해 있었다. 우영이 부축하긴 했지만, 멀쩡히 서 있는 게 기적 같았다.

시온이 달려가 혜미를 꽉 끌어안았다. 무사한 그녀를 보자 목이 메어 아무 말도 할 수가 없었다. 그저 서로를 끌어안는 것만으로 살아 있음에 감사했다.

면회 시간에 맞춰 온 혜미는 시온과 함께 산소호흡기를 낀 채 누워 있는 재규를 물끄러미 내려다보았다. 혜미는 마음이 이루 말할 수 없이 복잡했다. 겁쟁이에 비겁자인 재규가 사이코패스를 상대로 위험한 일을 벌였다는 게 믿어지지 않았다. 그의 빠른 조치가 없었더라면 그녀는 이 세상에 없었을 것이다.

그녀는 퉁퉁 부운 재규의 손을 가만히 잡았다.

"오빠……."

혜미의 눈에서 안타까운 눈물방울이 툭툭 떨어졌다.

"살아줘. ……꼭."

밤새 술을 마시고 점심때나 되어서 일어난 혁보와 기찬은 뒤늦게 뉴스를 접하고 아연실색했다. 부스스한 몰골로 거실 테이블에 둘러앉아 TV를 보는 그들의 표정이 매우 심각했다.

"범인을 놓쳤다고?"

현장에서 범인이 달아나는 바람에 검거에 실패한 경찰은 전국에 수배령을 내렸다. 박지근의 집에서 그동안 토막 살해한 증거들이 나오면서 전국을 공포로 떨게 만들었던 범인의 윤곽이 마침내 드러났다. 하지만 재규의 신고에도 불구하고 그를 놓친 건 최악의 실수였다.

혁보가 서둘러 핸드폰을 찾았다. 그러고는 부리나케 고지에게 전화를 걸었다.

"고지야, 난데 뉴스 봤지? ……그래, 그래. 너 오늘 집에 꼭 붙어 있어라. 나돌아 다니면 안 된다. ……목욕을 왜 가, 인마! 집에서 해, 집에서. ……문단속 잘하고, 낯선 사람이 문 열어달라면 절대 열어주면 안 되는 거 알지. 가족한테도 주의시켜. 나 말고는 절대로 문 열어주지 말라고."

"글쎄, 고지는 안심해도 된다니까 그러네."

혁보가 두툼한 손으로 기찬의 뒤통수를 휙 갈겼다. 그 바람에 기찬이 막 입에 넣었던 라면가락을 도로 토해냈다. 울상을 지은 기찬이 큰 소리로 원석에게 일렀다.

"원석이 형! 혁보 형이 때려!"

"원석이 지금 없어, 인마."

"어디 갔는데?"

"병원에. 닉도 갔을걸. 둘이 백태성 씨랑 도우영 씨 가이드잖아."

기찬이 황당해서 느긋하게 라면을 먹는 혁보를 쳐다보았다.

"형은 백 이사님 가이드 아니었어?"

"백 이사님이 어제까지만 하면 된다고 그랬거든."

"와, 진짜 너무한다. 가이드했던 사람이 사경을 헤매는데 제일 먼저 가봐야 하는 거 아냐?"

"뉴스를 인제 봤잖아. 라면 먹고 갈 거야."

혁보가 맛나게 라면을 후루룩후루룩 들이켰고, 기찬이 기가 막힌 듯 입을 하 벌렸다.

"난 왜 갑자기 백 이사님이 불쌍하지? 아버지한테도 아들 대접 못 받아, 후계자 자리에서도 쫓겨나 재도전해, 사이코패스한테 칼까지 맞아. 뭔 재벌 2세가 나보다 못 해? 우리 아버진 나라면 사족을 못 써. 내가 마음만 먹으면 영농후계자 밀어준다 해. 사이코패스는커녕 시비 한 번 붙어본 적이 없어."

"재벌이라고 다 행복한 줄 아냐? 나도 백 이사라면 아주 안 좋게 봤는데, 막상 가이드해 보니까 소문이랑 좀 다르더라고."

호기심이 발동한 기찬이 상체를 혁보 쪽으로 완전히 기울였다.

"어떻게 다른데?"

"상처가 깊어 보인다고 해야 하나. 가이드를 하다 보니까 사람 보는 눈도 생기더라고."

원석과 똑같이 전 국정원 요원이었던 혁보는 위험한 임무를 많이 수행해 봐서 사람을 분석하는 데 탁월한 능력이 있었다. 그것이 가이드 사업을 하면서 유용하리라 자신했지만, 오히려 사람을 분석하는 데만 그치고 너무 가렸던 게 문제였다. 사람들을 진심으로 대하지 못했던 것이다.

냉철해 보이지만 실상 따뜻한 마음을 가진 원석에게 많은 걸 배우고서야 자신의 잘못을 깨달았다. 그 후로 늘 과거에 갇혀 있던 삶이 바뀌었다. 원석에게 고마운 이유도 그래서였다.

❖   ❖   ❖

원석이 병원에 와서야 태성은 처음으로 중환자실을 벗어났다. 병원 복도 끝 의자에서 커피가 담긴 종이컵을 물끄러미 내려다보는 태성에게 원석이 위로의 말을 건넸다.

"상심이 크시겠습니다."

"다 내 탓이야."

태성은 박지근을 의사로서의 능력만 보고 채용한 것을 크게 후회했다. 그토록 인성을 따졌건만 겉만 보고 사람을 판단한 오류를 범했다.

재규가 저리 된 것이 자신의 탓이라 자책하는 태성이 과장이 심하다 여기면서도 원석은 그가 이번 일로 행여 마음을 잡지 못할까 걱정됐다.

"지금 이런 말씀드리기 미안한데, 약을 빨리 돌려주지 않으면 제가 도울 기회도 사라져요."

"알아. 잘못했다간 자네가 우리와 한통속으로 오해받으리란 거."

"백 이사님 때문에 정신없겠지만, 후계자 선출도 늦춰졌으니 빨리 결정을 내리는 게 좋겠습니다. 회장님께 말씀은 드린 겁니까?"

긴 한숨을 내쉰 태성이 고개를 작게 주억거렸다.

"했어."

"뭐라고 하시던가요?"

"생각해 보겠다 하셨네. 안 부장과 만나게 해주겠나? 직접 만나 얘기해야 국정원에서도 우릴 믿어줄 게 아닌가."

"오늘 밤 괜찮으시겠습니까?"

"젤리가 눈치챌 수 있으니 조심하게."

"어디서 만날까요?"

"옥상. 그곳이 제일 안전할 거야."

한시름 놓은 표정이던 원석이 문득 다른 걸 질문했다.

"근데 왜 헌혈 안 하시죠? O형이라면서."

헌혈하러 갔다가 간호사가 무심코 한 얘기에 의아했던 원석은, 재규의 사고를 누구보다 안타까워하면서 헌혈을 하지 않는 태성이 이상했다.

병원에 온 사람들 대다수가 재규를 위해 헌혈했지만, 태성은 그럴 수 없었다. 갑자기 젊어졌기 때문에 몸 상태를 정확히 알 수 없었고, 그 피가 재규에게 어떤 반응을 할지 걱정스러웠다.

"나도 피가 모자라."

태성의 어쭙잖은 변명에 원석이 어이없다는 표정을 지었다. 서울 호텔 앞에서 펄펄 날던 사람이 피가 모자란다는 게 말이 되는가.

"시간은 언제면 되겠습니까?"

"9시."

재규 때문에 너무 큰 충격을 받은 탓일까. 원석과의 약속 때문에 저녁 무렵 호텔방으로 돌아온 태성은 심한 현기증을 느꼈다. 먼저 샤워부터 해야겠기에 욕실로 들어갔다. 샤워기에서 쏟아지는 물줄기를 맞으며 잠시 벽에 손을 짚고 서 있었다. 그런데 그때 목 너머로 시큰한 맛이 느껴졌다. 물줄기 때문에 몰랐다가 발밑에 툭툭 떨어지는 붉은 피를 보고서야 그는 코피가 났다는 걸 알았다.

거울 앞으로 가 얼굴을 보았다. 피가 멈추지 않고 계속 흘러내렸다. 제법 많은 양의 피여서 걱정스러웠다. 물수건을 만들어 코에 대고는 욕실 밖으로 나왔다. 옷장 앞으로 간 그는 약속 시각이 얼마 남지 않아서 빠른 속도로 옷을 입었다.

옷을 갈아입느라 물수건을 코에서 떼었더니 후드득후드득 빗방울처럼 피가 떨어진다. 새로 갈아입은 옷에 붉은 핏물이 스며들었다. 낭패다 싶었지만, 다시 갈아입기에는 시간이 촉박했다. 핸드폰 벨소리에 몸을 돌렸던 그는 현기증에 크게 휘청했다. 간신히 화장대에 둔 핸드폰을 잡았다. 눈앞이 뿌옇게 흐려서 누구 전화인지 알 수 없었다.

"누구야?"

[우영이에요!]

우영의 목소리가 잔뜩 흥분해서 태성은 가쁘게 뛰는 심장이 더욱 뻐근했다.

"무슨 일이야?"

[재규 형이 깨어났습니다!]

한순간 근심이 사라지는 소식이었다. 환하게 웃던 태성이 별
안간 무릎이 꺾이며 화장대에 기댔다. 화장대 위로 그가 흘린 코
피가 점점 크게 번져 갔다.

"우, 우영아……."

[왜 그래요? ……태성 씨, 대답해요.]

태성은 입술만 달싹댈 뿐 더 이상 목소리가 나오지 않았다. 가
까스로 버티고 있던 팔과 다리에 힘이 빠지며 바닥으로 고꾸라
졌다. 그가 놓친 핸드폰 속에서 우영이 다급히 부르는 소리가 들
렸다. 하지만 그것도 곧 어둠 속으로 삼켜지고 말았다.

차를 몰고 미친 듯이 호텔로 달려온 우영은 프런트 직원에게
보조키를 달라 해서 태성의 방으로 향했다. 병원에서 호텔에 잠
시 들렀다 온다는 소리를 듣고 옷을 갈아입으러 가나 보다 했었
다. 그런데 재규가 깨어나자마자 이젠 태성에게 문제가 생겼다
싶으니 눈앞이 캄캄했다.

제발 아무 일 없길 바라며 호텔방 문을 열고 들어갔을 때 거실
엔 아무도 없었다. 서둘러 침실로 갔다. 침실 또한 깨끗했다. 욕
실에 있나 하고 침실 옆으로 난 복도로 뛰어들었을 때 옷장 앞에
쓰러져 있는 누군가를 발견했다. 흐린 천장 불빛에 희끗희끗한
흰머리가 보였다. 입은 옷이 작게 느껴질 만큼 큰 몸집의 남자였
다. 그의 옆에는 핸드폰이 떨어져 있었다.

그의 옆에 한쪽 무릎을 굽혀 앉았을 때에야 우영은 쓰러진 남자가 백호 회장인 걸 알고 경악했다.

"회장님!"

그를 똑바로 눕힌 우영은 바닥에 흥건하게 고인 피를 보았다. 그의 코에서 흘러내린 피였다. 얼른 코에 손가락을 갖다 대 숨을 쉬는지 확인했다. 다행히 가느다란 숨결이 느껴졌다.

대체 태성은 어디 있는 것일까? 그리고 회장님은 왜 맞지도 않는 옷을 입고 있는 것일까?

재규의 소식을 듣고 회장님이 왔으리라 짐작한 우영은 허리벨트를 풀어 바지를 벗기고 셔츠 단추를 풀었다. 그러곤 태성을 부르기 위해 전화를 걸었다. 그런데 떨어져 있던 핸드폰이 울린다. 회장님 핸드폰과 같은 종류로만 알았다가 우영은 멍해졌다.

뭔가 일이 잘못됐다 감지한 그는 회장님의 전화번호로 전화를 걸어보았다.

지잉— 지잉—

진동 소리가 화장대 서랍 안에서 들렸다. 왜 회장님의 핸드폰이 화장대 서랍 안에 있는지 이해가 가지 않았다.

전화를 끊고 화장대 서랍에서 핸드폰을 꺼낸 우영은 납득이 가지 않는 상황에 어리둥절했다. 어안이 벙벙해서 회장님에게 시선을 돌렸을 때 귀신이라도 본 것처럼 기겁한 그가 엉덩방아를 찧었다.

분명히 방금 회장님이 쓰러져 있었는데, 어느 틈엔가 태성이 같은 자세로 그곳에 누워 있는 게 아닌가!

"뭐, 뭐야?"

귀신이 곡할 노릇이라 우영은 자기 눈을 쓱쓱 비볐다. 하지만 그는 틀림없는 태성이었다.

마른침을 꿀꺽 삼키고 엉금엉금 기어 그에게 다가갔다.

"태성 씨, 정신 차려요."

그의 어깨를 살짝 흔들던 우영은 눈앞에서 벌어지는 현상을 믿을 수 없었다. 태성의 머리카락이 점점 숱이 적어지며 흰색으로 변했고, 홀쭉하던 얼굴 살이 붙으며 깊은 주름이 생겨났다. 날씬하던 몸은 비대해지고, 복근이 뚜렷하던 배는 불룩 튀어나와 보잘것없어졌다.

태성이 회장님으로 변한 것이다.

"맙소사!"

너무 기가 막히고 놀라서 우영은 그 자리에서 꼼짝도 하지 못했다. 실성한 게 아니라면 이런 초자연적인 현상은 처음 보는 것이었다.

그제야 우영은 깨달았다, 태성이 곧 회장님이란 사실을.

약속 시각이 30분이 지나도록 나타나지 않는 태성 때문에 안 부장은 심기가 불편했다. 원석도 무슨 일일지 걱정스러워 태성에게 전화를 걸었다. 그런데 또 받지 않는다.

'약속을 어긴 건가?'

낮에 병원에서도 마음을 잡지 못할까 봐 걱정했었는데 약속을 어기자 원석은 착잡했다. 이렇게 되면 그를 보호할 빌미가 사라진다.

"안 받아?"

"제가 내려가 보겠습니다."

"설마 자네도 도망치려는 건 아니겠지?"

안 부장이 비아냥댔고, 원석이 욱하고 치미는 걸 억지로 참으며 말했다.

"약의 행방을 알아낸 걸로 제 임무를 끝냈다고 생각합니다만."

"백태성도 알겠지, 국정원을 농락하면 어떤 일이 벌어지게 될지."

안 부장을 혼자 남겨두고 태성의 호텔방으로 내려온 원석은 벨을 눌렀다. 아무 소리가 없어 연거푸 벨을 누르자, 굳건히 잠겼던 문이 거짓말처럼 열렸다. 그런데 그를 맞이한 건 태성이 아닌 우영이었다.

'혹시, 그도 알게 된 건가?

"소 팀장님이 웬일이십니까?"

우영의 낯이 흙빛이라 원석은 태성에게 무슨 일이 났구나, 감지했다.

"태성 씨 어디 있습니까?"

우영이 난감한 듯 미간을 찌푸렸다.

"없습니다, 여기."

"주인도 없는 방에서 뭐 하는 거죠?"

우영이 대답을 못 하고 망설이고 있는데, 원석의 뒤로 걸걸한

263

목소리가 들렸다.

"내래 좀 보자고 했디. 비키라우."

일송이었다. 한 발 뒤로 물러난 원석이 그녀를 의심스럽게 쳐다보았다. 태성이 없는 방에 모여 있는 게 수상쩍었다.

"따라 들어오라우."

일송이 원석에게 명령했고, 우영이 급히 나섰다.

"그건 안 됩니다."

"괜찮아."

일송이 안으로 들어가자 따라 들어가려는 원석의 앞을 보디가드들이 가로막았다. 그러더니 통신 장치를 찾아내기 위해 머리부터 발끝까지 검색했다.

삐삐삐삐.

경보음이 들려 원석은 매우 당황했다. 보디가드들이 찾아낸 도청 장치는 그의 호주머니에서 발견되었다. 어느 틈에 안 부장이 넣어두었던 모양이다.

잠시 후 거실 소파에 둘러앉은 세 사람은 잠시 침묵했다.

원석은 옥상에서 기다리고 있을 안 부장이 신경 쓰여 시간을 지체할 수 없었다. 도청 장치를 빼앗긴 걸 알았을 테니 지금쯤 조바심을 내고 있을 것이다.

"말씀하시죠."

원석이 채근해서야 일송이 심각하게 말문을 열었다.

"약속을 미뤄야갔어."

일송과 우영도 약에 관해 알고 있는 게 분명했다. 일송은 그렇다 쳐도, 그간 우영의 행동으로 봐선 그는 약에 관해 전혀 모르는 줄 알았다. 약을 넘겨줄 시점에서야 이야기했던 모양이다.

"태성 씨 어디 있습니까?"

"그게…… 좀 곤란해서리."

"혹시 도망친 겁니까?"

"그전에 내래 그 약 만든 박사 좀 만나봐야갔어."

"예?"

난데없이 유 박사는 왜 만나자는 건지 몰랐다.

"박사님은 왜요? 약에 무슨 문제라도……."

문제도 보통 문제가 아니었다. 재규의 소식을 듣고 제주도에 온 일송은 병원에 있다가 우영의 연락을 받고 부랴부랴 달려왔다. 태성이 회장님으로 바뀌었다는 얘기에 그야말로 혼비백산했다. 그 모습을 고스란히 지켜봤을 우영도 충격이 컸겠지만, 이렇게 빨리 백호로 돌아왔다는 게 아쉬웠다. 덕분에 미심쩍었던 마음은 단숨에 날아갔지만.

우영 말로는 금방 태성으로 돌아왔다가 재차 회장님으로 변했다고 했다. 그러니 언제 또 태성으로 돌아올지 몰랐다. 아니, 반복되는 현상이 심상치 않았다. 저러다 죽기라도 한다면 큰일이었다.

태성의 생명이 달린 문제라 이제 앞뒤 가릴 처지가 아니었다. 위험을 무릅쓰고서라도 유 박사를 만나 방도가 있는지 알아봐야 했다. 약에 관해선 누구보다 그가 잘 알 테니.

"긴히 물어볼 말이 있어서기래. 대신, 아무도 모르는 일이라야

해. 할 수 있갔어?"

태성에게 무슨 일이 생겼으리라 짐작한 원석은 안 부장을 어떻게 따돌릴지 걱정이었다. 약이 안 부장 손에 들어가는 건 그가 원치 않았다. 그 역시 약의 용도에 대해 회의적이었기 때문이다. 오늘 약속이 취소된 걸 알면 안 부장이 길길이 뛸 것이다. 감시는 더 강화될 것이고, 유 박사를 몰래 만나는 건 더욱 불가능했다. 게다가 이들이 어떤 의도로 유 박사를 만나자고 하는지 정확히 파악하지도 못했다.

"유 박사를 만나는 건 불가능합니다."

"약에 문제가 있다고 하믄 솔깃할 거이야."

'약에 문제가 있다고?'

원석은 일송의 말을 어디까지 믿어야 좋을지 고민이었다. 망설이는 그에게 일송이 좀 더 강한 어조로 다그쳤다.

"시간이 지체되면 지체될수록 자네도 곤란해지긴 매한가지 아니가? 우리 편이 될라믄 확실히 줄 서라우. 이쪽저쪽 애매하게 발 걸치디 말구."

"박사님을 만나게 해드리면 제게도 이유를 알려주시겠습니까?"

"굳이 자네까지 알 필요가 없어서 말 안 하는 거이야. 모르는 게 약이다. 암."

"단순히 약에 문제만 있다는 말로는 박사님을 설득하기 힘듭니다. 국정원도 모르게 단독으로 만날 이유가 확실해야 한단 뜻입니다."

일송이 자신만만하게 대꾸했다.

"확실하디. 약에 부작용이 있을 거라곤 유 박사도 몰랐을 거 아니가."

"부작용? 누가 그 약을 먹었습니까? 설마 태성 씨가 먹은 겁니까?"

"더 이상은 묻디 말라우. 골치 아프니끼니. 할 수 있갔는지나 날래 대답하라우. 못 하갔으믄 내래 그 약 확 불살라 버리갔어. 아니디. 차라리 그러는 편이 낫갔다."

일송의 협박 아닌 협박에 원석은 대충 정황을 짜깁기한 까닭에 그만 손을 들었다. 누군가 그 약을 먹었고, 부작용으로 크게 탈이 났다. 약을 복용한 사람이 회장님인지 태성인지는 아직 모른다.

"쉽진 않겠지만, 해보죠. 혹시, 이 사실 시온 씨도 압니까?"

이번엔 우영이 대답했다.

"아뇨."

"절대 알리지 마세요. 태성 씨가 약과 관련 있단 사실만으로도 시온 씨는 위험해집니다."

"그 점은 염려 마세요."

그렇게 대답은 했지만, 우영은 시온이 끝까지 모르고 지나갈지 의문이었다.

당장 태성이 사라졌다. 회장님이 다시 태성으로 돌아오지 않는 한 그는 영원히 이 세상에서 사라지는 것이다. 하루아침에 사라져 버린 그를 시온이 과연 감당할 수 있을까?

"뭐? 약속을 미뤄?"

다시 옥상으로 올라온 원석의 말을 듣자마자 안 부장은 울화통을 터뜨렸다. 태성을 설득해 백 회장이 있는 곳만 찾아내면 될 일이었다. 겨우 약을 찾는다 했는데, 모든 기대가 와르르 무너졌다.

"지금 장난하자는 거야?"

안 부장이 서슬이 퍼래서 원석을 잡아먹을 듯이 노려보았다. 원석이 분노로 이글거리는 그의 눈을 지그시 마주 응시했다.

"우릴 못 믿는 것 같으니 조금만 기다려 주시죠."

"약을 훔쳐 간 주제에 납작 엎드려서 죄송하다 하진 못할망정! 이 상황에서 믿고 안 믿고가 뭐가 중요해! 뜸을 들이는 이유가 뭐야? 왜? 사업상 거래가 필요하다던가?"

"아닙니다, 그런 거."

"그런 게 아니면 갑자기 약속을 취소한 이유가 뭐란 말이야! 분명히 우리한테 요구하는 게 있어."

도청 장치를 빼앗겼는데도 다른 무언가로 대화를 엿들은 것처럼 불안해했다. 침착하게 마음을 가다듬은 원석이 화를 펄펄 내는 안 부장에게 말했다.

"약 때문에 목숨을 위협받는 상황입니다. 누구라도 불안에 떨 겁니다. 재벌이라 한들 목숨 앞에서 약해지지 않는 사람은 아무도 없어요. 빨리 마음을 바꿀 수 있게 제가 책임지고 설득하죠. 대신, 국정원에서도 끝까지 지켜주겠단 약속해 주세요."

"젤리만 잡으면 모든 게 끝나."

"젤리 쪽에서도 이미 돌아가는 상황을 알 겁니다. 태성 씨가 약을 국정원에 넘겨준 걸 알면 순순히 포기할 것 같습니까? 반드시 피를 봐서라도 분풀이할 겁니다. 태성 씨가 걱정하는 것도 바로 그 때문이고요."

정곡을 제대로 찔린 안 부장은 잇새로 끙 신음을 내뱉었다.

"정말 더럽게 요구도 많군. 일을 자초한 게 누군데! 우리가 한가하게 개인 경호까지 해야 하나! 나라의 안보가 달렸는데 지금껏 호의호식했으면서 그깟 희생도 못 한단 말야? 그러면서 무슨 국민이라고 할 수 있어!"

"국가가 곧 국민이란 말 듣지도 못 했습니까? 국가를 위해 국민의 희생을 강제로 요구하지 마세요. 그러지 않아도 희생, 희생, 희생만 하고 사는 게 국민입니다. 호의호식하는 재벌이라도 그들 역시 누군가의 아버지고 아들이고 누군가에게 사랑받는 존재예요. 부자도 빈자도 결국엔 인간입니다. 아무렇게나 취급해도 좋은 하찮은 생명은 없어요."

"자넨 늘 그게 문제야. 감상에 젖어서 항상 일을 그르치지. 무슨 일이 있어도 백태성 그자를 내 앞에 데려와. 사흘 주겠다. 그때도 약속을 어기면 강제로 약을 빼앗는 수밖에."

"부장님."

"내가 할 수 있는 최대한의 예의라는 걸 잊지 마."

안 부장이 원석을 강하게 노려본 뒤 옥상을 떠났고, 홀로 남은 원석은 답답한 마음에 나무들 사이로 휘영청 떠 있는 둥근 달을 올려다보았다.

사흘.

태성에게 문제가 생긴 건 확실하니, 그 안에 유 박사를 만나게 해야 한다. 그게 아니면 회장님을 설득할 방법이 없다.

❖　❖　❖

호텔 침실에 누운 회장님을 바라보며 혜미는 근심에 젖었다. 우영이 병원으로 데리러 왔었다. 회장님이 제주도에 오시자마자 쓰러졌다는 얘기를 듣고 마음이 아팠다. 분명, 재규의 사고 소식에 충격을 받아서이리라.

눈동자를 확인하고, 청진기로 몸 구석구석을 살폈다. 걱정했던 것과 달리 모든 게 정상이었다. 채혈을 해 다시 병원으로 돌아온 그녀는 믿을 만한 간호사를 불러내 검사를 시행했다.

간호사가 피검사를 하는 동안, 우영과 혜미는 한쪽 소파에 앉아 기다렸다. 아직 충격이 가시지 않은 상태에서 또 이 밤에 일까지 시키려니 우영은 혜미에게 몹시 미안했다. 회장님 일이라면 마땅히 두 손 걷어붙이고 나설 그녀라는 걸 알지만, 자세한 설명도 해주지 않은 채 무작정 비밀로 해달라 했으니 의아했으리라. 그런데도 한마디 묻지 않는 그녀에게 고마웠다.

손을 꼭 잡아주는 우영 때문에 그녀는 회장님 생각을 하고 있다가 고개를 돌려 그를 쳐다보았다.

"태성 씨한텐 알려야 하지 않을까?"

혜미는 태성이 재규를 돌보러 병원에 있는 줄 알고 있었다. 이 와중에 회장님까지 쓰러지셨으니 얼마나 상심이 클까. 이게 다 자기 때문이라 생각하자 더욱 미안했다.

"나중에."

"많이 놀랐지? 처음 발견한 게 너였다면서."

다시 생각해도 꿈을 꾼 것만 같아 우영은 멍하니 대답했다.

"어. 너무 놀랄 일들만 생겨서 심장이 다 닳아 없어진 것 같아."

살짝 아랫입술을 깨물었던 그녀가 미적미적 말을 꺼냈다.

"살인범이랑 있는데 이상하게 네 생각만 계속 나더라."

"그랬어?"

"그렇게 죽는 것도 억울하고 끔찍했지만, 다신 널 못 본다고 생각하니까 슬픈 거야. 나 죽으면 너 어떡하나 걱정되고."

우영이 감동한 눈빛으로 그녀를 뚫어져라 바라보았다.

"혜미, 너……."

그녀의 두 볼이 살짝 발그레해졌다.

"모르겠어, 이게 사랑인지. 근데 한 가진 확실하게 알아. 네 옆에 있는 게 정말 눈물 나게 좋다는 거."

우영이 팔을 둘러 힘껏 그녀를 끌어안았다. 그녀가 무사하다는 걸 알았을 때 이렇게 안아주고 싶었다. 미치도록. 그녀의 마음을 안정시키는 게 우선이기에 아무것도 하지 못했는데 그녀의 고백을 듣자 기뻐서 춤이라도 추고 싶었다.

그의 품에 안긴 채로 혜미가 물기에 젖은 음성으로 속삭였다.

"근데 있잖아. 재규 오빠한테 죄짓는 기분이야. 그래서였나 봐. 내 마음 빨리 캐치 못한 게."

우영이 그녀를 품에서 떼어 걱정스럽게 바라보았다.

"무슨 말이야?"

"재규 오빠 깨어났다고 해도 아직 안심 못 해. 내가 널 사랑하는 거 알면 또 쇼크받을걸."

"비밀 연애라면 자신 있어."

"너한테 미안해서 그러지. 재규 오빠 다 나으면 그때 얘기할까 하는데 괜찮겠어?"

우영이 환하게 웃으며 고개를 끄덕였다.

"나도 같은 생각 했어, 인마. 난 네가 재규 형한테 미안해서 그리로 가겠다고 하면 어쩌나 걱정했다."

"갈등했지. 재규 오빠가 내 생명의 은인이 될 줄 누가 알았겠어."

"야, 그럼 생명의 은인하고 다 사귀고 결혼하게. 가장 중요한 건 우리가 서로 사랑한다는 사실이야."

"그래도 솔직히 후한이 두렵긴 해. 재규 오빠 어떤지 알잖아. 자긴 생명도 바쳤는데 난 널 사랑한다고 해봐. 미치겠지."

우영도 걱정되긴 마찬가지였지만, 혜미 앞에서 표를 낼 순 없었다.

"내가 다른 건 다 재규 형한테 양보해도 넌 끝까지 양보 못 해. 두고 봐."

호언장담하는 우영이 듬직해 혜미가 그의 양쪽 귀를 잡고 쪽 뽀뽀를 해줬다.

"나, 완전 정신력 짱이지 않아? 사이코패스한테 그렇게 당하고 멀쩡히 돌아다니는 사람 나뿐일걸."

"그래서 얼마나 고마운지 모르겠다. 처음 너 봤을 땐 한동안 병원 신세 지겠구나, 했거든. 공포에 굴하지 않아줘서 고마워."

서로 사랑의 눈길을 주고받는 그때 피검사를 하던 간호사가 급히 달려왔다.

"선생님, 빨리 와보세요."

우영과 혜미는 오붓하던 시간을 접고 간호사에게 뛰어갔다. 간호사가 심각한 표정으로 현미경을 가리켰다.

"일단 보세요."

혜미가 현미경을 들여다봤다. 처음 보는 모양의 세포들이 우글우글했다. 사람에게도 짐승에게도 볼 수 없는 희귀한 세포였다.

"이게 뭐야?"

"자동 혈구 분석기로 검사했더니 지표가 좀 이상해서 현미경으로 보니까 이래요."

소스라치게 놀란 혜미가 현미경에서 눈을 뗐다.

"다른 물질 섞여 들어간 거 아냐?"

"절대 그럴 리 없어요. 자동 분석기에도 비정상 세포가 감지됐거든요. 이거 뭐죠, 선생님?"

혜미는 놀란 마음이 가시지 않아 곁에 선 우영을 올려다보았다.

우영의 얼굴이 샛노랬다. 분명히 약 때문에 생긴 비정상 세포이리라. 회장님의 변화를 보고 일송이 유 박사를 부르기로 결정한 건 정말 대단한 선구안이었다.

"잠깐 나 좀 봐."

간호사와 멀어져 구석으로 우영을 데려간 혜미가 다그치듯 물었다.

"어떻게 된 거야?"

우영은 어떻게 설명해야 좋을지 암담했다. 주저하는 그를 혜미가 채근했다.

"회장님한테 무슨 일 생긴 거지? 뭐가 잘못된 건데?"

"회장님이 어떤 약을 드셨는데……."

일송에게 들어 전후 사정을 알게 된 우영은 뒷말을 흐렸다.

"약?"

"어. 혈압약인 줄 알고 드셨던 모양이야. 근데…… 아니었어."

"약 어디 있어?"

"몰라."

혜미는 비틀, 벽에 기댔다. 대체 어떤 약이길래 비정상 세포가 몸 안에 우글댄단 말인가. 얼굴이 새하얗게 변한 그녀를 보자 더이상 비밀로 할 일이 아니었다. 그러기엔 사태가 너무나 위중했다.

"놀라지 마, 혜미야."

"더 놀랄 일도 없어. 걱정 말고 얘기해."

주변에 아무도 없음에도 우영이 누가 들을까 그녀의 귀에 속삭였다.

"실은, 회장님이 약 부작용으로 백태성이 된 거였어."

혜미가 얼굴을 일그러뜨리더니 화를 실어 그의 가슴을 탁 쳤다.

"지금 장난할 때야?"

"내 이 두 눈으로 똑똑히 봤어."

"뭐?"

우영의 표정으로 봐선 장난이 아니었다. 혜미는 돌덩이로 머리를 둔탁하게 얻어맞은 것처럼 아찔했다.

그 말은 곧, 백태성이 회장님!

그녀는 실로 경악했다.

"마, 말도 안 돼!"

—보고서 9

백태성이 약속을 어겼음.

사흘 후 다시 약속을 어길 시 무력을 강행함.

그 안에 젤리가 움직일 것임.

백태성과 주변 인물들을 철저히 감시하라 지시 내림.

제19장

　상어가 태성의 핸드폰을 엿들은 건 우영과의 통화가 마지막이었다. 정황으로 보아 갑자기 쓰러진 것 같았다. 아니나 다를까. 안 부장과의 약속을 어겼고, 그 후로 모습을 드러내지 않았다. 두 개의 핸드폰은 여전히 호텔방 안에 있는 게 확인되었다. 그렇다면 그 역시 그곳에 있다는 뜻이리라. 간밤에 오혜미까지 진료 가방을 들고 다녀간 걸 보면 몸이 많이 아픈 모양이었다. 끔찍한 사고를 당해 병원에 있어야 할 오혜미를 굳이 불러냈다는 게 아무래도 수상했다.

　일송이 태성을 보호하고 있는 것도 이상하긴 마찬가지. 태성이 회장님의 아들이란 걸 진짜로 믿을 리 없었다.

　대관절 무슨 일이 벌어지고 있는 것일까?

일송이 계속 호텔방에 있었고, 보디가드들이 문 앞을 지키고 있어 안으로 잠입하기가 어려웠다. 비상구에 숨어 기회를 엿보던 중에 때마침 안에서 일송이 나와 식사하길 권하자 보디가드들이 자리를 떴다. 일송이 다시 안으로 들어갔고, 보디가드들도 사라진 후 비상구에서 나온 상어가 재빨리 방 앞으로 걸어갔다. 그리고 복사한 키로 문을 열었다.

안으로 들어가자 일송의 모습이 보이지 않았다. 거실을 지나 침실로 발소리를 죽여 다가갔다. 조금 열린 방문 사이로 엿보니 침대 곁에 앉은 일송의 등이 보였다. 그녀의 몸에 가려 침대에 누운 사람은 보이지 않았으나, 태성일 것이 틀림없었다.

'정말 아픈 모양이로군.'

그의 상태를 확인한 상어는 소리 없이 물러났다.

"이보라우, 백호. 어쩌다 이 지경이 되어서 사람 마음을 이리 애태우네. 날래 털고 일어나라우."

'회장님?'

일송의 걸걸한 음성을 듣고 상어가 다시 방문 사이로 나타났다. 갑자기 일송이 일어났기에 그는 얼른 방 옆 진열장 뒤로 숨었다. 일송이 곧장 거실로 향했고, 그녀의 모습이 보이지 않게 되자 몰래 침실로 들어갔다.

놀랍게도 그곳에는 태성이 아닌 회장님이 있었다. 계속 지켜본 바로 태성은 방 밖으로 나간 적이 없었고, 회장님 또한 방 안에 들어가지 않았다. 그가 나타났다면 상어가 모를 리 없었다.

그렇다면⋯⋯.

'정말 백태성이 회장님이었어?'

상어는 사실 확인을 위해 방을 나갔다. 모퉁이로 살짝 거실을 내다보자 일송이 수심 가득한 얼굴로 소파에 앉아 있었다. 순식간에 그녀에게 다가간 상어가 입을 틀어막았다. 그러고는 검지를 세워 입술에 갖다 댔다.

"쉿! 전 회장님을 돕는 사람입니다."

가까스로 비명을 삼킨 일송이 천천히 고개를 아래위로 흔들었다.

"천일송 사장님 맞으시죠?"

일송이 다시 한 번 고개를 끄덕였고, 상어가 조용히 말을 이었다.

"백태성, 그리고 회장님. 같은 사람 맞습니까?"

일송이 태성을 보호하고 있는 이유가 그것이라 믿은 상어의 판단은 옳았다.

백호의 비밀을 알고 있는 청년이 놀라워 일송의 눈이 조금 커졌다가 서서히 제자리로 돌아왔다. 그녀의 입에서 손을 뗀 상어가 쓰윽 뒤로 물러나 일인용 소파에 앉았다. 아무리 극한 상황에서도 감정의 동요를 내비치지 않는 그의 눈동자에 우려의 빛이 어른거렸다.

"백태성이 회장님이란 거 또 누가 알고 있습니까?"

말은 회장님을 돕는다고 하지만, 눈빛에 살기가 대단해 일송은 정말 믿을 만한 자인지 의문이었다. 백호의 비밀을 아는 걸로 보아 돕는 자가 맞는 것도 같아 헷갈렸다.

"너 뉘기야?"

"말씀드렸지 않습니까, 회장님을 돕는 사람이라고. 개인적으로 회장님께 은혜를 입었습니다."

백호에게 은혜를 입은 사람이 어디 한둘이던가. 하지만 이 젊은이는 뭔가 보통 사람들과 달랐다. 나름 산전수전 다 겪어 웬만해선 기에 눌리지 않는 일송도 새파랗게 젊은 남자 앞에서 등줄기가 서늘해졌다.

"국정원장 메일을 해킹했습니다. 내일모레까지 약속을 지키지 않으면 무력을 동원해서 백태성을, 아니, 회장님을 잡아갈 겁니다."

"소 팀장에게 얘기 들었어. 기보다 유 박사를 빨리 만나야 해. 회장님 피검사를 했는데 결과가 좋질 않아."

"얼마나 안 좋은 겁니까?"

"처음 보는 세포들이 병균처럼 몸 안에 득시글하다는구만기래. 유 박사가 직접 봐야 어떤지 자세히 알게 되겠디. 좀처럼 깨어나질 못하는 것만 봐두 문제가 심각해."

그때 누가 찾아온 듯 벨소리가 들렸다. 스프링처럼 팅겨 일어난 상어가 벽 뒤로 몸을 숨겼다. 일송이 문으로 다가가 누구냐 물었다.

"안녕하세요? 저 강시온이에요."

찾아온 사람이 시온인 걸 알자 일송의 얼굴에 낭패감이 스쳤다. 안 그래도 태성의 핸드폰이 계속 울려댔었기 때문이다. 연락이 되지 않아 직접 찾아온 게 분명했다.

일송이 상어를 쳐다보았고, 상어가 들어와도 좋다는 표시로 고개를 끄덕했다. 일송이 문을 열자 상어가 얼른 침실로 몸을 숨겼다.

안으로 들어온 시온은 일송의 얼굴이 창백해 걱정이 앞섰다. 가뜩이나 태성과 연락이 안 돼 염려스러웠는데, 일송이 ㄱ의 방에 와 있는 게 이상했다.

"와, 왔네?"

"태성 씬요?"

"태성이…… 미국에 갔어."

"미국엘요? 갑자기 왜요? 아무 말 못 들었는데."

"정리할 게 있다고……."

일송이 둘러대느라 진땀을 흘렸고, 시온이 섭섭한 듯 입술을 삐죽했다. 어수선한 틈에 미국 회사를 정리할 생각인가 싶었다. 그렇지만 연락 한 번 없다는 건 도저히 이해하기 어려웠다.

"무지 바쁜가 보네. 근데 사장님은 왜 여기 계세요?"

"어? 뭐 좀 찾을 게 있어서리."

"뭔데요? 같이 찾아드릴게요."

팔을 걷어붙이는 시온을 황급히 말렸다.

"아, 아니야. 혼자 찾아도 되니끼니 고만 가보라우."

눈치 없게 행동했나 싶어 시온이 냉큼 사과했다.

"어우, 죄송해요. 그럼 태성 씨 연락 오면 제가 전화 기다린다고 꼭 좀 전해주세요."

"기래, 기래. 사, 살펴 가라우."

시온이 방을 나가자 일송이 다리 힘이 빠져 풀썩 소파에 주저
앉았다.

"아이구야. 이러다 내래 먼저 골로 가게 생겼구나야."

"호텔을 빠져나간 흔적이 없다?"

태성을 지키던 정보원들은 물론이고 CCTV조차 그를 찾아내지
못했다. 호텔방으로 들어간 것만 찍혔을 뿐 나온 건 없으니, 아
직 그곳에 있는 게 분명했다. 그도 그럴 것이 우영을 비롯해 일
송과 혜미까지 다녀갔다. 게다가 일송은 보디가드들을 문 앞에
세워둔 채 그 방에서 계속 유하는 중이었다. 시온은 그렇다 치고
그사이 낯선 자가 또 한 명 그 방을 들어갔다가 나왔다. 후드를
깊이 눌러서 얼굴을 볼 순 없었지만, 무척 수상쩍은 자였다.
요원들과 정보원들이 그를 따라붙었지만, 그자는 어느 순간 감
쪽같이 사라졌다.

'상어가 아닐까?'

오혜미가 진료 가방을 들고 온 걸로 봐서 태성은 몸이 아픈 듯
했다. 병원을 두고 호텔방에서 칩거하는 걸 보면 어지간히 젤리
가 무서웠던 모양이다.

보기보다 간이 작은 놈이라 여기며 안 부장은 코웃음을 쳤다.
그나저나 당장 내일이면 만나야 하는데 거동도 못 할 지경은 아
닐 것이다. 아무리 젤리가 무서워도 거동이 불편한 정도면 병원

에 갈 테니.

젤리가 잠잠하니 더욱 긴장이 된다. 젤리도 상어가 백태성 주변에 있다는 걸 알아서 몸을 사리는 것이리라.

"젤리와 상어가 붙으면 누가 이길지 궁금하군."

난데없이 두 사람이 맞붙는 상상을 하며 안 부장은 히죽 웃었다.

"그래도 경륜이 있는데 젤리가 한 수 위겠지."

안 부장이 젤리보다 한 수 아래라 폄하한 상어는 그때 태성의 호텔방으로 찾아온 원석을 만나고 있었다. 호텔방에 버젓이 와 있는 상어를 보자마자 원석은 깜짝 놀랐다. 예상했던 대로 강원도 산장에서 보았던 산장지기가 바로 상어였다.

일전 어둠 속에서 격투를 벌였던 그와 다시 대면한 원석은 자기도 모르게 불끈 주먹을 말아 쥐었다. 두 사람 사이에 금방이라도 주먹이 오갈 듯 팽팽한 긴장감이 흘렀다.

일송이 곧장 흥분을 가라앉혔다.

"우릴 도와줄 사람이야. 앉으라우, 의논할 일이 있으니끼니."

원석이 믿을 수 없다는 듯 물었다.

"우릴 돕는다고요?"

"기래. 회장님이 이 친구한테 은인이라는구만기래."

그런 사연이 있었던가. 이제야 회장님과 상어의 관계에 대한 의문이 풀렸다.

원석은 여전히 경계를 풀지 못한 채 조심스럽게 소파에 앉았다.

"의논하실 일이 뭡니까?"

"이 친구 말로는 국정원에서 자네를 감시 중이라고 하던데 알고 있었네?"

원석이 난감하게 대답했다. 자신을 못 믿는다는 건 알고 있었다. 믿음을 주지 못한 것도 사실이고. 그런데도 언제든 버릴 수 있는 소모품이 된 기분에 그는 입안이 씁쓰레했다.

"그랬군요."

"쯧쯧. 기캐서 어케 믿고 일을 맡기갔어? 유 박사는 이 친구가 데려오기로 했으니끼니 그리 알라우."

원석이 상어에게 눈길을 돌렸다.

"할 수 있겠나?"

상어가 싸늘한 눈빛으로 그의 눈을 마주 응시했다.

"해, 무조건."

그는 상어였다. 변장으로 자신의 정체를 숨기는 젤리보다 더 신출귀몰한 자.

"좋다. 널 믿어보지."

늦은 밤, 가족이 모두 캐나다에 있는 유 박사는 빈집에 혼자 들어섰다. 거실 스위치를 눌러 어둠을 밝히고, 적막감에 휩싸여 있던 그곳을 지나 침실로 걸어갔다. 약을 잃어버린 후로 계속 신경이 곤두서 있어 건강 상태가 최악이었다. 믿었던 제자에게 뒤통수를 맞고, 국정원에서는 감시를 강화했다.

고립된 기분에 그는 침대에 지친 몸을 털썩 뉘었다. 술을 마시지 않으면 잠을 이루기 힘들었다. 1년 전 네팔에 갔다가 젤리에게 납치당할 뻔했을 때부터 줄곧 불면증에 시달렸다.

억지로 몸을 일으킨 유 박사는 비칠비칠 밖으로 나가 주방 냉장고에서 먹다 남은 소주병을 꺼냈다. 다시 냉장고 문을 닫자마자 누군가 서 있는 걸 발견하고 소스라치게 놀랐다.

눈빛이 매서운 젊은 남자.

유 박사는 젤리를 본 양 안색이 파리해졌다. 들고 있던 소주병을 놓치자, 술이 줄줄 바닥에 흘렀다.

"제, 젤리?"

주춤주춤 뒷걸음질치는 유 박사에게 성큼 다가간 상어가 표정 하나 없이 대꾸했다.

"그가 아닌 걸 감사해야 할 거다."

젤리가 아니라면 누구란 말인가.

"누, 누구냐?"

"널 죽일 수도, 살릴 수도 있는 자. 결정해."

박지근이 있던 병원으로 돌아가 근무하기는 아직 무서워서 혜미는 당분간 휴직 신청을 냈다. 사안이 큰 만큼 병원 측에서도 그녀의 신청을 받아들였다. 혼자 집에 있는 게 겁이 나 시온을 불러 함께 지내기로 했다. 여자 둘만으로 안심이 되지 않아 밤에는 우영이 거실을 지켰다. 가족들이 입원하라 권유했지만, 회장님 때문에 그럴 수는 없었다.

혜미는 아직도 태성이 회장님이라는 게 믿어지지 않았다.

그나마 다행스러운 건 재규의 회복이 빨라 일반 병실로 옮겼다는 사실이다. 처음엔 말도 못했었는데 지금은 의사 표현도 곧잘 했다.

집으로 오기 전 우영과 함께 병원에 들렀다. 재규가 우영과 함께 오는 걸 싫어할 게 뻔해 혜미는 밖에 그를 세워두고 혼자 병실로 들어갔다. 침대에 누워 있다가 재규가 그녀를 보더니 엷게 미소를 지었다.

"좀 어때?"

"괜찮아. 넌 이렇게 다녀도 돼?"

재규의 까칠한 얼굴을 보자 혜미는 미안한 마음을 감출 수 없었다. 그가 깨어난 후로 하루에 한 번씩 들르긴 했지만, 아직 고맙단 말조차 하지 못했다. 그 말 한마디로 그에게 과연 위로가 될까 싶으니 더욱 하기가 어려웠다.

조금 충혈된 눈으로 재규가 혜미를 바라보았다. 그녀를 살렸다는 자부심이 그를 뿌듯하게 했다. 그녀를 위해 아무것도 못한 게 늘 마음에 걸렸었다. 그런데 마음의 짐을 던 기분이었다.

생사를 오가는 동안 그는 이승과 저승 그 중간 어디쯤에 머물러 있었다. 이승으로 돌아올 길을 찾고 있었는데, 그때 나타난 사람이 태성이었다. 그가 손을 내밀었고, 재규는 그를 만난 게 반가워 얼른 그의 손을 잡았다.

그의 손에 이끌려 한참을 걷다 보니 곱게 차려입은 엄마가 나타났다. 엄마를 보자마자 그는 어린애처럼 울음을 터뜨렸다. 안쓰러운 얼굴로 엄마가 다가와 그를 꼭 껴안았다.

"재규야, 엄마랑 같이 갈까?"

그러자 태성이 엄마의 품에서 재규를 억지로 떼어놓았다.

"여보."

엄마가 태성에게 '여보'라고 불렀다. 안타까운 시선으로 엄마를 바라보며 태성이 말했다.

"아직은 안 돼."

재규는 엄마가 왜 태성에게 '여보'라고 부르는지 의아했다.

"미안하오."

태성의 말에 엄마는 눈물을 흘리며 고개를 끄덕였다. 그리고 재규에게 미소를 지어 보이더니 흔적도 없이 사라져 버렸다. 엄마를 또다시 잃은 기분에 재규는 태성의 멱살을 거칠게 잡았다.

"네가 뭔데! 엄마 다시 불러내! 불러내!"

"오빠."

뒤에서 들려오는 혜미의 목소리에 재규는 흠칫 놀라며 잡았던 멱살을 놓았다. 돌아보자 따뜻한 미소를 머금은 그녀가 그에게 손짓을 했다.

"거기로 가면 안 돼, 오빠. 이리 와."

그러고 보니 그와 태성은 두 갈림길에 서 있었다.

"어서 가봐."

태성이 그의 등을 떠밀었다. 왜 함께 가지 않는지 이상해서 재규는 그에게 고개를 돌렸다. 하지만 그는 엄마가 그랬던 것처럼 감쪽같이 사라진 후였다. 혜미도 그렇게 사라질까 두려워 그녀가 서 있는 곳을 향해 달렸다. 가까워질 만도 한데 그녀는 그만큼의 거리를 유지한 채 멀어졌다.

잡힐 듯 잡히지 않는 그녀.

어느 순간 그녀의 뒤로 환한 빛이 보이기 시작했고, 그 빛 속의 그녀가 완전히 사라져서야 재규는 눈을 떴다.

"네가 날 살렸어."

그가 꿈에 젖은 듯 중얼거렸다.

"오빠가 날 살린 거지."

"그래. 내가 널 살렸고, 넌 날 살렸다."

재규의 눈이 그녀의 목 언저리를 살폈다. 여전히 목걸이는 걸지 않았다. 부질없는 기대인 줄 알면서 자꾸 바라게 된다. 이제 그만 진심을 알아주었으면…….

"태성인 미국에 갔다고?"

우영이 그렇게 말한 모양이라 혜미는 고개를 끄덕였다. 태성이 회장님인 걸 알면 기겁하리라.

재규의 얼굴에 깊은 상심이 어렸다.

"태성이 후계자인 게 기정사실화된 건가?"

"그건 아냐. 오빠가 퇴원하면 그때 선출할 거래. 물론 미션은 그대로고. 그러니까 안심하고 빨리 나을 생각이나 해."

"넌 참 대단하구나. 그런 일을 당한 사람 같질 않으니."

"휴직했어. 당분간 집에만 있으려고. 시온 씨랑 같이 지내기로
했어."

"여자 둘이 안 무서워?"

우영이까지 함께 지내는 줄 알면 난리를 피울 것 같아 그녀는
얼른 둘러대었다.

"괜찮아. 경찰에서 자주 순찰 돈다고 했거든."

"범인 놓쳤다는 얘기 들었어. 아무튼 조심해."

"그렇게. 그만 가봐야겠다. 또 올게."

돌아서는 그녀를 재규가 나직한 음성으로 불러 세웠다.

"혜미야."

"어?"

"사랑한다……."

"……."

그의 애절한 눈빛에 말문이 턱 막혔다. 가슴이 찢어지는 것 같아
혜미는 빠른 걸음으로 병실을 나왔다. 복도 의자에서 기다리고 있
던 우영이 그녀의 상기된 얼굴을 보더니 자리에서 벌떡 일어났다.

"왜 그래?"

"아냐, 아무것도. 어서 가. 피곤해."

집으로 돌아온 혜미는 가뜩이나 답답한데 시온을 보자 죄를
짓는 기분이었다. 회장님이 태성으로 돌아오지 않는 한 그녀와
는 영영 이별인 셈이었으니. 예고도 없는 이별에 그녀가 상처 입

을 걸 생각하자 착잡했다.

퀸 사이즈의 침대를 쓰는 덕분에 시온은 혜미와 함께 자는 게 불편하지 않았다. 오래도록 혼자 잤기에 누군가와 한 침대를 쓴다는 게 도리어 신기했다.

"태성 씨한테 무슨 일 있는 건 아니겠죠? 계속 연락이 안 되니까 불안해요."

"미안해서 그럴 거예요. 아까 낮에 우영이랑 통화했다던데요."

거짓말을 하고선 힐끔 시온의 눈치를 보았다. 사정을 알 리 없는 시온이 툴툴거렸다.

"미안할 게 뭐 있담. 하여간 사람 애태우는 데 소질 있어."

혜미가 불을 끄는 걸 무서워해서 시온은 잠을 못 이룰 때가 많았다. 밤마다 악몽에 시달리는 그녀가 안쓰러워서 다른 방에 가서 잘 수도 없었다. 상황이 이렇다 보니 갑자기 미국으로 가버린 태성을 원망할 정신도 없었다.

새벽 4시. 가까스로 잠이 든 혜미를 두고 시온은 발소리를 죽여 방을 나왔다. 거실로 나오니 소파에 우영이 누워 잠이 들어 있었다. 이불이 흘러내려 바닥에 떨어졌기에 다가가 깨지 않도록 조심하며 가슴께까지 덮어주었다. 그는 꽤나 피곤했는지 가벼운 뒤척임조차 없이 곯아떨어져 있었다.

거실 창을 열고 테라스로 나온 그녀는 한쪽에 둔 의자에 앉아 까만 비로드 같은 하늘에 흐드러지게 뿌려진 별을 올려다보았다.

'아무 일 없는 거지?'

모두 입을 모아 아무 일 없다고 하지만, 그래서 더 염려스러웠다. 엄마와 아빠처럼 훌쩍 떠나 버린 것 같아서.

정말 두 번 다시 겪고 싶지 않은 이별이었다. 목소리만 들어도 이토록 불안하진 않으리라.

의자 위에 두 다리를 모으고 무릎 위에 엎드린 그녀는 이 불안감과 두려움이 길지 않기만을 간절하게 바라고 또 바랐다.

[유 박사님이 사라졌습니다.]

이른 아침, 서울에 있는 국정원 요원에게 전화로 보고를 받은 안 부장은 인상을 찡그렸다. 감시가 소홀한 틈을 타 도망쳤거나 납치당했거나 둘 중 하나이리라.

"출국자 명단 찾아봐."

[이미 찾아봤는데 없습니다. 집 안을 뒤져 봤지만 깨끗합니다. 차도 그대로고요.]

"젠장. 집 근처 CCTV 다 확인해. 전국 CCTV 다 뒤져서라도 찾아!"

사라진 유 박사 때문에 국정원이 발칵 뒤집힌 그 시각, 일송의 제주 별장에 일송과 유 박사가 마주 앉아 있었다. 상어는 커튼이 쳐진 창가에 기대서서 두 사람을 바라보았다. 가짜 신분증으로 유 박사를 무사히 제주로 데려온 상어는 요원들 눈을 피해 일송의 별장으로 곧장 온 것이다.

"약을 갖고 계십니까?"

유 박사가 잔뜩 쉰 목소리로 물었다.

"아닙네다."

"한데 왜 절 보자 하신 겁니까?"

"약에 관해 묻고 싶은 게 있어 기럽네다. 실례인 줄 알면서 이렇게 모시게 된 걸 용서하시라요."

"뭘 알고 싶으신 겁니까?"

"혹, 약을 만드는 과정에서 부작용 같은 거 없었시오?"

유 박사는 심각한 얼굴로 일송을 바라봤다. 대뜸 부작용을 묻는 걸 보니 심상치 않은 일이 벌어진 게 틀림없었다. 그의 목소리가 불안하게 떨렸다.

"있었습니다."

"어떤 부작용이었습네까?"

"먼저 이유를 여쭤도 되겠습니까?"

"듣고 말씀드리갔시오."

단호한 일송의 말에 유 박사는 고민에 빠졌다. 부작용에 관해선 연구 기록만 따로 만들어놓았을 뿐 국정원 보고에서는 빼놓았던 것이다. 그 사실은 죽은 임진수와 단둘만 아는 것이었는데, '야누스'를 팔 생각으로 숨겼던 모양이다.

"약을 먹은 사람이 있습니까?"

"기렇습네다."

"그 사람에게 부작용이 나타났군요. 어떤 증세가 있던가요?"

일송이 인상을 굳히며 그의 말을 잘랐다.

"먼저 대답하시라요."

"부작용 사례는 수도 없이 많았습니다. 그로 인해 실험용 동물들이 수도 없이 죽어갔어요. 심지어 사람까지."

"뭐이 어드래? 사람을 실험용으로 썼단 말이네?"

일송이 예의도 잊고 격분하자 유 박사가 죄인처럼 힘없이 고개를 떨궜다.

"우린 시키는 대로 했을 뿐입니다. 주로 연고가 없는 자들을 데려다가 마지막 테스트를 거쳤어요. 그중에서 한 사람에게 부작용이 나타났죠. 급 노화해서 죽더군요."

"급 노화?"

"그 부분 말고는 완벽했어요. 문제를 보완하는 단계에서 약을 잃어버린 겁니다."

애초에 임진수가 실패한 약을 팔려 했던 게 화근이었다.

"그러니끼니 그 약도 완제품이 아니다 그 말이네?"

"예."

일송은 울화통이 터져 가만히 앉아 있지 못하고 벌떡 일어나 거실을 서성였다.

"니들이 인간이네? 어케 사람한테 그딴 짓을 한단 말이가!"

분기탱천한 일송에게 유 박사가 울먹이며 말했다.

"제가 무슨 힘이 있습니까. 도망치고 싶어도 감시 때문에 꼼짝할 수가 없는걸요."

"종간나 새끼들!"

유 박사가 고개를 들어 얼굴이 붉으락푸르락하는 일송을 쳐다보았다.

"부작용 일으켰다는 사람, 어떻게 됐습니까? 급 노화로 죽은 겁니까?"

일송이 테이블에 두었던 서류 봉투에서 혈액검사 결과를 꺼내 그의 앞에 탁 놓았다. 결과지를 보던 유 박사는 혈액 사진을 보자마자 깜짝 놀랐다. 급 노화로 죽은 사람의 혈액과 같았기 때문이다. 약 때문에 또 사람이 죽었다 생각하니 그는 괴로움에 머리를 쥐어뜯었다.

"아직 죽디 않았시오."

유 박사가 번쩍 고개를 쳐들었다. 급 노화로 죽었던 사람은 죽기까지 불과 3분밖에 걸리지 않았었다. 그런데 아직 살아 있다는 것이다. 보완한 약이 효과가 있다는 뜻이었다.

"만나게 해주십시오. 어떤 상태인지 직접 봐야겠습니다."

유 박사를 호텔까지 데려가는 데는 위험이 뒤따랐다. 지금쯤 그가 사라진 걸 알 테고, 국정원에서 태성 쪽과 그의 접촉을 의심해 호텔방을 집중적으로 주시할 게 분명했다.

"천일송이 별장에서 나옵니다. 어딜 갈 모양이에요. 보디가드들이 커다란 트렁크를 갖고 나오는데요."

호텔에서부터 일송을 쫓아온 요원은 건너편 별장 앞에 세워둔 차를 닦는 척하며 몰래 안 부장에게 전화로 보고했다. 곧 차에 트렁크를 싣고 일송을 태운 뒤 그들이 떠나자, 요원이 다른 누군가에게 전화를 걸었다.

"출발해."

도로 샛길에서 나온 차가 일송의 차를 뒤쫓기 시작했다. 차에는 연인으로 보이는 남녀가 앉아 있었다. 20분쯤 쫓던 차가 좌회전해 사라지자, 교차로에 서 있던 차가 일송의 차를 미행했다.

"공항이 아니었어요. 리조트로 갑니다."

리조트 주차장에 차를 세운 일송은 트렁크를 끌고 오는 보디가드들보다 한발 앞서 호텔로 들어섰다. 엘리베이터를 타고 태성의 호텔방으로 올라갔다.

그의 방 앞에 도착해 카드로 막 문을 열려는 그때, 맞은편 방문이 열리며 요원들이 나왔다. 보디가드들이 일송의 앞을 가로막았고, 요원 중 한 명이 신분증을 보인 후 차갑지만 정중하게 부탁했다.

"트렁크 좀 볼 수 있을까요?"

일송이 보디가드들을 밀치고 앞으로 나섰다.

"늙은이 트렁크는 봐서 뭐 하네? 쓸데없는 짓거리 말고 썩 꺼지라우."

"군이 안 보여주실 이유도 없죠. 확인 정도는 할 수 있는 거 아닙니까? 협조 부탁드립니다."

"기렇겐 못 하갔다. 들어가자우."

일송이 홱 몸을 돌렸고, 요원들이 트렁크를 낚아챘다. 묵직한 게 의심이 갔다.

"이거이 뭐 하는 짓거리가!"

그녀의 호통에도 굴하지 않고 요원 둘이 보디가드들을 막는 동안, 요원 한 사람이 무언가로 꽉 차 빡빡한 트렁크 지퍼를 열려고 낑낑댔다. 일송이 확 밀치는 바람에 벌렁 나자빠진 그는 황급히 일어나 도로 트렁크를 빼앗았다.

보디가드들과 요원들이 서로 치고받느라 순식간에 복도가 난장판이 되었고, 트렁크를 서로 빼앗으려 일송과 요원의 승강이가 계속되었다. 손님들이 엘리베이터에서 내렸다가 기겁했다. 다른 방에서도 사람들이 내다보며 웅성거렸다. 개중에는 신고를 하는 사람도 있었고, 일송과 드잡이를 하는 요원을 보다 못해 할머니에게 뭐 하는 짓이냐며 달려들어 뜯어말리는 사람도 있었다.

난리 북새통에 사람들에 둘러싸여 요원들이 미처 모르는 게 있었다. 구경꾼들을 벽 삼아 상어가 유 박사와 함께 태성의 방에 들어갔다는 사실을.

곧장 침실로 들어간 유 박사는 죽은 듯이 누워 있는 백호를 보자 깜짝 놀랐다. 국정원에서 알려주지 않아 몰랐었다. 약을 가져간 사람이 백호 회장이란 걸.

"회장님이셨군요."

그런데 이상한 일이었다. 그는 조금도 노화되지 않았다. 어리둥절한 유 박사가 상어를 쳐다보았다.

"어떻게 된 겁니까? 하나도 변한 게 없는데요."

"젊어졌었어. 지금은 다시 본래 모습으로 돌아온 거고."

"저, 젊어져요?"

"급 노화할 수 있다는 건 급 젊어질 수도 있다는 거지. 안 그런가?"

당황한 유 박사는 진땀을 흘리며 말을 더듬었다.

"그, 그런 예는 본 적이 없습니다."

"보고 있잖아, 지금. 아주 잠깐이었지만, 한 차례 더 그랬다 들었다. 그러곤 지금 이 상태로 쭉 깨어나지 못하시지. 살려내."

"예?"

상어가 기겁하는 유 박사에게 쓰윽 시선을 돌렸다. 독사처럼 차디찬 그의 눈빛에 질려 유 박사는 진땀이 비 오듯 쏟아졌다.

"그게 네가 살길이다. 회장님이 돌아가시면 너도 죽는다."

"헉!"

밖에서 소리가 들리기에 상어가 살짝 내다봤다. 일송이 반쯤 열린 트렁크를 끌고 터덜거리며 걸어 들어오는 게 보였다. 거실로 나간 상어는 트렁크를 비집고 나온 옷가지에 설핏 미간을 찡그렸다. 트렁크에서 흘린 옷들이 현관에서부터 줄줄이 늘어져 있었다.

"망할 놈의 아새끼래 기어이 트렁크를 열어버렸어. 아이구, 물이나 마셔야갔다."

기진맥진하여 트렁크를 내던진 그녀가 몸을 돌리기에 상어가 급히 몸을 움직였다.

"앉아 계십시오. 가져다 드리겠습니다."

냉장고에서 물병과 컵까지 챙겨온 상어가 소파에 주저앉은 일
송에게 컵에 물을 따라 건넸다. 그가 기특했던지 일송이 기분 좋
게 웃었다.

"잘 먹갔어."

단숨에 물을 들이켠 일송이 카 소리를 내며 입가로 흐른 물을
닦았다.

"네래 이름이 뭐이가?"

"없습니다, 그런 거."

"이름 없는 사람이 어드메 있네? 집에서 키우는 똥개도 죄다
이름이 있는데."

문득, 상어의 눈빛에 슬픈 그림자가 어렸다.

"똥개보다 못 한 사람도 있어요."

"……"

말문이 턱 막혀 일송은 뚫어져라 그를 쳐다보았다. 그녀의 표
정에 측은한 게 고스란히 보여 상어는 그만 냉정한 표정으로 바
꾸었다. 찰나였지만, 일송은 상어의 흔들리는 눈빛을 보았다.

그때 원석이 들어왔고, 거실로 나온 유 박사가 그를 보더니 깜
짝 놀랐다.

"자네……"

원석이 꾸벅 인사를 했다.

"안녕하셨어요, 박사님?"

이곳에서 원석을 만난 게 반가웠는지 유 박사가 눈물을 글썽
이며 그의 손을 덥석 잡았다.

"자네가 여긴 웬일인가? 국정원 관뒀다고 들었는데. 설마 다시 돌아온 건가?"

"사정이 좀 복잡합니다. 차차 말씀드리겠습니다, 박사님."

"자넬 보니 이제 좀 마음이 놓이네. 안 부장이 날 찾으려고 혈안이 돼 있지?"

"예. 약에 문제가 있다고 들었습니다. 확인하셨습니까?"

상어가 시퍼렇게 지켜보고 있으니 사실대로 말하지도 못하고 유 박사는 마른침만 꿀꺽 삼켰다.

"자세한 건 나도 검사를 해봐야 알아."

"태성 씬 만난 겁니까?"

"아, 아직."

원석이 시선을 침실로 향했다가 일송에게 돌렸다. 태성이 밖으로 나간 흔적이 없으니, 분명히 침실에 숨어 있을 것이다.

"안 부장에게 들었습니다. 의사가 다녀갔다고요? 태성 씨 아픈 겁니까?"

"……."

"약을 돌려주지 않으면 모두 위험해집니다. 젤리한테 빼앗길 순 없어요."

"약을 돌려주면 안 되네."

유 박사의 다급한 말에 원석은 깜짝 놀랐다.

"박사님."

"국정원 놈들 믿지 마. 거긴 믿을 놈들 하나도 없어."

약 때문에 사람의 생사가 오락가락하는 마당이었다. 그런 약을 다른 누군가가 먹었을 때 어떤 부작용을 일으킬지 미지수였다. 아무리 완벽하게 보완한다 해도 '야누스'처럼 초자연적인 현상이 일어나지 않으리란 보장을 어떻게 하겠는가.

유 박사는 자신 없었다. 약에 대한 책임을 지는 것도 두려웠다. 이미 '야누스'로 인해 많은 희생이 있었다. 더 큰 희생을 막으려면 '야누스'를 없애야 한다.

"난 '야누스'를 완성시킬 수 없어."

"그게 무슨 말입니까? '야누스'가 완제품이 아니란 겁니까?"

"그렇다네……."

일송에게 들었던 부작용 얘기를 기억해 낸 원석이 중얼거렸다.

"정말 부작용이 생긴 거군요."

"더, 더 이상은 말할 수 없네."

벌떡 일어난 원석이 침실로 향했고, 그 앞을 상어가 쓰윽 가로막았다. 원석이 그를 무섭게 노려보았다. 상어도 지지 않고 그를 마주 응시했다.

"얌전히 굴어."

"태성 씨를 봐야겠다."

상어의 눈빛이 더욱 싸늘해졌다.

"안 부장에게 전해. 연락할 때까지 얌전히 기다리라고."

두 사람의 팽팽한 기 싸움에 이번에도 일송이 중재를 맡았다.

"싸우지들 말라우. 가뜩이나 속 시끄러워 죽갔는데. 소 팀장은 고만 가보라우. 자네가 할 일은 안 부장 그 간나새끼한테 말만 잘 전하믄 되는 거이야."

상어에게 쫓겨나다시피 방을 나온 원석은 그들이 숨기는 게 무엇인지 너무나 궁금했다. 태성의 신상에 문제가 생긴 건 알겠는데, 방에 있는데도 굳이 보여주지 않는 까닭이 뭘까?

'단순한 부자용이 아니야. 외부에 알릴 수 없는 뭔가가 있다.'

밥을 먹는 둥 마는 둥 젓가락으로 깨작대고 있는 시온을 본 혜미가 불고기를 집어 그녀의 밥그릇에 놓아주었다.

"많이 먹어요, 시온 씨."

힘이 되어주진 못할망정 되레 위로를 받는 자신이 한심해서 시온이 울적하게 말했다.

"네팔로 돌아갈까 봐요."

밤새 고민한 끝에 시온이 내린 결정이었다. 상처받은 시온의 모습에 혜미는 마음이 짠했다.

"나랑 조금만 더 같이 있어주면 안 돼요?"

혜미를 생각하면 계속 함께 있어주고 싶었다. 하지만 태성을 생각하니 자꾸 비참해진다. 기다릴 줄 뻔히 알면서 연락이 없는 그에게 너무나 실망했다. 제멋대로인 건 알았지만, 이건 사랑하는 사람에 대한 예의가 아니었다. 작은 배려조차 할 줄 모르는 그의 옆에서 대체 뭘 할 수 있단 말인가. 늘 기다려야 하고, 마음을 졸여야 하며, 비참할 것이다.

그런 삶은 자신과 어울리지 않았다.

살다 살다 이리도 굴욕적인 사랑은 처음이었다.

혜미가 분해서 젓가락 쥔 손을 부르르 떠는 시온의 눈치를 보았다.

"무슨 사정이 있을 거예요."

"사정이 사랑보다 앞선다면, 그건 진짜 사랑이 아닌 거예요. 내가 좋아하니까 마음이 잠시 흔들렸던 거겠죠."

"그런 거 아니라니까요. 태성 씨가 어떤 사람인데 책임감 없는 짓을 하겠어요?"

시온은 한때 태성을 좋아했던 혜미가 그의 역성을 드는 걸로 오해했다.

"책임감이 뭔지 아는 사람이라면 어디 있든 연락을 안 할까요."

푸념을 늘어놓다가 시온이 억지로 싱긋 웃었다.

"언제 네팔에 놀러 와요, 우영 씨랑 같이. 신혼여행이면 더 좋고."

그녀의 마음이 쉽게 바뀌지 않을 것 같아 혜미가 난감하게 중얼거렸다.

"우영이 알면 못 가게 말릴 텐데."

"비밀로 해줘요. 가뜩이나 정신없는데 나까지 보태고 싶지 않아요."

저녁 9시. 원석은 정각에 옥상에 도착했다. 먼저 와서 기다리고 있던 안 부장이 굳은 얼굴로 그를 쳐다보았다.

"백태성은?"

"시간이 더 필요하답니다."

분노가 치밀어 안 부장의 얼굴이 금세 시뻘게졌다.

"내 인내심은 여기까지야."

곧장 옥상을 벗어난 안 부장이 태성의 방 앞에 당도했을 때 그의 뒤를 부리나케 원석이 쫓아왔다. 문 앞을 지키는 보디가드들에게 안 부장이 화를 실어 말했다.

"비켜."

보디가드들이 문 앞을 가로막고 끄떡도 하지 않자 안 부장이 단숨에 두 사람을 때려눕혔다. 정확히 급소를 쳤기에 비명조차 못 지르고 쓰러진 것이다.

"부장님."

안 부장이 손가락으로 원석을 찌를 듯이 가리켰다.

"넌 빠져. 거래는 끝이야."

그가 벨을 꾹 눌렀고, 원석이 그의 팔을 잡아챘다. 안 부장이 주먹을 휘둘렀지만, 원석이 재빨리 피했다.

"여긴 곤란하지 않겠습니까?"

원석이 밖으로 나가길 청했으나, 안 부장은 급기야 가슴팍에서 총을 꺼내 그를 겨눴다. 일순 얼어붙은 원석을 노려보며 안 부장이 신경질적으로 연거푸 벨을 눌러댔다.

드디어 문이 열렸다. 원석을 총으로 겨누고 있다가 안 부장이 힐끗 문을 연 사람을 쳐다봤다. 그의 눈이 튀어나올 듯이 휘둥그레졌다.

"배, 백호 회장…… 님."

굵고 허연 눈썹에 기백이 서렸고, 부리부리한 눈매는 단연 호랑이와 흡사했다. 꾹 다물린 입술은 고집스러운 노인네 그 자체였다.

"기생충만도 못 한 노옴!"

그의 호통에 안 부장은 들었던 총을 허겁지겁 가슴에 찬 지갑에 쑤셔 넣었다. 약을 훔쳐 간 건 그였는데 어째서 자신이 이토록 오금이 저린 것인지 알다가도 모를 일이었다.

"기다리라면 기다릴 것이지 웬 말이 많아! 내가 괜히 안 준다고 해? 니들 하는 짓거리가 마음에 안 들어. 계속 이렇게 나오면 나도 생각 있어."

대관절 회장님은 언제 온 것인가.

"회, 회장님, 여기서 이럴 게 아니라 들어가서 말씀 나누시죠."

"내 방에 한 발짝도 들여놓지 마."

"이러시면 무력을 쓸 수밖에 없다는 걸 왜 모르십니까?"

"탱크든 전투기든 다 몰고 와봐, 어디. 약은커녕 눈깔사탕 하나 못 찾을 테니."

쾅! 복도가 울릴 정도로 문이 닫혔고, 하마터면 문에 코를 찧을 뻔한 안 부장이 뒤늦게 사지를 부르르 떨었다. 그 모습을 보고 있던 원석이 한심스러운 눈초리로 말했다.

"백 호랑이한테 잘못 찍혔다간 뼈도 못 추립니다."

때맞춰 나타난 회장님이 반가워 원석이 씩 웃으며 돌아섰고,

톡톡히 망신만 당한 안 부장은 분해서 혼자 방방 뛰었다.

한편, 거실로 돌아온 백호는 언제 아팠나 싶게 멀쩡한 모습으로 소파에 기댔다. 안 부장이 갑자기 찾아오는 바람에 잔뜩 긴장했던 사람들은 마치 한잠 잘 자고 일어난 사람처럼 침실에서 걸어 나오는 백호 때문에 기함했었다.

대충 얘기를 듣고 안 부장을 호되게 나무랐던 백호는 뒤늦게 낯선 얼굴이 섞여 있음을 알았다.

"누구야?"

일송이 유 박사를 소개했다. '야누스'를 만든 장본인임을 알자 백호의 표정이 왠지 아련해졌다. 원래의 모습으로 돌아온 게 아쉬워서였다.

벌써 사흘이 지났는데 그녀는 어쩌고 있을까?

"약은 미안하게 됐소."

백호의 사과에 유 박사가 송구스러워 머리를 조아렸다.

"죄송합니다, 회장님. 제가 만든 약 때문에 곤욕을 치르시게 해서."

"피차 일부러 그런 게 아닌데 뭘."

"어떻게든 해독제를 만들어보겠습니다. 아니면 언제 또 변하실지 알 수 없어요."

"해독제?"

"예. 온몸에 퍼진 비정상 세포들을 죽이면 다신 변하는 일이 없을 겁니다. 시간이 얼마나 걸릴지 모르겠지만, 최선을 다해보겠습니다. '야누스'를 제게 주시죠."

백호는 그의 말에 선뜻 동조할 수 없었다. 다시 변할 수 없다는 건 시온과 영원히 이별해야 한다는 뜻이었기에.

"쓰러지신 후에 급격한 변화가 연거푸 있었다고 하더군요. 그건 좋은 징조가 아닙니다. 지금은 원래 모습으로 돌아왔다 해도 언제 어느 때 급 노화로 돌아가실지 몰라요. 실제 부작용 사례이기도 하고요."

"급 노화라……."

실제 부작용 사례가 있었다면 무시할 수 없는 일이었다. 그런데도 그는 망설였다. 시온을 잃고 무슨 낙이 있어 생명을 연장할까. 다시 젊어질 수만 있다면, 그래서 단 하루를 시온과 보낼 수만 있다면 죽음 따위 두렵지 않았다.

"시간을 좀 주시겠소?"

유 박사가 깜짝 놀라 외쳤다.

"이건 시간을 다투는 일입니다."

"난 평생을 모험과 도전 속에 산 사람이오. 안전하기만 바랐다면 지금의 나도 없었겠지. 말년에 이런 모험을 즐길 기회가 어디 흔한 일인가. 청년으로 돌아가 보니 세상이 달라지더군. 그땐 몰랐던 것들을 이제는 알겠어."

죽을지도 모를 상황에서 저리 여유로운 미소라니. 무언가 대단할 걸 터득한 모습이었다. 평소엔 성질이 불같지만, 큰 결정을 내린 땐 오히려 느긋해지는 것은 백호의 특징이었다.

시온을 생각하는 그의 마음이 애틋해 우영은 눈시울이 절로 붉어졌다.

"회장님."

우영의 목멘 부름에 백호는 가슴이 뭉클했다. 빙그레 미소 지으며 고개를 끄덕였다. 아무 염려 말라는 듯.

우영은 눈물이 나려는 걸 억지로 참았다. 오랜 세월 가까이 모시고도 알아보지 못한 게 죄스러웠고, 그가 처한 상황이 너무 기가 막혔다. 혜미에게 시온이 떠날 생각이라는 말을 들은 터라 더욱 마음이 아팠다. 생이별을 해야 할 두 사람이 안타까웠다.

깊게 주름진 백호의 얼굴에 시온을 향한 그리움이 진하게 묻어났다. 젊음도 잃고 사랑도 잃으면 무슨 낙으로 살까 싶으니 그가 가진 모든 것이 부질없어졌다. 후계자가 되어 다시 한 번 전성기를 누려볼까 했던 생각도 욕심에 지나지 않았다. 다시 젊어질 수만 있다면 그 모든 걸 내려놓아도 상관없었다. 신이 오직 시온이 하나만 허락해 주신다면, 가진 모든 것을 버릴 수 있었다.

지옥 같던 베트남 전쟁터에서 끝까지 믿었던 타잉에게 배신당한 이후로 여자에게 마음을 열지 못했던 백호. 그 바람에 재규 엄마를 사랑하면서도 마음을 표현하지 못했던 무뚝뚝한 남편. 이제 꿈결처럼 찾아온 젊음 속에서 만난 시온은 그의 인생을 새롭게 했고, 희망이 되었다.

백호는 절대 그 사랑을 놓치고 싶지 않았다.

보디가드와 상어까지 물리치고 혼자 정글 옥상에 올라온 백호는 갈등이 심했다. 시간을 벌긴 했지만, 과연 어떻게 하는 게 옳을지 판단이 서질 않았다. 유 박사의 말대로 해독제를 만든다면 몸 상태를 정상으로 돌려놓을 수 있으리라. 그렇다면 몸 때문에 불안할 일은 더 이상 없을 것이다. 하지만 시온과의 이별을 감수해야 한다.

그의 머릿속에 새로운 고민이 생겨났다.

'젊어진 채로 비정상 세포를 없앤다면…….'

젊어진 상태에서 해독제가 효과를 내주기만 한다면, 다시는 노인으로 돌아가지 않아도 될 터.

문제는 언제 또 젊은이로 돌아갈지 알 길이 없다는 것이었다. 젊은이로 돌아간다 해도 다시 늙어지기 전에 해독제를 만들 수 있을지 의문이었다. 비정상 세포를 죽인다 해도 생각처럼 되어주리란 보장도 없었다. 모든 삼박자가 맞아떨어져야 하는 일이다.

막막함에 백호가 허공을 바라보며 긴 한숨을 내쉬는데, 숲 안쪽으로 바스락 소리가 들렸다. 혹시나 하는 기대감에 고개를 돌렸을 때 나무들 사이로 나타난 사람이 시온이었다. 그는 순간 심장이 멎는 듯했다. 시온도 그곳에 누군가 있으리란 생각을 못해 흠칫 놀라며 걸음을 멈췄다.

'누구지?' 하다가 그녀는 TV와 신문에서 보았던 얼굴에 깜짝 놀라 얼른 고개를 숙였다.

"안녕하세요, 회장님?"

잠적했다더니 언제 왔을까?

재규 때문이라 짐작한 시온은 빤히 쳐다보는 백호 때문에 머쓱하게 자기 머리를 쓸어 넘겼다. 며칠 만에 그녀를 만난 것에 감정이 격해진 백호가 목이 메어 그녀의 이름을 불렀다.

"강시온……."

회장님이 자기 이름을 안다는 게 놀라워 그녀의 얼굴이 조금 환해졌다.

"태성 씨가 말씀드렸나 보네요. 갑자기 뵙게 될 줄은 몰랐는데……. 아드님 사고는 정말 안됐어요."

시온은 진심으로 위로했다. 아무리 강심장인 회장님이라 해도 아들이 심하게 다쳤으니 꽤 큰 충격을 받았을 것이다.

"네팔로 돌아간다고?"

"그걸 어떻게……?"

"우영이가 그러더군."

시온이 씁쓸하게 말했다.

"돌아가야죠. 너무 오래 있었거든요. 할 일도 끝났고."

"태성인 어쩌고?"

그를 생각하니 순간 욱한 마음에 시온이 떨떠름하게 반문했다.

"회장님이 반대하신 건 아니죠?"

갑자기 연락을 끊은 게 마음이 걸린 그녀는 때맞춰 백호가 나타나자 의심의 끈을 풀어놓았다.

"젊은 사람들끼리 좋다는데 내가 싫을 이유가 뭐가 있겠나. 피치 못할 사정이 생겨 연락이 없는 것이니 이해를 해."

"그러니까 그 피치 못할 사정이 뭐냐고요? 왜 다들 말 안 해주는 건데요? 왜 나한테만 숨기냐고요."

서운함과 걱정스러움이 한데 얽혀 시온이 거칠게 심정을 토로했다. 그녀의 마음이 고스란히 전해져 와 백호는 곤혹스러웠다.

"자세한 얘긴 하기가 곤란하군. 조금만 더 기다려 주면 안 되겠나?"

"언제 돌아오는데요?"

"그, 그건 아직 정해진 일이 아니라서……."

"혹시, 몸이 어디 안 좋아요?"

정확히 집어낸 시온 때문에 그는 지레 놀라서 변명했다.

"아, 아니야. 멀쩡해."

"미국에 간 건 확실하고요?"

"그, 그래."

"아픈 것도 아니면서 연락 한 번 없는 사람을 무작정 기다리라고요? 전 싫습니다."

시온의 냉정한 거절에 그가 다급히 그녀를 설득했다.

"사랑하잖아!"

"저만 그런가 봅니다."

"아니야! 절대!"

극구 부인하는 그를 보며 시온은 뚱하게 받아쳤다.

"회장님이 모르서서 그래요. 그동안 제가 얼마나 굴욕을 당했는지. 끝까지 사람을 우습게 본 거죠."

단단히 마음이 상한 그녀를 돌이키기엔 역부족이었다. 잡을 수도 보낼 수도 없는 처지에 그는 괜스레 타박했다.

"사람 말을 왜 못 믿어? 난 신용 하나로 살아온 사람이야."

"아드님 신용이 회장님 반만 돼도 좋을 텐데요. 정 증명하고 싶으면 네팔로 직접 오라고 해주세요."

"뭐?"

"제가 남자에 목매고 사랑에 질질 짜는 타입이 아니라서요. 저의 최선은 여기까지예요. 계속 있다간 폭발해 버릴 것 같거든요. 뵙게 돼서 영광이었습니다. 안녕히 계세요."

꾸벅 인사하고 돌아서는 시온을 잡고 싶었으나 몸이 따라주지 않았다. 둔한 몸뚱어리가 그를 더욱 좌절하게 했다.

그녀가 완전히 사라지고 나자 그의 붉게 충혈된 눈에 안타까운 눈물이 서서히 고이기 시작했다.

"가지 마. 가지 마, 시온아. 나, 여기 있어."

잠시 후 그는 정글 옥상, 베트남 전사자들의 기념비가 있던 곳에 파묻어둔 약통을 꺼내 손에 꽉 쥐었다. 다시 노인으로 돌아온 후 줄곧 했던 생각을 실제로 옮기려는 것이다. 우영의 말로는 시온이 내일이면 떠난다고 했다. 더 이상 지체할 시간이 없었다. 그녀가 떠나기 전에 꼭 태성으로 돌아가 미안하다고, 사랑한다고 말해주고 싶었다. 한마디 말도 못 하고 떠나보내기 싫었다.

세상 사람 모두가 알아도 그녀만큼은 자신의 정체를 끝까지 몰랐으면 하는 마음도 담겨 있었다. 그녀가 받을 충격도 충격이지만, 그녀를 사랑하는 남자로서 감추고 싶은 비밀이었다.

백호는 약통 뚜껑을 열고 한 알을 손바닥에 쏟았다.

이미 먹은 약과 성분 배합이 같으니 다시 한 번 기적이 일어나지 않을까?

　부질없는 바람인 줄 알면서도 그는 두 번째 기적에 모든 걸 걸었다.

　크게 심호흡을 한 뒤 약을 입에 넣었다. 그리고 꿀꺽 삼켰다.

제20장

우영은 아직 귀가 전이었고, 혜미는 뜨거운 욕조에 몸을 담그고 있었다.

침대에 누워 천장을 보고 있던 시온은 정글 옥상에서 본 회장님이 자꾸 마음에 걸렸다. 태성을 알기 전엔 그저 깐깐하고 고집불통인 노인네일 거라 편견을 가졌었다. 그런데 직접 만나 뵈니 태성의 아버지라고 유세 떠는 것도 없었고, 회장이라고 거만하지도 않았다. 감히 부모도 없는 트레킹 가이드 따위가 재벌 아들을 사랑한다고 호통칠 줄 알았는데, 그 또한 기우였다. 호통은커녕 되레 간절한 어조로 태성을 기다려 달라는 것이다.

"회장님이 그렇게 말씀하실 정도면 정말 무슨 일 있나 본데."

점점 조바심이 나기 시작했다. 자기 자존심만 앞세우고 태성의 진심을 왜곡한 건 아닐까 해서였다.

어쨌거나 네팔엔 들어가 봐야 했다. 한국에 온 지 어느덧 두 달이 되었고, 아빠 일이 어떻게 되었는지 니마가 매우 궁금해할 터였다. 제주에 더 있어봤자 하는 일이라곤 태성을 기다리는 것뿐이라, 다시 돌아오는 한이 있어도 일단 돌아가기로 결정했다.

핸드폰을 만지작대던 그녀는 태성에게 문자를 남겼다.

—모레 아침 8시 40분 비행기로 네팔로 떠나. 전화하기 힘들면 문자라도 줘. 그래야 마음 편하게 가지.

핸드폰을 손에 쥔 채 그녀는 이제나저제나 답변이 올까 오매불망 기다렸다. 금방 답장이 오리라고 기대하지 않았지만, 10분이 지나 20분이 지나도 감감무소식이자 서운함을 넘어 화가 치밀었다.

"정말 너무하잖아!"

침대에서 벌떡 일어나 앉은 시온은 속상한 마음을 달랠 겸 주방으로 나왔다. 그리고 냉장고에서 먹다 만 소주병을 꺼냈다. 뚜껑을 열자마자 벌컥거리며 들이켠 그녀는 빠드득 이를 갈았다.

"기다리긴 뭘 기다려? 돌아오긴 왜 돌아와? 안 와. 절대 안 와. 네팔에 와서 무릎 꿇고 빌어도 절대 용서란 없다. 백태성! 넌 아웃이야!"

남은 소주를 원샷한 뒤 곱게 잠이나 자자 하고는 방으로 돌아온 시온은, 그래도 미련이 남아 협탁에 둔 핸드폰을 슬그머니 들었다. 핸드폰을 켜자 상단에 메시지가 떠 있었다. 마음 한 귀퉁이에 설마, 하는 기대감이 서렸지만 또 실망하기 싫어 애써 쿨한 척 잠금장치를 풀었다.

그리고 메시지를 확인한 순간, 차 키를 찾아 들고 쏜살같이 뛰어나갔다.

드디어 태성이 돌아온 것이다!

—나, 돌아왔다.

일송이 제 방으로 돌아가고, 우영도 혜미의 집으로 향한 그 시각. 태성은 드레스룸에 있는 화장대 앞에 서 있었다. 거울에는 백발의 노인이 아닌 젊은 태성이 서 있었다. 노인으로 돌아갈 때와는 다르게 청년이 될 때는 아무런 고통이 없다는 것도 오늘에서야 알았다.

그는 감개무량한 얼굴로 도로 탱탱해진 볼을 믿기지 않는다는 듯이 쓸어보았다. 복근이 알알이 박힌 배도 쓰다듬어 보았고, 착 올라붙은 엉덩이도 만져 보았다. 옷을 어깨로 끌어 내리자 총상도 그대로였다.

한 번의 기적으로 그친 것이 아니었다. 우연의 일치라고 하기도 어려웠다. 더 젊어진 것도 아니요 더 늙어진 것도 아닌, 태성의 모습 그대로였다. 그렇다면 '야누스'는 언제든 먹으면 지금의 나이가 될 수 있다는 뜻이었다.

만일 사람들이 이 사실을 알게 되면 '야누스'를 가지려 더 큰 전쟁이 일어날 터였다. 유 박사에게 넘겨준다 해도 '야누스'의 비밀을 알게 되는 건 시간문제였다. 이런 신약을 개발했으니, 어쩌면 '야누스'의 원래 용도보다 획기적이라 할 만했다. 너도나도 복용한다면 실로 인류의 대혼란이 올 것은 자명했다.

드레스룸을 나와 발소리를 죽여 거실 모퉁이에 숨었다. 살짝 고개를 빼어 내다보니, TV를 보던 유 박사가 소파에 기댄 채 잠이 들어 있었다.

밖으로 나오자 문 앞을 지키던 보디가드들이 태성을 보고는 얼른 고개를 숙였다. 그들은 줄곧 태성이 방 안에 있는 줄 알고 있었다. 며칠 만에 나타난 태성이 이제야 바깥출입을 하는 모양이라 생각했다. 좀 전엔 들어가지도 않은 회장님이 방에서 나와 깜짝 놀랐었는데, 안 부장의 공격을 받고 기절한 사이 온 것이라는 일송의 설명에 그런가 보다 했었다.

따라오려는 보디가드들을 물리치고 태성은 유유히 엘리베이터로 향했다.

잠시 후 리조트 앞 오솔길처럼 난 산책로로 들어갔다. 오랜만에 걷는 산책로가 무척 정겨웠다. 뒷짐을 지고 천천히 길을 걸으며 하늘에 총총 떠 있는 별을 올려다보았다. 다시 태성으로 돌아왔다는 게 형용하기 어려울 만큼 행복했다. 떳떳하게 시온을 만나게 되어 감사했다. 매일 보던 하늘, 나무, 벤치가 이토록 달리 느껴질 줄은 몰랐다.

밤이 깊어 빈 산책로에는 흐릿한 가로등 불빛만 호젓했다. 잠시 생각에 잠긴 듯 서 있는 그에게 시온으로부터 전화가 걸려왔다. 그의 표정에서 짙은 그리움이 배어 나왔다.

"시온아."

[어디 있어? 나 지금 리조트 주차장이야.]

문자를 이제야 확인한 줄 알았다가 리조트 주차장이란 말에 그는 매우 당황했다. 문자를 받자마자 한달음에 달려온 모양이었다.

"지금은 좀……."

아직은 그녀를 만날 때가 아니었다. 그전에 할 일이 있었다.

저벅저벅.

여자 발자국 소리라기엔 좀 더 묵직했다.

가슴이 선뜩해져 숨도 멈춘 채 돌아보았던 태성은 낯선 사내의 등장에 바짝 긴장했다.

'젤리!'

이전 유종현과는 정반대의 차디찬 얼굴이었지만, 태성은 직감적으로 그를 알아봤다.

"산책하기 좋은 날이군."

젤리가 하는 소리를 들었는지 전화기 속에서 시온이 물었다.

[누구랑 있어? 산책로야?]

"나, 나중에 통화하자."

태성이 급히 전화를 끊었고, 표정이라곤 없는 젤리가 말했다.

"'야누스'를 가지러 왔다."

"어림없어!"

태성이 순식간에 그를 공격했다. 그의 선제공격에 당황한 젤리가 주춤 뒤로 물러서자, 태성이 리조트 반대편으로 도망치기 시작했다. 젤리가 리조트로 향하는 길목을 막고 있는 데다 그쪽으로 가면 시온을 만날 것 같아 다른 선택이 없었다.

쫓고 쫓기는 동안, 두 사람의 결투가 간간이 이어졌다. 제법 싸움을 할 줄 아는 태성이 가소로웠는지 젤리가 냉혹한 눈빛으로 그를 바라보았다.

젤리를 마주 노려보던 태성이 작심한 듯 산 쪽으로 뛰었다.

그때 태성을 감시하던 원석과 요원 두 명이 숲에 숨어 있다가 모습을 드러냈다. 그들은 곧장 태성과 젤리를 쫓기 시작했다.

"팀장님?"

시온은 산책로로 달려가다가 숲에서 나오는 원석과 두 남자를 발견했다. 그리고 산 쪽으로 달아나는 사람은 태성. 태성을 쫓는 의문의 남자. 가로등이 흐릿하긴 했지만, 분명히 태성이었다.

태성을 만날 생각에 기뻤던 것도 잠시, 그에게 무슨 일이 생겼음을 안 그녀는 가슴이 철렁 내려앉았다. 무작정 그들을 쫓기 시작했다. 경찰서에 전화하기 위해 핸드폰을 찾았을 때 차 안에 두고 내린 걸 알았다. 너무 바삐 나오느라 미처 챙기지 못했던 것이다.

뼈아픈 실수에 시온은 입술을 깨물었다. 다시 돌아가기엔 태성이 너무 걱정이 되어 그럴 수 없었다.

대체 태성은 왜 달아나는 것일까? 그리고 원석과 저 사람들은 왜 태성을 쫓는 것일까?

의문투성이의 일들이 그녀를 무척 혼란스럽게 했다.

그들을 따라 숲으로 들어갔지만, 한 치 앞도 보이지 않는 어둠 속을 헤매느라 시온은 낭패스러웠다. 금방 따라잡을 줄 알았는데 감쪽같이 사라져 버렸다.

얼마나 숲을 헤매고 다녔을까.

산짐승이나 뱀이 나올지 몰라 간담이 서늘하던 차에 어둠 속에서 갑자기 누군가가 나타나 시온은 까무러치게 놀랐다.

"시온 씨?"

원석의 목소리였다. 시온이 반가워 소리쳤다.

"팀장님!"

"여기서 뭐 해요?"

"태성 씬요? 태성 씨를 왜 쫓은 거예요?"

태성과 젤리가 사라져 요원들과 흩어져 찾기로 하고는 사람 소리가 들리기에 와봤더니 시온이었다.

"위험해요. 얼른 내려가요. 혼자 갈 수 있겠어요?"

"팀장님은요?"

"난 해야 할 일이 있어요."

"태성 씨한테 무슨 일 생긴 거죠?"

"태성 씨가 위험해요, 시온 씨."

갑자기 소식을 끊고 미국에 간 태성. 그리고 다시 돌아온 그가 위험에 빠졌다 한다. 원석에게 그 말을 듣는 순간부터 시온은 이미 제정신이 아니었다.

"태성 씨 찾아야겠어요."

시온이 산 위를 향해 뛰기 시작했다. 어찌나 빠르던지 순식간에 멀어지는 그녀 때문에 깜짝 놀란 원석이 후다닥 그 뒤를 따라갔다.

"시온 씨!"

시온은 그의 목소리가 들리지 않았다. 오직 태성의 생각으로 머리가 터질 지경이었다. 나뭇가지에 얼굴이 아프게 채였지만, 아랑곳하지 않았다.

"태성 씨! ……태성 씨! 어디 있어! ……백태성, 대답해!"

원석이 정신없이 숲을 헤매는 그녀의 팔을 잡아챘다.

"내가 찾아요. 걱정 말고 내려가요."

시온이 그의 팔을 뿌리치고 돌아섰다. 그러고는 사방을 둘러보며 고래고래 악을 썼다.

"백태성, 나야! 내 말 들려?"

원석이 고집을 피우는 그녀의 어깨를 거칠게 돌려세웠다.

"시온 씨!"

"이럴 시간 있으면 찾기나 해요, 어서! 태성 씨마저 잘못되면 그땐 정말 용서하기 힘들 것 같으니까."

태성의 신상에 대해 알고 있었으면서 모른 척한 원석이 원망스러웠다. 귀띔이라도 해줬더라면 연락 한 번 없다고 실망하진 않았을 것을.

그녀의 어깨에서 손을 뗀 원석이 말없이 산으로 뛰어 올라갔
다. 태성에 대한 걱정으로 다리가 후들거려 잠시 숨을 고른 시온
이, 원석이 뛰어간 방향으로 달리기 시작했다.

원석이 보이지 않아 두리번거리는데 별안간 어둠을 뚫고 한
발의 총성이 울렸다.

탕!

시온은 그 소리에 멈칫 그 자리에 멈춰 섰다. 머리칼이 쭈뼛
곤두서는 느낌이었다.

'어디지?'

그녀는 곧 총소리가 난 방향을 가늠하고 뛰기 시작했다. 태성
이 맞은 것 같은 불길함에 속으로 끊임없이 되뇌었다.

'제발 살아만 있어. 제발.'

비 오듯 쏟아지는 땀을 훔칠 새도 없이 그녀는 청각에 의지하
여 두 사람이 있는 곳으로 향했다.

탕, 탕!

연달아 총소리가 울렸다.

이번엔 좀 더 가까운 곳이다. 그들과 근접한 것이다.

확인 사살이라도 한 걸까?

달려가는 시온의 심장이 미친 듯이 뛰었다.

'죽으면 안 돼! 죽지 마. 죽지 말고 기다려. 죽으면 가만 안
돼!'

탕, 탕!

젤리가 쏜 두 발의 총알 중에 하나가 원석의 왼쪽 허벅지를 꿰뚫었다. 태성에게 쏜 총소리를 듣고 가까스로 젤리를 찾아낸 원석은, 그러나 그에게 꼼짝없이 당하고 말았다. 바닥에 쓰러진 원석이 전신으로 급격히 퍼지는 통증에 이를 악물었다.

젤리의 총구가 다시 그에게로 향했다. 태성이 있는 힘을 다해 젤리의 다리를 밀쳤다. 맥없이 앞으로 고꾸라진 젤리의 손에서 빠져나간 총이 저만치 날아갔다. 눈을 희번덕 떠서 벌떡 일어나 총을 집으려던 젤리는 누군가가 앞을 가로막자 굽혔던 자세 그대로 정지 상태가 되고 말았다.

차가운 산 공기를 타고 흐르는 엄청난 살기.

슬며시 고개를 드니 달빛을 받으며 사신처럼 서서 내려다보는 남자는 후드를 깊이 눌러쓰고 있었다.

'상어!'

제아무리 젤리라 해도 '상어'라는 이름에는 오금이 저렸다. 젤리처럼 조직에 속한 것이 아닌 자유의 몸이긴 했지만, 상어는 킬러로 살아가는 그들에게 실로 신화적인 존재였다. 어느 날 갑자기 잠적해 버린 것마저 베일에 싸여 있던 그가 젤리의 눈앞에 나타났다.

젤리는 그제야 태성이 일부러 유인했음을 알아차렸다.

상어가 천천히 후드를 벗었다. 환한 달빛에 그의 선명한 이목구비가 드러났다. 그의 얼굴을 본 젤리의 심장이 철렁 내려앉았다. 스스로 얼굴을 보여준다는 건 죽음을 의미했기에.

"내 얼굴을 똑똑히 기억해 둬라. 지옥에서 다시 보게 될 테니까."

상어가 순식간에 발로 권총을 차올려 젤리의 이마 정중앙에 조준했다. 정말 눈 깜짝할 새였다. 전광석화 같은 솜씨에 젤리의 관자놀이로 땀방울이 또르르 굴러 떨어졌다.

"꼼짝 마!"

숲 속에서 튀어나온 요원 둘이 상어에게 총을 겨눴다. 젤리가 살았다는 안도감에 마른 숨을 탁 토해냈고, 요원들의 등장에 공기도 가를 듯한 긴장감이 사라지고 일순 숲 속이 소란스러워졌다.

혹시나 상어가 요원들을 쏠까 우려한 원석이 소리쳤다.

"쏘지 마! 요원들이다!"

귀찮다는 듯 상어의 눈빛이 살짝 일그러졌다. 벌이 쏘듯 젤리를 잡아챈 상어가 재빨리 그의 등 뒤로 돌아섰다.

탕, 탕, 탕, 탕!

공격하는 줄 오인한 요원들이 연달아 총을 쏴댔다. 젤리의 이마, 심장, 단전, 다리에 차례로 총구멍이 났다. 사방에 피비린내가 진동했다.

젤리의 몸이 풀썩 소리를 내며 바닥으로 떨어졌을 때 그의 등 뒤로 숨었던 상어의 모습은 이미 사라진 후였다. 유령처럼 흔적도 없이 사라졌기에 가까이 다가온 요원들은 어리둥절했다. 소문대로 귀신보다 빠른 자였다. 갑자기 등 뒤로 나타나 공격할 것 같은 느낌에 등골이 오싹했다.

요원들이 급히 각자 반대편에 쓰러진 태성과 원석을 살폈다.

"태성 씨!"

때마침 나타난 시온이었다. 드디어 태성을 발견한 그녀는 가슴을 졸였다가 반색했다. 한달음에 달려가 그의 품으로 와락 달려들었다.

"무사해서 다행이야. 정말 다행이야."

시온이 울먹였다. 태성도 비로소 안도가 되어 그녀의 머리를 쓰다듬어 주었다. 재회한 모습이 흉했지만, 그녀를 본 심장은 어느 때보다 따뜻했다.

"정말 겁이 없구나, 넌. 여기가 어디라고 와, 오길."

시온이 젖은 눈을 들어 그를 바라보았다.

"이런 이벤트는 사양할게."

요원과 함께 그를 부축하다 뒤늦게 젤리를 보고 시온이 기겁했다.

"히익! 주, 죽은 거야?"

"이놈이 젤리야."

"뭐?"

시온이 놀라 피투성이가 된 젤리를 빤히 쳐다봤다.

아빠를 죽게 한 놈. 그런데 왜?

의문이 가득한 그녀의 눈동자가 태성을 향했다.

"근데 저 사람이 왜 널 쏜 건데? 너랑 무슨 상관이라서?"

"차차 얘기해 줄게. 으윽!"

원석보다 앞서 젤리가 쏜 총에 맞았던 태성이 한 발 내딛다 말고 통증을 참지 못해 비명을 질렀다. 시온이 얼른 요원의 어깨를 툭툭 쳤다.

"뭐 해요? 안 업고."

하는 수 없이 요원이 태성을 들쳐 업자, 원석을 부축했던 다른 요원도 분위기를 살피다가 원석에게 등을 내어주었다.

태성과 원석이 총에 맞았다는 소식을 들은 우영과 혜미는 곧장 리조트 병원으로 왔다. 전문의가 수술을 맡은 원석과 달리 태성은 혜미가 직접 집도를 맡았다. 전공은 달랐지만, 다른 의사에게 맡기기엔 비밀이 새어 나갈지 몰라 어쩔 도리가 없었다. 일전에 피검사를 도와주었던 간호사 한 명만 불러 수술을 감행했다. 원석의 수술을 맡은 의사와 간호사들이 의아해했으나, 급박한 수술이 두 개나 잡히자 이것저것 따질 때가 아니었다.

수술실 앞에는 시온과 우영만이 초조하게 결과를 기다리고 있었다.

회장님이 태성으로 돌아온 게 다행이라고 해야 할지 불행이라고 해야 할지 우영은 마음이 착잡했다. 시온을 생각하면 태성으로 쭉 사는 게 좋겠지만, 언제 또 회장님으로 돌아올지 몰라 늘 불안에 떨어야 할 터였다. 아무것도 모르는 그녀가 가엾어 우영은 마른 한숨을 거푸 쏟아냈다.

"우영 씬 태성 씨가 왜 저렇게 됐는지 알죠?"

"……."

"대체 저 사람 정체가 뭐예요?"

도대체 알 수 없는 일투성이었다. 게다가 뭘 물어도 입을 꽉 다문 우영이나 아무리 새벽 시간이라 해도 달랑 간호사 한 명만 데리고 수술에 들어간 혜미도 괴이하긴 마찬가지였다.

"다들 나한테 뭐 숨기는 거 있죠?"

시온의 예리한 질문에 우영이 난처하게 이마를 긁적였다.

"숨기긴요. 살다 보면 이런 일도 저런 일도 있고 그런 거죠."

"경찰엔 왜 연락 안 하는데요?"

"그건…… 후계자 선출도 있는데 자꾸 구설에 오르면 안 되잖아요. 가뜩이나 사이코패스 때문에 리조트 손님이 확 줄었다고요."

그건 사실이었다. 오죽했으면 의사들도 오길 꺼려할까.

"그래도 총까지 맞았는데 신고를 안 한다는 게 말이 돼요? 태성 씨가 피해자 아니냐고요."

"지금은 좀 곤란해요, 시온 씨."

끝내 실토하지 않는 우영 때문에 시온이 입술을 꾹 깨물었다.

"내가 한국에 와서 따를 다 당해보네."

수술을 잘 마친 태성과 원석은 각자 회복실로 옮겨졌다. 혜미는 간호사를 시켜 두 번째로 피검사를 실시했다.

갑작스러운 호출에 놀라고, 도로 태성이 된 것에 더 놀란 혜미가 검사실로 들어오자마자 기운이 빠져 소파에 쓰러지듯 주저앉

앉다. 시온을 회복실에 보내고, 혜미를 따라온 우영이 그녀의 옆에 앉아 꼭 껴안아주었다.

"수고했어."

"이게 무슨 난리람. 도대체 정신을 차릴 수가 없네."

"일반 피로 수혈했는데 괜찮을까?"

우영이 걱정스럽게 묻자, 혜미도 근심 띤 얼굴을 풀지 못했다.

"급한 대로 조치하긴 했는데 어떨지 모르겠어. 피검사해 보면 알겠지. 근데 어쩌다 저렇게 된 거래? 국정원 짓이야?"

"시온 씨한테 잠깐 들었는데 어떤 남자한테 쫓기다가 총에 맞았대."

"누군데, 그 사람이?"

"모르겠어. 아직 자세한 얘길 못 들어봐서."

약 때문에 회장님이 위험한 일에 휘말린 것만은 확실했다. 특히 회장님을 은인이라 하는 상어의 등장은 다소 의외였다. 그에 대해선 금시초문이기도 했지만, 자신과는 다른 유형의 남자였기 때문이다. 말 한마디 붙이기 어려울 만큼 살벌한 기운이 뚝뚝 묻어나는 남자를 회장님이 어떻게 알게 됐을지 실로 궁금했다.

"아유, 왜 자꾸 이런 일이 생기는 거야?"

불안에 떠는 혜미를 우영이 품에 안고 토닥였다.

"이게 다 그 약 때문이지 뭐."

태성은 스르륵 눈을 떴다. 살아 있는 게 맞는지 헷갈리는데 눈앞에 어렴풋이 시온의 얼굴이 보이기 시작했다. 시온이 말간 얼굴로 그를 좀 더 가까이 들여다봤다.

"괜찮아?"

태성이 손을 들어 그녀의 손을 꼭 잡았다. 따뜻한 체온을 느끼자 온몸의 감각이 죄다 일어서는 듯했다.

안도감으로 두 눈에 그렁그렁 눈물이 맺히는 그를 보자 시온은 마음이 찢어지는 것 같았다. 모두 쉬쉬하는 통에 그에게 좋지 않은 일이 생겼다는 것만 짐작할 뿐이어서 불안이 가시지 않았다. 더더군다나 젤리와 얽혔다니, 제발 자신 때문이 아니기만을 바랐다.

"다신 말도 없이 사라지지 마. 얼마나 걱정했는지 알아?"

시온의 투정에 태성은 대답할 말이 없어 가슴 아프게 바라보기만 했다. 젤리는 죽었지만, 그는 아직 끝나지 않은 전쟁 속에 있었다. 약을 빼앗기면 다신 백태성으로 돌아오지 못한다. 끝까지 약을 넘기지 않으면 국정원에서 가만히 있지 않을 것이다.

어떻게 하면 그들을 따돌릴 수 있을까? 해독제를 만들 시간만 벌어도 좋으리라.

"이전이랑 똑같은데요, 선생님."

간호사의 말은 사실이었다. 수혈한 피까지 온통 비정상 세포로 뒤덮여 있었다. 혜미는 결과지를 들고 곧장 태성이 있는 회복실로 향했다. 그러고는 함께 있던 시온에게 양해를 부탁했다.

"잠깐 나가 있어줄래요? 태성 씨한테 긴히 할 얘기가 있어서요."

혜미까지 이번 일을 알고 있는 느낌이라 시온은 혼자만 모르는 것이 더욱 걱정되었다. 일부러 숨기고 있다는 건 그만큼 안 좋은 일이라는 뜻일 테니.

시온이 나가자, 혜미가 비정상 세포가 득실대는 혈액 사진을 태성에게 보여주었다.

"혈액 사진이에요. 여기 작은 돌기 모양의 세포들은 약 때문에 생긴 비정상 세포고요."

태성은 사진에 또렷이 보이는 비정상 세포를 물끄러미 응시했다.

"약을 드신 지 얼마나 됐죠?"

"두 달쯤."

"며칠 새 변화가 너무 잦아요. 그건 약효가 떨어졌다는 얘길 수도 있고……."

"약을 또 먹었어."

"네에?"

혜미가 기함했다. 어째서 그런 무모한 짓을!

"그럼 부작용이 아닌 거잖아요."

약을 또 복용했다는 말을 상기한 그녀는 경악했다.

"이건 우리끼리 비밀이야."

그녀가 급격히 목소리를 낮췄다.

"어쩌시려고요?"

"난 노인으로 돌아가고 싶지 않아."

"……."

누구나 그럴 것이다. 늙는다는 건 곧 죽음을 의미했으니까.

회장님도 자신의 인생에서 일어난 이 기적 같은 시간을 놓치고 싶지 않으리라. 특히 시온을 사랑하는 남자로서의 젊음을 포기하기가 쉽지 않을 터였다.

이 약만 있으면 회장님은 계속 백태성으로 살 수 있다. 물론 한정적이겠지만. 그것은 차후에 해독제가 있어 노인으로 돌아오는 걸 방지한다면 충분히 가능한 일이었다. 하지만 이 신비한 약이 다른 용도로 쓰이는 것만은 막아야 했다. 누군가 돈을 벌 속셈으로 많은 사람들에게 약을 보급한다면 인류가 겪을 대혼란은 상상을 초월할 것이다.

태성과 똑같은 생각을 한 혜미는 그럴 바엔 약을 지키는 쪽이 현명하다고 판단했다. 또한 지금 그 약이 가장 필요한 건 태성이었다.

"저 혼잔 무리예요. 그 약을 만든 유 박사님이 계셔야 해요."

"해독제 말이냐?"

"해독제는 유 박사님이 책임지고 만들겠다고 했으니까 걱정은 없는데요. 젊어진 상태로 해독제를 썼을 때 몸 상태가 그대로 유지될지가 관건이에요. 해독제 만드는 시간이 얼마나 걸릴지도 모르겠고요. 성분 자료가 있는 한 '야누스'는 얼마든지 또 만들 수 있겠지만, 언제까지 약에 의존할 순 없는 노릇이죠. 태성 씨가 바라는 것도 진짜 백태성이 되는 거 아닌가요?"

하지만 성공 여부를 확신하기 어렵다. 혜미 말마따나 평생 '야누스'에 의지해 젊음을 유지하게 될지도 모른다. 시온은 점점 나이 들어가는데 혼자만 청년으로 있는 것도 안 될 말이었다. 그가 원하는 건 시온과 함께 자연스럽게 나이 들어가며 평범하게 사는 것이다.

"유 박사가 비밀을 지켜줄까?"

"설득해야죠. 어차피 박사님은 연구소 관두고 캐나다에 있는 가족에게 가고 싶어 했으니까 도와줄지도 몰라요."

"국정원에서 놔주지 않을 거야. 그리고 나도 평생 그들에게 감시당하면서 살 거다."

어떻게 하면 국정원을 따돌릴까. 야당의 최 의원에게 도움을 청하는 건 아직 무리다. 약의 정체를 밝힌다면 그를 위한 해독제와 연구가 비밀로 진행되기 어려울 테니. 그러다 보면 또다시 약 때문에 전쟁이 날 게 분명했다.

마땅한 방책이 없어 태성은 괴로웠다.

"결정은 태성 씨가 하세요. 위험을 감수하고서라도 지금 모습으로 살 건지, 약을 넘기고 홀가분하게 회장님으로 사실 건지."

그를 '회장님'이 아닌 '태성 씨'라고 부르는 걸로 보아 혜미는 이미 마음을 굳힌 듯했다. 태성이 그녀를 빤히 쳐다보았다.

"근데 왜 난 네가 신난 것처럼 보이지?"

태성의 의문스러운 눈초리에 혜미가 흥분했던 마음을 억지로 가라앉혔다.

"죄송해요. 신기해서 저도 모르게 그만 흥분했네요."

"누가 의사 아니랄까 봐."

태성이 핀잔을 주자, 혜미가 객쩍게 웃었다.

"살면서 오늘처럼 짜릿한 순간은 없을 거예요. 내 손으로 기적을 만드는 거잖아요."

"날 아예 연구 대상으로 삼을 셈이로구나. 그동안 국정원을 피한 이유가 그게 싫어서였는데."

"회장님 리조트 소속 의사예요, 저. 열성적으로 해보일 테니까 팍팍 좀 밀어주세요."

병실을 나와 우영과 함께 진료실로 온 혜미는 태성과 나눈 이야기를 해주었다. 그녀의 얘기를 듣고 우영은 무척이나 난감해했다.

"정말 할 거야?"

커피를 마시다가 혜미가 빙그레 웃었다.

"태성 씨 걱정돼서 그래?"

우영이 길게 고개를 끄덕였다. 그런데 혜미는 태성을 이해한다는 투였다.

"모험 건 거지. 나 같아도 똑같이 했을걸."

"뭐?"

"인생을 다시 살 기흰데 그걸 놓쳐? 사랑하는 사람이랑 행복하게 살 수 있는데?"

애들 술래잡기라도 되는 줄 아는지.

"그러다 들키면? 그땐 우리 전부 작살나는 거야."

"그만한 각오도 없이 새 인생을 어떻게 얻겠어?"

우영이 별안간 다른 걱정을 늘어놓았다.

"당최 이 어색하고 불편한 건 어떻게 극복해야 하는 거냐? 회

장님으로 대해야 해, 형으로 대해야 해?'

"당연히 형으로 대해야지. 나도 '태성 씨'라고 불러. 솔직히 사이코패스한테 당한 후로 대인기피증, 우울증 이런 거 생기려고 했었거든. 근데 그 약 때문에 금방 잊어버릴 수 있을 것 같아."

그녀는 신비한 '야누스' 때문에 쉽사리 흥분을 가라앉히지 못했다. 공개적인 연구가 된다면 노벨의학상 감이 아니던가. 인류의 혼란을 막기 위해 철저히 비공개로 진행해야겠지만, 흥미로운 연구임에는 틀림없었다.

"너한텐 그 약이 진짜 약이로구나."

"내가 딱 성공시키잖아? 우리 꼭 다시 젊어져서 연애하자."

"진짜?"

늦게 연애 감정이 싹텄다지만, 친구로 만난 지가 자그마치 16년이었다. 그런데 평생 같이 살고도 또 연애하자는 그녀에게 우영은 매우 감동했다.

"진즉에 왜 네 진가를 몰랐을까 후회된다."

"두 번 인생을 산다는 거 쉽지 않잖아. 어렵게 얻은 새 인생, 제일 사랑하는 사람이랑 같이할 게 아니면 무슨 소용 있어? 매뉴얼대로 딱딱 들어맞게 살아지는 게 인생이 아닌걸. 그래서 난 그때도 네가 필요해. 내 모자란 반쪽을 채워줄 사람으론 네가 제격이거든."

"회장님이 약을 갖고 사라지셨다고요?"

태성의 병실에 찾아온 안 부장은 기가 차서 안색이 확 붉어졌다. 태성이 무척이나 아쉽게 됐다는 듯 능청을 떨었다.

"미안하게 됐어요. 돌려주자고 그렇게 말씀을 드렸건만, 아버지가 완강하게 반대하셔서."

"도대체 그 약을 어디다 팔아넘기려는 겁니까?"

"절대 팔려는 게 아니라니까. 그 약으로 인해서 생기는 희생과 피해를 막으려는 거지."

"그 말을 나더러 믿으라는 겁니까?"

"믿고 안 믿고는 당신 마음이야. 근데 평생 내 꽁무니나 쫓아다니면서 인생을 낭비할 생각을 하니까 안타까워서 그래."

요원들 말로는 상어 때문에 피치 못하게 젤리를 죽였다고 했다. 젤리와 상어, 둘 다를 잡을 기회였는데 아까웠다.

"상어는 어디 있습니까?"

"왜? 상이라도 주게?"

"살인자에게 상이라뇨?"

"그럼 뭐 난 죽었어야 옳았단 말이야? 상어 아니었으면 지금 당신이 얘기하는 난 사람이 아니라 유령이야. 기껏 젤리 잡아줬더니 애먼 사람한테 총 쏴댄 게 누군데 이래?"

안 부장이 어이가 없는지 헛헛하게 웃었다.

"그놈이 말만 들었어도 젤리 산 채로 잡았어요. '연동회'를 일망타진할 기회였다고요. 우리 계획을 망친 건 상어 그놈입니다!

그런 살인자를 왜 옹호하는 거죠?"

"살인자? 그래. 오죽 사람을 잘 죽였으면 국정원에서도 도움을 청했겠어."

"뭐라고요?"

청천벽력 같은 얘기에 안 부장의 안색이 하얗게 질렸다. 소문으로만 들었었다. 그땐 절대 그럴 일 없다고 비웃었지만, 태성의 입으로 직접 듣자 소문이 사실인 것 같아 가슴이 철렁 내려앉다. 어떻게 나라의 녹을 먹는 자들이 킬러에게 도움을 요청한단 말인가.

"어디 국정원뿐인가. 자기 이익을 위해서라면 사람 시켜 사람을 죽이는 것쯤 눈 하나 깜짝 안 하는 금수들이 나라 안에 수두룩해. 상어 그놈은 하다하다 자기 일에 신물 나서 자살까지 시도했고. 아버지가 그놈 살렸어. 그놈도 그때 새로 태어난 거야."

"사람만 더 이상 안 죽인다 뿐 그놈 하는 일이 달라지진 않았죠. 해킹전문가잖아요."

태성이 그를 한심스럽게 쳐다보았다.

"그래서 나라에 무슨 피해를 줬나? 오히려 중요한 자료를 국정원에도 몇 번 준 걸로 아는데. 위험한 짓을 왜 하냐고 했더니 그동안 나쁜 짓 많이 하고 살아서 이젠 사람답게 살고 싶어 그런다고 하더군. 그렇게 감옥에 처넣고 싶거든 직접 잡든가."

상어 얘기를 계속해 봤자 승산이 없다고 여겼는지 안 부장이 말을 돌렸다.

"회장님 어디 계신지 얘기해요. 안 그러면 공범으로 당신도 잡아들일 겁니다."

"난 약 같은 건 구경도 못 해봤는데 무슨 공범이야? 아버지한테 얘기만 들었다니까 그래. 아아, 맘대로 해. 잡아가서 콩밥을 먹이든 팥밥을 먹이든. 내가 잡혀가면 우리 아버지가 가만히 있을 것 같아? 아예 미국에다 넘겨 버릴지도 몰라."

"약 어디 있냐고!"

두 눈이 시뻘게져서 냅다 소리를 지르는 안 부장에게 태성이 깐족깐족 약을 올렸다.

"나도 찾고 싶어, 나도. 아버진 왜 쓸데없이 그런 약은 주워서 날 이렇게 힘들게 만드시는 거야?"

원석이 있는 병실의 문이 열리며 안 부장이 들어왔다. 그런데 그의 얼굴빛이 까맣게 죽은 게 심상치 않았다.

또 무슨 일일까 싶은데, 안 부장이 신음하듯 뇌까렸다.

"백 회장이 약을 갖고 튀었어."

"뭐라고요?"

"'야누스' 때문에 사람들에게 피해 가는 게 싫어서라는군. 이번엔 더 꼭꼭 숨어버릴 건가 봐. 정말 미치겠군."

안 부장이 땅이 꺼져라 한숨을 토해냈다. 원석은 왠지 회장님이 다시는 돌아오지 않을 것 같은 예감이 들었다.

정말 대단한 양반이었다. 국정원을 상대로 그 같은 행동을 하다니. 하지만 그분의 마음도 이해가 갔다. 그분은 베트남전쟁 참전용사고, 전쟁에 관한 그 어떤 것이라도 끔찍하게 싫어한다는 사실을 알고 있었다. '야누스'도 회장님에게는 전쟁의 소모품에 불과했으리라.

"그만 포기하시죠, 부장님."

말도 안 된다는 듯 안 부장이 무섭게 눈을 부라렸다.

"그 약을 만드는 데 엄청난 국고가 들어갔어. 그 약만 있으면 우리나라의 위상이 지금보다 훨씬 높아질 거야. 그걸 나더러 포기하라고? 차라리 내 인생을 포기하라고 해."

"회장님 안 돌아오십니다. 찾으면 찾을수록 더 꼭꼭 숨으실 거라고요. 소송한다 해도 회장님이 갖고 있다는 확실한 증거가 없잖아요. 협박 때문에 거짓말했다고 하면 그만입니다. '야누스 작전' 접으세요."

안 부장은 주먹을 불끈 쥐었다. 정말 젤리가 죽은 것으로 만족해야 한단 말인가.

절대 그럴 일은 없을 것처럼 안 부장이 고집스럽게 홱 돌아서 병실을 나갔고, 침대에 누운 원석은 조금도 기세가 꺾이지 않은 안 부장 때문에 답답했다.

벤치에 앉아 닉은 안 부장으로부터 온 문자를 확인했다.

—2조 철수한다. 모든 기록 삭제 바람.

닉은 그의 명령대로 삭제 버튼을 눌렀다. 그리고 전화번호부에서 그의 번호를 지웠다.

'이제 다 끝난 건가?'

위태롭기만 하던 정보원 일이 끝났다 생각하자 닉은 이루 말할 수 없이 마음이 홀가분해졌다. 그동안 원석과 가족 같은 직원들을 속이는 게 너무나 힘들었기 때문이다.

저만치서 그 모습을 물끄러미 바라보던 혁보가 다가와 그의 옆에 앉았다. 6월의 따가운 햇살이 두 사람의 머리 위로 쏟아져 내렸다.

"어머닌 좀 괜찮으셔?"

"네. 많이 좋아지셨어요."

"정보원은 할 만했고?"

심장이 멈출 정도로 놀란 닉이 경직된 얼굴로 혁보를 쳐다보았다.

"알고…… 있었어요?"

"어. 원석이가 그러더라."

"원석이 형이요? 근데 왜 모른 척했어요?"

"어머니 병원비 받고 하는 일이라고 모른 척하라길래."

당혹감을 이기지 못하고 닉이 고개를 푹 숙였다.

"죄송해요, 형."

"좋은 경험 했다 생각해. 계속 할 생각은 하지 말고."

눈물을 글썽이는 닉의 어깨를 두어 번 툭툭 쳐준 혁보가 일어나 뻐근해진 어깨를 폈다.

"원석이한테 가보자. 심심해 죽겠다고 빨리 오란다."

❖ ❖ ❖

한 달 후. 서울 본사에서는 후계자 미션 종료를 앞두고 주주들과 회사 중역들이 대강당에 모였다. 맨 앞줄 구석에는 시온과 혜미도 함께였다. 다리가 아직 낫지 않아 휠체어에 앉은 태성을 우영이 밀고 무대로 올라갔다. 그 뒤를 재규가 따랐다. 재규는 태성과 달리 두 다리로 멀쩡히 걸어왔는데, 의사가 기적이라고 할 만큼 빠른 쾌유를 보여 엊그제 퇴원했다.

사회를 맡은 직원이 각자에게 미션에 해당하는 답을 가져오라 명했다.

먼저 태성이 마이크를 잡았다.

"제 미션의 답은······."

그의 시선이 의자 맨 앞줄에 앉은 시온에게로 향했다.

"강시온입니다."

태성의 옆에 섰던 우영이 의미 모를 미소를 지었고, 재규는 아쉬운 표정이 역력했다.

시온이 무대로 올라가자 태성이 부연설명을 했다.

"꿈, 사랑, 가족, 이 세 가지에 부합되는 건 저에게 강시온입니다. 제게 꿈이고, 사랑이고, 가족이 되고 싶은 여자이기 때문입니다."

다음으로 우영이 마이크를 건네받았다. 우영의 따뜻한 시선이 혜미에게로 향해졌다.

"저도 똑같은 의미로 오혜미가 미션 답입니다."

그 말에 의자에 앉아 있던 오 이사의 표정이 굳어졌다. 옆에 나란히 앉은 이사 3인방도 놀란 눈으로 오 이사와 무대 위의 우영을 번갈아 쳐다보았다. 우영이 그야말로 대형 사고를 쳤다는 얼굴들이었다.

연달아 일어난 사건 사고만 아니었다면, 태성은 저 자리에 서지 못했으리라. 그런데 정작 큰 사고는 우영이 친 것이나 진배없었다.

혜미가 무대에 올라 우영과 재규 사이에 가서 섰다. 절망감이 서리는 재규의 얼굴을 보자 혜미는 마음이 아팠지만, 그의 마음을 돌리기엔 이 자리만큼 좋은 곳이 없었다.

사회자가 웅성거리는 장내를 진정시키며 마지막으로 재규에게 순서를 넘겼다. 잠시 말이 없던 재규가 마이크를 입에 갖다 댔다.

"전 기권하겠습니다."

장내가 더욱 소란스러워졌다. 무대 위에 있던 태성과 시온, 우영과 혜미도 그에게 시선을 돌렸다. 재규가 시선을 좌석에 둔 채 곤혹스럽지만 애써 담담한 목소리로 말을 이었다.

"답에 대해 좀 더 고민해 봐야겠습니다."

재규가 마이크를 우영에게 건네며 잠시 혜미를 바라보았다.

그리고는 무대를 떠났다.

좌석 맨 앞줄 정중앙에 앉았던 일송이 흐뭇하게 무대 위의 연인들을 바라보았다.

"둘 다 만족스러운 답을 가져왔구만기래. 둘이 똑같이 답을 맞혔으니 최종적으로 투표를 통해 후계자를 뽑갔시오."

그때 태성이 손을 번쩍 들었다. 사람들의 시선이 일제히 그에게 모였다.

"저도 기권하겠습니다."

사람들이 이해할 수 없다는 눈으로 웅성거렸다. 기껏 답을 구해와서는 기권이라니. 투표만 하면 후계자는 따 놓은 당상인 것을.

그러나 뭐니 뭐니 해도 가장 놀란 사람은 시온이었을 것이다. 그가 후계자를 포기할 줄 전혀 몰랐기 때문이다. 여기까지 어떻게 왔는데 기권이라니.

오 이사가 소란스러운 장내를 진정시키며 물었다.

"기권하는 이유가 뭡니까?"

"아직 준비가 되지 않았습니다."

태성이 싱긋 웃으며 모두에게 선언했다.

"준비가 되면 돌아오죠. 그땐 여기 우영이 옆에서 정말 온 힘을 다해 돕겠습니다."

태성이 말하는 준비의 의미를 아는 사람은 우영과 혜미, 그리고 일송뿐이었다. 그리고 그는 무엇보다 처음 의도한 대로 우영과 재규에게 기회를 주고 싶었다. 지금은 재규도 떠나겠지만 돌아올 것을 믿는다. 재규도 혼자만의 준비가 필요할 것이고, 그

시간이 그를 단단하게 만들어줄 터였다.

태성이 시온에게 손을 내밀었다.

"가자."

시온이 어안이 벙벙한 채로 그의 휠체어를 밀고 재규에 이어 두 번째로 무대를 떠났다.

찬반투표를 할 것도 없이 어부지리로 후계자가 된 우영은 태성이 회장님이란 걸 안 직후 완전히 포기한 터라 일이 이렇게 되자 암담하기만 했다. 혜미 말로는 약의 효과가 두 달은 간다 하여 태성이 후계자가 되어도 괜찮겠다 했는데, 역시 마음이 놓이지 않았던 모양이다. 태성과 재규가 떠난 회사에서 그에게 주어진 후계자라는 자리는 그래서 더 큰 무게감으로 다가왔다. 그만큼 큰 책임이 느껴졌음은 물론이다.

인사를 마치고 무대를 내려오려 할 때였다. 오 이사가 의자에서 벌떡 일어나 다가왔다. 우영과 혜미가 약간 긴장한 채 나란히 인사했다.

오 이사가 딱딱한 음성으로 우영에게 말을 건넸다.

"자네가 어떻게 하느냐에 따라 재선출할 수 있다는 걸 명심하게."

"알고 있습니다. 많이 도와주십시오."

오 이사의 시선이 혜미를 향했다. 우영에게는 냉정하지만, 딸에게는 어쩔 수 없이 마음이 누그러진다. 그도 그럴 것이, 사이코패스에게 딸을 잃을 뻔한 충격이 아직 가시지 않았다. 충격에 시달리는 건 비단 사고 당사자인 혜미뿐 아니라 그 가족에게도 해당되는 일이었다.

"몸은 좀 괜찮은 거냐?"

"네. 우영이 덕분에 많이 좋아졌어요."

"아직 범인을 못 잡았으니 몸조심해라. 그리고 내려가기 전에 집에 한 번 와. 가족끼리 저녁이라도 먹게."

"우영이 같이 가도 돼요?"

단도직입적인 물음에 우영이 되레 당황했다.

"괜찮아, 난."

"같이 와. 대신, 허락은 1년 뒤에."

1년 동안 지켜본 후에 허락하겠다는 뜻이다. 큰 관문 하나를 통과한 기분에 우영과 혜미가 서로를 보며 흐뭇하게 미소를 지었다.

자포자기한 듯 두 사람을 못마땅하게 보던 오 이사가 홱 가버리자 이사 3인방이 기다렸다는 듯이 다가와 인사를 했다. 늘 자신을 배척하기 바빴던 사람들이 아부를 해대자 우영은 어색하고 불편해하면서도 내색 없이 대했다.

영화 '대부'를 즐겨보는 회장님은 늘 이렇게 말씀하셨다.

'네 친구들을 가까이 두어라. 하지만 네 적들은 더 가까이 두어라.'

"오빠, 잠깐만!"

강당을 나온 혜미가 저만치 걸어가는 재규를 급히 불러 세웠다. 돌아선 재규가 아픈 마음을 숨긴 채 그녀를 바라보았다.

"무슨 일이지?"

"왜 그런 거야? 기권한 거 말이야."

"답을 알았을 땐 이미 놓친 뒤였으니까. 답을 못 가져왔으니 떨어질 건 뻔하고. 퇴장이라도 멋있게 해야지."

"고마워. 그리고 미안해."

"어쨌든 난 약속 지켰다. 후계자 못 되면 떠난다는 거 지켰다고."

혜미의 미간이 살짝 찌푸려졌다.

"진짜 떠난다고?"

"그럼 계속 있을까?"

"아니아니."

"야."

서운해하는 게 표가 나 혜미가 얼른 변명했다.

"그게 아니라 오빠도 여행 좀 하라는 얘기였어. 너무 오래는 말고. 태성 씨도 없는데 오빠까지 없으면 우영이 혼자 어쩌라고?"

이 와중에도 우영이 걱정인가 싶어 그는 얼굴에 짜증을 고스란히 드러냈다.

"픽도 신나서 우영이 밑에서 일하겠다."

"오빤 경영에 대해 아무것도 모르잖아. 당연히 밑에서부터 차근차근 배워야지."

괜히 쫓아와서 부아를 지르는 그녀 때문에 재규의 심사가 더욱 흐트러졌다.

"꼴 보기 싫으니까 너 가라."

"좋다고 쫓아다닐 땐 언제고. 그래도 다시 '혈압약'으로 돌아가는 건 안 된다. 나보다 더 멋진 여자 만나야지. 그게 진짜 복수지."

혜미와 헤어진 후 재규는 지하주차장으로 내려왔다. 그런데 그의 차 앞에 시온이 기다리고 있었다. 무슨 일인가 하고 다가갔더니 뒷좌석에 태성이 앉아 있는 게 아닌가.

"뭐야?"

퉁명스럽게 묻는 재규에게 창문을 내린 태성이 부드럽게 말했다.

"타. 데려다 줄게. 공항 갈 거잖아."

제법 긴 여행이 될 것 같아 아버지 기사한테 공항까지 데려다 달라고 부탁했는데 얘기를 한 모양이었다. 아직도 자기편은 하나도 없다 생각한 재규가 떨떠름한 표정을 지었다.

"일없으니까 내려."

어느 틈엔가 운전석에 앉은 시온이 잽싸게 시동을 켰다. 재규는 이것들이 쌍으로 왜 이러나 하는 얼굴로 하는 수 없이 태성의 옆에 올라앉았다.

차는 어느덧 지하를 나와 도로를 달리기 시작했고, 재규는 창밖으로 무연히 도시 풍경을 바라보았다. 후계자도 혜미도 마음에서 다 내려놓으니 조금 마음이 홀가분했다. 하지만 텅 빈 마음에 아직 다른 무언가를 담기엔 시간이 걸릴 듯했다. 그것이 태성이든 우영이든 아니면 여자이든.

뭔가 해답을 얻게 됐을 때 돌아오리라.

"아버지가 대견해하시더라. 기권할 줄도 알고 양보할 줄도 알고 사내다워졌다고."

태성이 아버지의 마음으로 뿌듯하게 칭찬하자, 재규가 냉한 시선으로 그를 쳐다보았다.

"아들이 죽을 뻔했는데 코빼기도 안 비치는 아버지 칭찬을 내가 달가워할 것 같아?"

"아버지 다녀가셨어, 너 혼수상태일 때."

"뭐?"

"너 깨어났다는 소식 듣고 가셨다. 많이 우셨어."

재규는 도저히 믿을 수 없다는 표정이었다.

"우셨다고? 아버지가?"

아버지는 절대 울지 않는 분일 줄 알았다. 그랬던 아버지가 생사를 오가는 아들 때문에 우셨단다.

얼굴이라도 보고 가실 것이지. 손이라도 잡아줄 것이지.

홀연히 떠나 버린 그를 이해할 수 없었지만, 재규는 문득 아버지가 보고 싶었다.

"종종 연락하마."

인천공항 출국장에서 목발을 짚은 태성이 안쓰럽게 재규를 바라보며 말했다.

"간다."

그의 다정한 시선이 부담스러워 재규가 싸늘하게 툭 말을 던지고는 뒤도 안 돌아보고 들어갔다. 그의 뒷모습을 물끄러미 바라보던 태성이 서운하게 중얼거렸다.

"돌아보면 목 부러지냐."

"얼마나 속상하겠어. 사랑하는 여자도 뺏기고, 후계자 자리도 뺏겼으니. 그래도 자존심은 살아 있네."

"그 자존심이 자긍심으로 언제나 바뀔는지, 원."

천천히 공항을 돌아 나오며 시온이 흐뭇하게 웃었다.

"가는 거 봤으니까 됐지? 이래서 물보다 피가 진하다고 하나 봐. 태성 씨가 '닭똥집' 챙기는 거 보고 좀 감동했어. 근데 왜 그런 거야?"

"뭘?"

"후계자 기권한 거 말이야. 왜 말 안 했어?"

"너 때문이라고 생각할까 봐."

"아냐?"

공연한 걱정임을 알기에 태성은 걸음을 멈추고 그녀 쪽으로 돌아섰다. 시온도 그와 마주 서서 근심 띤 얼굴로 올려다봤다.

목발에 몸을 의지한 채로 태성이 그녀의 손을 잡았다.

"너랑 함께 있고 싶어서."

그 한마디가 강한 파장이 되어 그녀의 가슴을 찌르르 울렸다.

"태성 씨……."

태성은 그녀의 못생긴 손을 어루만지며 언젠가 이 손가락에 언약의 반지를 끼워줄 날이 올 거라 믿어 의심치 않았다.

"같이 가자, 네팔."

시온의 얼굴에 말로 형용하기 어려운 기쁨이 서렸다. 그 의미는 그가 준비가 될 때까지 네팔에 함께 있겠다는 뜻이었다. 그녀가 네팔에 돌아가면 자주 못 볼 것을 우려해 그런 결정을 내린 것이다. 잠시도 떨어지고 싶은 마음이 없었다.

그의 입술에 따뜻하게 입을 맞춘 시온이 가만히 속삭였다.

"사랑해."

공항 밖으로 나와 시온이 차를 가지러 간 지 얼마 후 핸드폰으로 문자가 왔다. 태성은 무심코 문자를 확인했다가 깜짝 놀랐다. 백호 이름으로 쓰는 핸드폰으로 재규가 보낸 문자였기 때문이다.

—아버지, 잘 계시죠? 죄송합니다. 보고 싶습니다.

이 문자를 보내기 위해 얼마나 큰 용기를 냈을지 알기에 태성은 왈칵 눈물이 솟구쳤다. 흐르는 눈물 때문에 문자가 뿌옇게 흐려졌다. 목발을 짚은 채 길거리에서 눈물을 펑펑 흘리는 청년을 사람들이 힐끔거리며 지나갔다.

사람들의 시선에 아랑곳없이 태성이 환희의 눈물이 범벅된 얼굴로 더듬더듬 답장을 보냈다.

—사랑한다, 아들아.

—보고서 10

1년째 백호 회장의 행방을 찾았지만, 실패.

1년 동안 네팔에 체류 중인 백태성을 감시했으나, 성과 없음.

1년 동안 세계를 떠도는 백재규, 동일.

'연동회'에서도 추적 실패. 어제부로 '야누스'를 포기.

대통령님의 명령으로 오늘을 기해 '야누스 작전'을 종료함.

씁쓸한 표정으로 보고서를 보던 국정원장이 아직도 미련을 못 버린 얼굴인 안 부장에게 말했다.

"수고 많았어."

"정말 이대로 '야누스' 포기하시는 겁니까?"

"대통령님 명령이 그런데 난들 어쩌겠나. '야누스' 는 그만 잊어버리고, 자네도 좀 쉬어. 휴가 줄게. 그동안 반납한 거 이번에 다 써도 돼."

안 부장은 휴가는 필요 없다는 말이 입안에 맴돌았으나, '야누스' 를 포기해야 한다는 충격이 커서인지 입만 벙싯대다가 휘적거리며 사무실을 나갔다.

문이 닫힌 후 국정원장이 어디론가 전화를 걸었다. 대통령과 직결된 전화였다.

"대통령님, 보고서 메일로 보내 드렸습니다. ……예, 물론입니다. 최익환 의원 쪽에서 더 이상 의심 못 하도록 '야누스' 자료는 전부 삭제하겠습니다. 연구실도 폐쇄하고요. ……유 박사 염려는 안 하셔도 됩니다. 신분 위조해서 캐나다에 있는 가족과 숨어 사는 걸로 합의했습니다."

'야누스' 는 지난 10년간 정권을 잡은 여당에서도 몇몇 사람만 아는 극비 프로젝트였다. 그런데 최근 최 의원이 뒤를 캐기 시작한 것이다. 국정원의 끈질긴 추적에 백 회장이 친분이 두터운 최익환 의원에게 '야누스'에 대한 언질을 주었음이 분명했다. 안 그래도 최 의원이 왜 아무 말이 없나 걱정했었는데, 백 회장이 끝까지 숨길 생각이었던 모양이다.

그것도 모르고 긁어 부스럼 만들 뻔했으니.

결국 들통 나면 자신이 연구비를 빼돌려 정치 자금으로 쓴 것까지 전부 걸려들 터. 지금으로선 득보다 실이 많은 싸움이었다. 약 개발을 했다는 것조차 없던 일로 만들어야 한다.

대통령과의 전화를 끊고 국정원장은 USB를 노트북에 연결해 '야누스' 기밀문서를 열었다. 지난 10년의 연구 기록이 담긴 문서. 깨끗이 소멸하라는 대통령의 명령에 무척 아쉬웠지만, '야누스' 개발은 실패였다.

문서를 삭제한 국정원장은 잠시 멍하니 앉아 있다가 USB를 빼 책상 위에 있던 자료들과 함께 빈 쓰레기통에 넣고 불을 붙였다. 타닥타닥, 타들어가던 자료들이 이내 활활 불길을 솟구치며 까만 재가 되어 사라졌다.

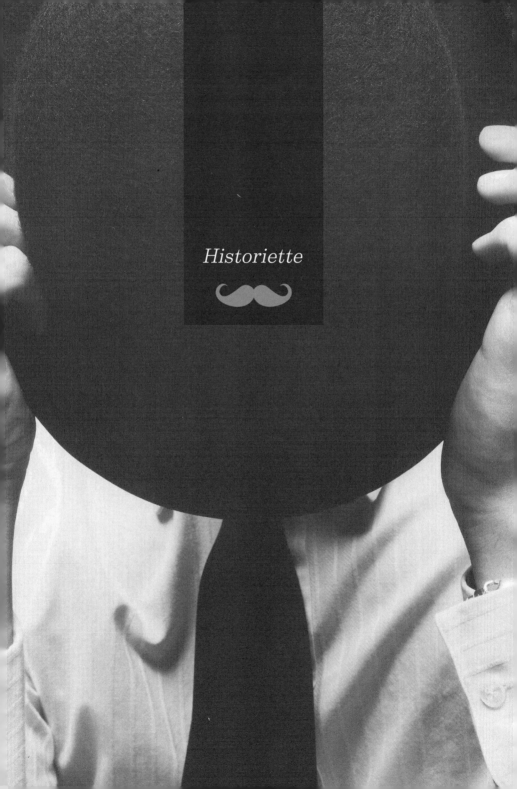

Historiette

Psychopath Story

"미친놈 하나 때문에 리조트 말아먹게 생겼다."

사건이 있고 한 달이 지났지만, 박지근의 행방은 오리무중이었다. 개업한 지 석 달 만에 손님이 끊길 지경에 이르자 비상이걸려 우영이 제주도에 내려왔다.

두 사람은 바닷가 카페에서 함께 저녁 식사를 하는 중이었다.

"본사에서도 비상이야. 의사도 안 오는데 손님들이 오겠냐."

"이럴 때 태성 씨 있으면 오죽 좋아. 시온 씨랑 네팔 가더니 올생각을 안 하네. 거기서 살림 차린 거 아냐?"

네팔로 떠난 지 벌써 한 달이라 우영도 혜미와 같은 생각이었다.

"이젠 문자도 씹는다. 사업보다 사랑이 좋다 이거지."

우영이 투덜댔고, 혜미가 안쓰럽게 그를 바라보았다.

"네가 고생이 많다. 이러려고 후계자 되라고 한 게 아니었는데. 미안하다."

"그 사이코 잡으면 차츰 나아지겠지?"

"당연하지. 불안 요소가 사라지면 손님들 다시 올 거야. 그때까지만 잘 견디자. 알았지?"

혜미가 위로하자, 우영이 애정이 담뿍 담긴 눈길로 말했다.

"그래도 나한테 힘주는 사람은 혜미 너밖에 없다."

"힘 될 거 또 있는데."

"뭔데?"

우영이 기대하는 눈빛이 좋아서 그녀가 방긋 웃었다.

"엄마가 너 마음에 든대."

회장님 댁에 살 때 몇 번 본 적이 있었지만, 한 번도 그런 내색을 하지 않아서 몰랐다. 후계자가 된 게 그녀의 마음도 돌려놨던 것일까.

우영이 안도의 숨을 크게 내쉬었다.

"휴우— 다행이다. 난 너희 식구들 다 날 싫어하는 줄 알았어."

"심지어 언니는 부러워해."

"진짜?"

콧대 높기로 유명한 언니가 혜미를 부러워할 줄은 정말 몰랐다.

"너희 사돈, 강남에서 이름 난 부자잖아. 우리 회사 주주이기도 하고."

"얼마 전에 이혼했어. 숨 막혀서 못 살겠다고. 돈 필요 없으니까 제발 이혼만 해달라고 그랬대. 우리 아버지 크게 충격받으신 모양이야. 사돈만 믿고 있다가 날샌 거지 뭐."

어쩐지 후계자 선출하던 날 오 이사가 사돈을 보고도 차갑게 외면하더라니.

"어머니도 많이 놀라셨겠다."

"전혀. 오히려 잘됐다 하셔. 엄마가 꼭 언니처럼 그랬거든. 아버지 때문에 몇 번이나 짐 쌌다가 내가 마음에 걸려서 돌아오셨대. 언니, 오빠는 돈만 있으면 어떻게든 살겠지 했는데, 난 아니었거든. 그래서 아버지가 되게 미웠어."

모든 걸 다 털어놓고 지냈다 생각했다. 그런데 그녀에게도 말 못 할 사연이 있었다는 걸 알자 우영은 되레 기분이 좋았다.

"내가 진짜 기분 좋은 게 뭔지 알아? 이제야 언니가 엄마와 날 이해하기 시작했다는 거야. 그러니까 우린 오빠 마음만 얻으면 돼."

"이사님은?"

"아버지가 집으로 오라 하셨을 때 이미 마음이 꺾였는걸, 뭐. 언니 이혼하고, 나도 죽을 뻔한 거 보고 생각이 바뀌신 모양이야. 네가 후계자가 돼서 그런 것도 있겠지만."

혜미의 말에 한껏 용기를 얻은 우영이 호기를 부렸다.

"까짓 거, 1년까지 기다릴 거 뭐 있어. 그 안에 너희 가족들 마음 확실히 잡아야지. 그런 의미에서 우리 오늘 애부터 만들까?"

흐뭇해하고 있던 그녀가 고함을 빽 질렀다.

"뭐어!"

혜미가 너무 질겁해서 우영은 그만 마음이 상해 버렸다. 아무리 꼬드겨도 빈틈이 안 보인다. 무섭게 쨰려보는 그녀에게 우영이 서운함을 토로했다.

"애인끼리 뭐 어때? 어차피 결혼도 할 거잖아."

"누가 너더러 엔젤 우영이라고 했니? 누구한테든 요즘 너만큼 순수하고 착한 남자 없다고 했던 사람이야, 내가. 근데 감쪽같이 속았던 거지. 어떻게 갈수록 음흉해지냐, 넌."

"지나가는 남자들한테 다 물어봐라. 사랑하는 여자랑 안 자고 싶은 남자 있나. 그건 내가 지극히 정상적인 남자란 거고, 널 그만큼 사랑한다는 증거야. 너야말로 가끔 내가 알던 오혜미가 맞나 싶다."

"내가 뭘?"

"난 네가 이렇게 보수적인 줄 몰랐다."

"나도 네가 이렇게 발랑 까진 앤 줄 몰랐어."

잠자리 문제로 싸우고 식사도 하다 말고 헤어졌다. 오랜만에 만나 별것 아닌 일에 서로 속만 상한 것이다.

집으로 돌아온 혜미는 습관처럼 현관문이 잠겼는지 몇 번을 확인했다. 박지근에게 당한 후로 생긴 버릇이었다. 시온이 네팔로 떠나고, 우영도 서울로 돌아갔기에 그녀는 거의 뜬눈으로 밤을 지새울 때가 많았다.

제주도를 정리하고 서울로 가야 하나 고민하던 차여서 오늘따라 혼자 있는 집이 더 휑하게 느껴졌다. 그녀는 어깨에 멨던 가방을 소파에 던져 두고 주머니에서 핸드폰을 꺼냈다. 그리고 막 핸드폰을 켜려는데 불이 꺼졌다.

순간, 얼어버린 혜미는 전신이 오싹해서 비명조차 나오지 않았다.

저벅, 저벅, 저벅.

마룻바닥을 울리는 남자의 발소리.

일전 박지근의 집에서 있었던 일이 떠올라 혜미는 정신력을 끌어 모았다. 또 당할 순 없기에 큰 용기를 낸 것이다.

뒤에서 다가오는 인기척을 감지한 그녀는 어느 정도 가까워졌다 싶을 때 갑자기 돌아서서 있는 힘껏 그를 밀쳤다. 그러고는 침실로 뛰었다.

쿵, 소리를 내며 마룻바닥에 넘어졌던 박지근이 벌떡 일어나 그녀를 쫓아왔다.

침실 방문을 잠근 혜미는 불을 켜고 서둘러 경찰에 전화를 걸었다. 문이 덜컥거리는 소리에 놀라 그녀의 온몸이 바들바들 떨렸다. 다행히 금방 경찰과 연결이 되었다.

"사, 사, 살려주세요. 바, 박지근……… 우, 우리 집에 있어요. 오, 오혜미. 주소 아시죠?"

지난 사건으로 아예 주소를 알려주었던 혜미는 전화를 끊자마자 침실에 있던 화장대를 밀어 문을 가로막았다. 그것으로도 불안해서 닥치는 대로 그 앞에 물건을 쌓았다.

쿵, 쿵!

문을 부수기로 작정했는지 박지근이 몸으로 부딪치는 소리가 들렸다. 구석으로 가서 쪼그려 앉은 혜미는 울면서 우영에게 전화를 걸었다. 예감에 집으로 올 것 같았다. 그런데 우영이 전화를 받지 않는다. 그녀는 크게 터져 나오려는 울음을 손으로 막으며 계속해서 통화를 시도했다.

막 전화를 끊으려는데 우영이 전화를 받았다.

[나, 지금 네 집으로 가는 길인데…….]

"오, 오지 마."

[뭐?]

"오지 말라고. 오면 안 돼, 우영아."

우영도 재규처럼 당할까 혜미는 괴로움에 몸부림쳤다.

[왜 그래, 혜미야?]

"절대 안 오겠다고 약속해. 절대로 안 온다고, 거기서 꼼짝 않는다고 약속해. 우영아, 우영아. 약속해 줘. 제발."

혜미가 울부짖었으나, 우영은 이미 전화를 끊은 뒤였다.

"어떡해…… 어떡해? 나, 어떡해? 아아아악!"

공포와 괴로움을 못 이겨 그녀는 잔뜩 몸을 웅크린 채 두 손으로 귀를 막아버렸다.

미친 듯이 차를 몰고 혜미의 집으로 가던 우영은 골목 어귀에서 한 남자가 나오는 걸 목격했다. 모자를 눌러쓰고 태연히 걸어오고 있었지만 어딘지 모르게 추레한 모습이 의심스러웠다. 그때 차 뒤에서 사이렌 소리가 들렸다. 그러자 걸어오던 남자가 별안간 방향을 바꾸어 반대편으로 뛰었다.

"박지근!"

자기도 모르게 소리친 우영이 액셀을 세게 밟아 속도를 높였다.

무섭게 달려드는 차에 박지근이 전속력으로 도망치다가 좁은 골목 안으로 뛰어드는 게 보였다. 입구에 차를 멈춘 우영이 몸을 날리듯 뛰어내렸다. 그리고 박지근이 도망친 골목 안으로 빨려 들듯이 사라졌다.

퍽!

우영이 골목 밖으로 튕겨져 나왔다. 한 바퀴를 데구루루 구른 그는 박지근에게 얻어맞은 게 타격이 심했던지 일어나려다 중심을 못 잡고 비틀거렸다. 하지만 이내 또 골목 안으로 몸을 날렸다.

막다른 골목이라 담장을 뛰어넘으려던 박지근이 우영의 손에 다리를 붙잡혀 버둥거렸다. 악착같이 다리를 잡고 놓지 않는 우영에게 발길질을 했지만, 거머리처럼 달라붙어 떨어지지 않았다. 기어이 담 아래로 끌어 내린 우영이 박지근의 얼굴을 주먹으로 냅다 갈겼다. 그간 숨어 다녀서 그런지 박지근에게선 심하게 냄새가 났다. 전국에 수배령이 내려 도주로가 막히니 혜미를 찾아온 모양이었다.

혜미를 죽이려 했던 놈! 재규를 죽음 직전까지 가게 만든 놈!

아무 죄 없는 여자들을 잔인하게 죽인 놈!

우영은 이제껏 누구한테든 장난으로라도 때려본 적이 없는 사람이었다. 회장님 댁에 함께 살면서 재규에게 허구한 날 얻어맞을 때도 쫓겨나는 게 싫어 맞기만 했었다.

그런 그가 박지근을 깔아뭉개듯 앉아 죽은 사람들을 대신하듯 무자비하게 때리고 있었다. 박지근이 이가 흔들리고 코뼈가 내려앉을 만큼 맞고 있을 때 그들을 발견한 경찰들이 뛰어왔다. 그리고 우영을 억지로 붙잡아 떼어냈다.

"놔! 놓으라구!"

경찰관이 발버둥 치는 우영을 간신히 붙잡은 사이 다른 경찰관이 너덜너덜 늘어져 있는 박지근의 손목에 철컥 수갑을 채웠다.

박지근이 잡혀간 후 혜미의 집에도 고요가 내려앉았다. 스탠드만 켜놓아 은은한 불빛이 감도는 침실. 화장대와 물건들이 도로 제자리를 찾고 아무 일도 일어나지 않은 듯이 평화로운 밤. 침대에 누워 아직 불안정한 혜미를 안고 있다가 우영이 걱정스럽게 물었다.

"무서우면 불 켤까?"

"괜찮아. 너 있잖아."

"진짜 병원 안 가봐도 되겠어?"

혜미가 우영의 가슴에 깊이 파고들었다. 병원보다 그의 품이 더 좋다는 듯이.

"너도 재규 오빠처럼 다칠까 봐 걱정했었어."

그 말을 하는데 괜스레 콧날이 시큰했다. 우영마저 잘못된다면 정말 살고 싶지 않았을 것이다.

"완전 뿌듯하지? 내 손으로 연쇄살인범을 잡은 거잖아. 용감한 시민상 받으러 오라고 전화 오는 거 아냐?"

우영이 너스레를 떠는데, 혜미는 되레 훌쩍이며 그의 가슴팍에 얼굴을 묻는다.

"고마워, 우영아."

"말로만 고맙다고 하지 말고, 넌 뭐 상 없냐?"

"이제부터 네가 갑 해. 난 을 할게. 평생 충성한다, 내가."

파격적인 제안에 우영의 귀가 솔깃해졌다.

"진짜?"

"어. 넌 내 영웅이야, 우영아."

우영의 입이 함지박만 하게 벌어졌다.

"WT 후계자 된 것보다 훨씬 횡재한 기분인데."

혜미가 그의 입술을 찾아 감미롭게 머금었다. 우영도 그녀의 볼을 감싸 쥐고 힘껏 키스했다.

16년을 곁에서 지켜주던 두 사람의 사랑이 그렇게 하나가 되었다.

그날, 우영과 혜미는 똑같은 꿈을 꾸었다. 한 쌍의 나비가 꽃들이 만개한 들판을 춤추듯 날아다니다가 손을 잡고 걸어가는 두 사람의 머리 위에 살포시 앉는 꿈이었다.

Jaegyu Story

한국을 떠나온 지 어느덧 1년.

크루즈를 타고 동부 지중해를 여행 중인 재규는 평화롭고 아름다운 경관에 마음을 빼앗겼다. 처음 한국을 떠나올 때만 해도 외톨이가 된 기분이었는데 막상 떠나오니 시간이 흐를수록 잘 왔단 생각이 들었다. 아마 한국으로 돌아갈 때쯤엔 가슴에 새로운 것들로 가득 차 있지 않을까. 그래서 더 많은 걸 눈에 담고 머릿속에 담고 가슴에 차곡차곡 담는 중이었다.

승선 이틀째. 갑판에 나와 선선한 바람을 쐬던 그는 따사로운 햇볕에 기분이 좋았다. 지나온 일들을 생각하니 참 덧없이 살았구나, 후회가 되었다.

왜 진작 삶을 즐기지 못하였던가. 왜 스스로를 사랑하지 못하였던가.

마음을 비우고서야 비로소 들여다봐지는 자아.

난간에 기대 있다가 무심코 고개를 돌린 그는 한 여자에게 시선이 머물렀다. 하얀 티셔츠에 청바지를 입고 흰 운동화를 신은 여자였다. 그녀의 앞에는 외국인 꼬마 두 명이 서 있었는데, 여자가 풍선을 불고 있는 것으로 보아 아이들에게 주려는 모양이었다.

빵빵하게 커져 가는 풍선 때문에 얼굴이 보이지 않았지만, 그녀의 목에 건 목걸이는 또렷이 보였다. 목걸이를 본 재규의 표정이 굳어졌다. 착각일 리가 없는 게 그 목걸이는 그가 직접 메달 모양을 그려서 주문했기에 세상에 단 하나뿐인 거였다.

그녀에게 달려간 재규는 풍선을 불고 있는 여자의 손목을 확 낚아챘다. 그 바람에 풍선이 빵 하고 터졌다. 놀란 아이들이 후다닥 여자의 뒤로 물러서 고개만 빼꼼 내놓았다.

재규는 긴 생머리에 청순하기 짝이 없는 여자 때문에 더욱 놀랐다. 화장기라곤 없는 얼굴이 태양을 받아 유난히 하얗고, 새까만 두 눈은 흑수정같이 반짝였다.

"너……!"

그를 알아본 제시카, 아니, 효민은 기겁하고 말았다. 여기서 재규를 만날 줄 몰랐기 때문이다. 그녀는 갑자기 혀를 굴리며 처음 보는 사람인 양 굴었다.

「누구……?」

재규가 그녀의 목에서 목걸이를 홱 잡아챘고, 효민은 발뒤꿈치가 들릴 정도로 그의 코앞까지 끌려가고 말았다.

"이거 어디서 났어?"

「뭐라고요? 무슨 말인지 못 알아듣겠어요.」

효민이 시치미를 뚝 떼는데, 별안간 그녀의 뒤에서 친구로 보이는 여자가 달려왔다.

"여기서 뭐 해!"

쪼르르 달려오는 친구 때문에 효민이 인상을 팍 구겼다. 친구가 재규를 보더니 '어!' 하며 아는 체를 했다.

"WT. 맞죠? 백재규. 그 비운의 후계자."

"야."

친구의 실언에 민망해진 효민이 자기도 모르게 한국말을 툭 내뱉고 말았다. 아차, 했지만 때는 이미 늦었다. 재규가 무서운 눈으로 노려보고 있었기 때문이다. 그녀를 알아본 것이다.

"내 목걸이 훔쳐 간 도둑이 너였구나."

재규가 이를 갈자, 효민이 얼른 변명했다.

"아, 아니에요. 일부러 훔친 게 아니라……."

"훔친 게 아니면 내 목걸이를 왜 네가 걸고 있지?"

"우리 마지막으로 본 날 생각나요? 정글 옥상. 그날 넘어져서 머리통 깨지는 줄 알았다고요. 정신 차려보니까 리조트 병원이었고, 나중에 공항에서 알았어요. 검색대에서 딱 걸렸거든. 모르는 거라고 하면 의심할 것 같아서 내 거라고 했지. 날 병원에 업고 간 관리인 아저씨가 목걸이를 가방에 넣어뒀다고 하더라고요."

"왜 돌려줄 생각을 하지 않았지?"

"당연히 택배로 보냈죠. 근데 일주일이 지나도 주인이 안 나타난다는 거야. 그때 내가 뇌진탕으로 살짝 단기기억상실증이 왔었거든요. 관리인 아저씨가 이니셜까지 새겨진 걸 보니까 내 거 맞다면서 잘 생각해 보라며 돌려보냈더라고. 메달 뒤에 이니셜 있잖아요."

재규가 손에 쥐었던 메달을 뒤로 돌렸다.

—H.M

"네 이름 제시카 아냐?"

그녀가 멋쩍게 대답했다.

"한국 이름 따로 있어요, 서효민이라고."

술집에 앉아 맥주를 마시며 재규는 효민에게서 뺏은 목걸이를 만지작거렸다. 왜 갑자기 자취를 감추었는지 몰랐는데 다쳐서였단다. 그의 옆에서 병맥주를 벌컥대며 마시는 그녀에게 물었다.

"그때 왜 그랬는지 설명해 봐."

왜 그 말이 안 나오나 했다. 그를 감시하러 온 게 아니라 정말 우연이었기에 효민은 능청스럽게 거짓말을 했다.

"아까 말했잖아요, 단기기억상실증에 걸렸었다고. 다른 건 다 기억나는데 이상하게 그때만 기억이 안 나네."

"근데 날 어떻게 알지? 이 목걸이는?"

"얼굴도 알고 이름도 아는데, 어떻게 아는지만 모른다니까요."

그러고 보니 어눌하던 한국말도 또박또박 잘했다.

대체 이 여자 정체가 뭘까?

"너 계속 거짓말할래?"

"어떻게든 알았겠지. 어떻게 아는 게 중요한가? 우리가 아는 사이라는 게 중요하지."

효민은 내심 여기까지 와서 그를 만난 걸 운명이라고 생각했다. 그토록 정보 나올 게 없노라 손을 털었지만, 아프다는 핑계로 병가를 내서 온 휴가지에서 딱 마주치다니. 필경 하늘의 뜻이리라.

"나 잠깐 화장실 좀."

화장실로 뛰어든 그녀는 급히 안 부장에게 전화를 걸었다.

[야, 서효민. 너 아픈 거 뻥이라며. 국정원 요원이 놀 생각만 하고 말이야. 거기 어디야?]

"부장님, 내가 여기서 누굴 만났는지 알아요?"

[야, 야, 너 또 뭔 구라를 치려고 그래?]

"백재규. 그 덜떨어진 후계자를 만났어요."

[인마, 정신 차려. '야누스 작전' 종료된 지가 엊그제야. 게다가 넌 그 작전에서 빠진 지가 언젠데. 하랄 때는 하기 싫어 뺀질거리더니 이제 와서 웬 뒷북이야.]

"엥? '야누스 작전'이 종……."

누가 들을까 얼른 구석으로 가 목소리를 낮춘 효민이 눈빛을 번뜩였다.

"그게 뭔 소리예요, 부장님? 작전이 종료되다니. 그럼 백재규는 어떡해요?"

[뭘 어떡해? 너, 걔 싫다며. 생까. 모른 척하라고.]

"벌써 날 알아봤는데요."

[젠장. 방법은 하나야. 튀어!]

"아뇨. 여기 지중해 크루즈 안이거든요. 어디로 튀어요? 바다 한복판으로?"

[지중해? 참 멀리도 갔다. 아무튼 최대한 백재규랑 마주치지 마. 알았어?]

전화를 끊고 돌아왔을 때 재규는 자리를 비운 뒤였다. 억지로 피하지 않아도 되어서 효민은 뛸 듯이 기뻤다.

하지만 기쁨도 잠시, 술집을 채 나가기도 전에 효민의 친구가 얼굴이 하얗게 질려 뛰어 들어왔다.

"효민아! 효민아, 큰일 났어."

"왜 그래?"

"백재규. 후, 후계자. 주, 죽은 것 같아."

"뭐?"

효민이 급히 친구를 따라가자 그를 둘러싼 사람들로 복도가 북적댔다. 쓰러진 그에게 달려갔다. 바닥에 피가 흥건했다. 상처로 보아 칼에 찔린 듯했다.

'누구 짓이냐?'

그녀는 재빨리 사방을 둘러보았다. 의심이 가는 자는 없었다. 이미 그곳을 벗어났을 터. 재규는 목걸이를 꽉 쥐고 있었는데, 효민은 목걸이 주인이 그라는 걸 알았을 때 이니셜 주인도 알아차렸었다.

오혜미. 그가 지독히도 사랑한 여자.

이 먼 타국에까지 와서 정체 모를 누군가에게 칼에 맞은 그가 처음으로 가엾단 생각을 했다. 한국에서도 사이코패스로부터 사랑하는 여자를 지키려다가 죽을 뻔했던 남자.

그의 사랑은 어떤 색이기에 쉽게 지워지지가 않는단 말인가.

그때 의료진이 달려와 응급조치를 한 뒤 크루즈 내에 있는 응급실로 옮겨갔다. 재규를 따라간 효민은 그가 깨어날 때까지 곁을 지켰다. 다행히 깊이 찔리지 않아서 목숨은 건졌지만, 죽지 않았으니 또 언제 습격을 당할지 몰랐다.

'작전 종료했다면서 왜? 설마 '연동회' 짓인가? 아무 상관 없는 사람한테 분풀이한 거야?

효민은 친구에게 지켜보라고 이른 뒤 병실을 나왔다. 그리고 아무도 없는 곳으로 가 안 부장에게 다시 전화를 걸었다. 안 부장이 무척 귀찮은 듯이 전화를 받았다.

[또, 왜?]

"백재규 칼 맞았어요."

[뭐?]

"'연동회' 짓 같아요. 크루즈 안에 킬러가 있다고요."

[제기랄! 야, 너 꼼짝 말고 백재규 지켜. 경찰에 연락은 했지?]

"네. 지금 수색 중이에요. 근데 못 찾아요. 아시잖아요."

[너도 조심해. 어떤 놈인지 우리도 알아볼게.]

경찰과 효민이 지킨 덕분에 그 이후 수상한 자는 재규 주위에 얼씬도 하지 않았다. 옷 갈아입는 걸 도와주려는데, 재규의 몸 여기저기에 난 칼자국이 꽤나 흉측해 보였다. 효민이 환자복을 입혀주며 말했다.

"재벌 2세 몸이 너무하는 거 아냐."

"칼에 맞아 죽을 팔잔가 보지."

"젊은 남자가 뭔 팔자타령이야. 총이 아닌 걸 감사하세요. 총 맞았어 봐, 한 방에 끽……!"

자기도 모르게 손날로 목 긋는 시늉을 하다가 효민은 재규의 기가 찬 눈길에 슬그머니 손을 내렸다.

재규는 청순한 얼굴로 험악한 말을 아무렇지 않게 쏟아내는 그녀가 꽤나 아이러니했다. 어느 게 진짜 모습인지 모를 여자.

"총 맞아 죽길 바라?"

"뭘 바라기까지. 살아서 천만다행이란 거지, 내 말은. 어떤 놈인지 얼굴 봤어요?"

재규는 순간적으로 스쳐 간지라 전혀 기억에 없었다.

"아니. 너무 손이 빨라서 찔린 줄도 몰랐어."

"걱정하지 마요. 한국에 돌아갈 때까지 내가 같이 있을 테니까."

"네가 왜?"

재규의 반문에 살짝 당황한 효민이 싱긋 웃었다.

"우린 아는 사이니까."

"어떻게 알게 됐는지도 모르는 사이?"

"어쨌든 이렇게 재회한 것도 인연이고. 크루즈 여행 망쳐서 아쉽겠지만, 대신 내가 친구 해줄게요."

효민의 친절에 재규가 물끄러미 그녀를 응시했다. 한국에서 볼 때와 너무나 딴판인 그녀가 신기했다. 그녀에게 무슨 사연이 있으리라. 그래서 어떻게 알게 된 사이인지 감추는 것이리라.

이곳에서 그녀와 재회했고, 괴한에게 칼을 맞았다.

어떤 연관이 있을 것 같았다. 사실을 알게 될 때까지 이 여자를 가까이 두어야 할 것 같았다.

재규는 그때까지 손에 쥐고 있던 목걸이를 그녀에게 내밀었다. 그녀의 눈동자가 조금 커졌다.

"이걸 왜……?"

"너한테 어울리는 것 같아서. 내가 갖고 있어봐야 줄 사람도 없고."

쓸쓸한 눈빛에 효민이 그의 손에서 목걸이를 가만히 빼냈다. 그리고 목에 걸었다. 분명히 남의 것인데 자기 것을 되찾은 양 기분이 좋았다. 재규가 목걸이를 애잔하게 바라보았다.

"고마워요. 실은 이 목걸이 되게 마음에 들었거든요."

두 사람은 서로를 향해 잔잔히 웃었다.

12일이나 되는 크루즈 여행에서 이제 겨우 사흘이 지났다. 남은 9일 동안이 그 어느 때보다 긴 항해가 될 듯했다.

항해가 끝날 때까지 재규를 죽이려 한 킬러를 잡을 수 있을지는 미지수.

'잡진 못해도 지킨다, 반드시.'

효민은 재규를 보며 새삼 다짐했다.

Shark Story

"우리 어디서 본 적 있지 않아요?"

시온은 상어가 태성을 만나러 네팔에 처음 왔을 때 그렇게 물었었다. '야누스 작전'이 종료되고 1년이 지났을 때였다. 꽤 오랜 시간이 지나 기억이 흐릿할 만도 한데 그녀는 강원도 설악산 산장에서 봤던 그를 정확히 기억했다.

"맞아! 그 산장지기, 그죠?"

그녀는 그가 무척 반가웠다. 역시 산 사람들은 산에서 만나는 법이었다.

"근데 태성 씨랑 아는 사이였어요? 우와, 진짜 신기하다. 그때 우리가 만난 게 다 이유가 있었던 거지."

수다스러운 시온이었지만, 상어의 입가에 희미한 미소가 스쳤다.

"라면 가져왔는데."

"아유, 센스쟁이. 그런 건 말 안 해도 후딱 내놔야죠. 줘요, 끓여줄게요. 내가 끓여주는 라면 먹으면 잊지 못해 또 오고 싶을 걸. 뭐, 그쪽이 끓여준 라면도 맛있었지만요."

상어가 건네준 라면을 들고 시온이 주방으로 간 사이, 상어가 태성에게로 시선을 돌렸다.

약 때문에 노인에서 청년이 된 남자.

세상에 기적은 존재했다.

"몸은 어떠십니까?"

"견딜 만해. 유 박사는 연구가 잘 진행 중이라고 하더군."

그때 국정원과 합의해 완전히 놓여난 후로 연구는 더욱 자유로워졌다. 또한 임신한 몸으로 국내에서뿐 아니라 그가 캐나다로 이주한 후에도 계속 연구에 동참했던 혜미는 얼마 전 쌍둥이 딸을 낳았다.

"다행입니다. 그리고 소식 들었습니다."

"재규 말야?"

태성이 걱정스러운 낯빛으로 한숨을 내쉬었다.

"무사히 한국으로 돌아오긴 했는데 불안하군. 누구 짓인지 알아?"

"'연동회' 짓이 맞습니다. 젤리 이후에 새로 영입한 킬러의 짓입니다. 이름은 청. 중국인 아버지와 한국인 어머니 사이에서 태어난 혼혈이라는 것밖에는 정보가 없습니다."

"하필 재규인가 말이지."

"원래 제일 약한 사람을 치게 돼 있죠. 회장님의 맏아들을 건드렸다는 건 복수를 의미합니다."

그 곤혹을 치렀는데 또.

태성이 무겁게 입을 열었다.

"부탁 좀 들어주겠어?"

"분부만 하십시오."

"네가 그 아이들을 지켜줘."

"염려 마세요, 제게도 일말의 책임은 있으니까."

젤리를 직접 처치한 사람으로서의 책임을 뜻함이었다. 하지만 상어의 책임만으로 전가하기엔 무리가 있었다. 다시 태성으로 돌아왔던 그날 젤리를 잡기 위해 계획을 짠 건 그였고, 상어는 그의 말에 따랐을 뿐이다.

"널 처음 만났을 때만 해도 이리 오랜 인연은 아닐 거라 생각했는데 말이야. 그리고 보면 인연이란 건 우리 뜻대로 되는 게 아니야. 후후. 너한텐 힘든 일만 시켜 미안해."

"별말씀을. 회장님 만나지 않았으면 저 또한 없는 목숨입니다."

❖   ❖   ❖

3년 전, 아침 공기가 청량한 어느 봄. 오전 8시 30분경. 서울

WT호텔 옥상에 상어가 나타났다.

그는 긴 다리로 훌쩍 난간을 뛰어올라 바쁘게 움직이는 서울 시내를 공허한 눈빛으로 내려다보았다. 마치 세상이 자신과는 아무 상관도 없는 듯 이질적으로 느껴졌다.

청명한 이 아침에 이곳에서 몸을 던진다고 해도 과연 누가 관심을 가져줄까. 불행한 삶을 견디다 못해 스스로 생을 마감한 사람들 중 한 명으로 간단히 치부되리라.

근원을 모르는 목숨. 근원이 없는 곳으로 돌아간다 한들 뭐가 애달플 것인가.

상어는 허공으로 오른손을 내밀었다. 이 손에 묻힌 피가 늘어날수록 그의 고통도 커져만 갔다. 살아서도 지옥이라면, 차라리 영원한 지옥 속에 몸을 담그고 참회하는 편이 나으리라.

씻을 수 없는 죄. 태어난 것부터가 죄이고, 세상의 악이다.

상어는 가만히 눈을 감았다.

귓불을 스치는 상쾌한 바람. 은은히 비치는 아침 햇살. 살아 꿈틀대는 세상의 소리. 마지막으로 느끼고, 듣는 삶의 태동.

그의 얼굴에 깊이 내려앉은 슬픔과 고독이 그 끝에 이르렀을 때였다.

"뭐 하는 게야!"

벼락같은 호통에 놀라 눈을 번쩍 떴다. 돌아보니 낯이 익은 노인네가 눈을 부라리며 자신을 보고 있는 게 아닌가.

'백호 회장?'

"당장 내려오지 못해!"

노인치고는 기백이 어찌나 대단한지, 상어는 자살하려던 것도 깜박 잊었을 정도였다. 난간 위에 서서 꼼짝도 하지 않고 빤히 쳐다보는 그에게 백호가 더 큰 소리로 나무랐다.

"새파랗게 젊은 놈이 목숨 귀한 줄도 모르고! 내려와. 내려와서 왜 그러는지 얘기나 들어보자."

백호가 얘기나 들어보자 하는데 상어는 왠지 가슴 깊은 곳에서 뜨거운 무언가가 꿈틀하는 느낌이었다. 지금껏 단 한 번도 자신의 이야기를 듣고자 한 사람이 없었다. 철저히 혼자였던 상어. 그런데 다른 사람도 아니고, 호텔계에서 유명한 백호 회장이 자신의 이야기가 궁금하다는 것이다.

불현듯 이대로 죽으면 억울할 것 같다는 생각이 그를 지배하기 시작했다. 세상의 단 한 사람에게만이라도 자신의 이야기를 해주고 싶었다. 난 왜 이렇게 살아야만 하는지 물어보고 싶었다. 삶의 끝자락에 서 있는 노인네라면 현명하게 가르쳐 주지 않을까?

아침에 출근해서 호텔 곳곳을 돌아보는 건 백호의 오랜 습관이었다. 마지막으로 올라온 옥상에서 만난 상어. 난간 위에 서 있는 그를 보는데 정말 아찔했다. 후드를 쓰고 있어 몰랐는데 혹시 재규가 아닐까 했던 것이다. 왜 재규가 자살할 거라고 생각했는지는 모르겠다. 상어가 돌아보았을 때 재규가 아니어서 다행이다 여기면서도 상어의 눈빛을 보자 괜히 가슴이 쿵 내려앉았다.

저게 어떻게 젊은이의 눈빛이란 말인가.

형용할 수 없는 고통 속에 잠긴 눈빛이 백호의 마음을 단숨에 사로잡았다.

"이리 와. 내가 도와줄게."

두 손을 벌려서 오라 하는 백호를 보며 상어는 아버지가 있다면 저런 모습이 아닐까 생각했다. 때로는 무섭게 야단치고 때로는 따뜻하게 품어주는 아버지의 모습. 그가 그리던 아버지.

잠시 아찔한 난간 아래를 내려다보았다.

'그래, 죽는 건 언제든지 할 수 있어. 하지만 지금 이 시간은 다시 오지 않아.'

죽음을 뒤로 미룬 상어는 난간을 훌쩍 뛰어내려 왔다.

"따라와."

백호가 잘했다는 듯이 빙긋 웃고는 돌아섰다. 잠깐 망설이던 상어가 큰 걸음으로 그를 따라갔다.

백호의 사무실에 앉은 상어는 여직원이 내준 커피를 앞에 두고 으리으리한 실내를 둘러보았다. 얼마 전 일을 거절했던 야쿠자에게서 백호 회장의 이야기를 들은 적이 있었다. 일본의 WT 호텔 문제로 마찰이 있었다고 했다. 그가 자살할 장소로 이곳을 택한 건 별다른 뜻이 없었다. 서울에서 가장 좋다는 호텔에서 하룻밤 묵었을 뿐이다. 생의 마지막을 좋은 곳에서 보내고 싶은 마음이었달까.

"이름이 뭐야?"

"이름……."

이름이 없다. 있어도 모른다. 어렸을 적 기억은 온갖 학대로 인해 잊어버렸고, 학교에 다닌 적도 없었다. 혼자 글을 깨우치고, 혼자 살아가는 법을 터득했다. 맹수처럼 사나운 그를 누구도 보듬어주지 않았다. 그저 동네 똥개처럼 이리 치이고 저리 치이며 생존을 위해 버텼던 나날들.

그는 점점 강해졌고, 어둠의 자식이 되어갔다.

악마의 근성만이 살아 돈을 받고 사람을 죽였다.

옳고 그름의 판단도 잃었으며, 그의 생각에 죽어 마땅하다 여기는 놈들이면 마치 자신이 응징자라도 되는 양 가차 없이 처리했다. 법도 자신을 처벌하지 못했다. 왜냐하면 법 위에 돈이 있었으므로. 그리고 돈 위엔 권력이 있었다. 그 권력자들이 요청을 해오는데 거절할 이유가 뭔가.

아무런 양심의 가책도 없이 살인을 하고 때때로 우월감도 느꼈다.

내가 세상의 쓰레기를 없앴구나.

그런데 같은 생활이 반복될수록 어느 순간 공허가 그의 가슴을 채우기 시작했다. 양심의 가책을 느끼기 시작했다. 이렇게 사는 게 무슨 의미가 있나 하는 생각에 사로잡혔다. 세상과도 철저히 차단된 채 그는 고립되어 있었다. 더 이상은 세상 속에 끼어들지 못하게 되어버렸다. 괴물처럼 변해 버린 것이다.

"없습니다."

"이름이 없어?"

그 한마디에 백호는 그의 모든 걸 파악해 버렸다. 이름이 없다는 건 근본이 없다는 것이고, 근본이 없다는 건 부모가 없다는 것이다. 젊디젊은 나이에 생을 마감하려고 할 때는 그의 지나온 삶이 얼마나 비참했을지 상상이 갔다.

가엾은 사람.

백호는 측은한 눈길로 그를 비라보았다.

"나이는?"

"스물일곱에서 아홉쯤? 더 어릴 수도 있고 더 많을 수도 있어요."

나이도 모르니 말해 더 무엇 할까.

"아침은 먹었나?"

갑자기 밥을 먹었냐 묻기에 상어는 약간 당황했다. 자살하려는 사람이 아침밥을 챙겨 먹을 리 없지 않은가. 더군다나 이때껏 누군가에게 아침밥 걱정을 들어본 적이 없었다.

"아뇨."

"내가 맛있게 하는 집 아는데 같이 가려나? 얼굴이 며칠 굶은 사람처럼 해쓱해서 그래."

이게 무슨.

졸지에 같이 밥까지 먹게 생겨 상어는 난감했다.

"뭐 해? 일어나."

기껏 묻더니 벌써 일어나 버린 백호 때문에 상어는 얼결에 따라 일어나고 말았다.

백호가 데려간 집은 해장국을 파는 곳이었는데, 생각보다 허름해서 상어는 꽤 놀랐다. 호텔 회장이 이런 곳을 단골로 삼으리라곤 꿈에도 생각하지 않았던 탓이다. 북적이는 사람들 틈에 끼어 앉아 식사를 하는 게 얼마만인지 모른다.

"이 집에 내장탕이 끝내줘. 먹을 줄 알지?"

사람까지 죽이는 놈이 내장탕을 안 먹어봤다고 솔직하게 말하기 어려워 고개만 끄덕였다.

잠시 후 뜨끈뜨끈하게 김이 올라오는 내장탕이 두 사람 앞에 놓여졌다.

"그 모자 좀 벗어."

습관처럼 후드를 푹 눌러쓰고 있던 상어가 주위를 살피다가 쓰윽 벗었다.

"멀쩡히 생긴 얼굴을 왜 감추고 다녀?"

백호의 말에 옆 테이블에 해장국을 놓아주던 아주머니가 밝게 웃으며 농담을 했다.

"아유, 인물 훤하다. 내 아들 했음 좋겠네. 회장님, 비서 바꾸셨어요?"

"아니야."

"회장님은 꽃미남하고만 다니셔. 호호호."

그러더니 상어에게도 상냥하게 말한다.

"많이 먹어요. 모자라면 더 줄게. 회장님 모시고 자주 와요."

먹지 않고 물끄러미 내장탕을 보고만 있는 상어에게 백호가 어서 먹으라고 재촉했다. 그의 권유에 마지못해 내장탕을 떠서 입안에 밀어 넣었다. 아무 대화도 없는 식사가 이어졌다.

그런데 별안간 마음 깊숙한 곳에서 뜨거운 것이 치밀어 오르더니 걷잡을 수 없이 눈물이 솟구치기 시작했다. 견딜 수 없을 정도의 슬픔이 쏟아져 상어는 밥을 먹다 말고 하염없이 눈물을 흘렸다. 식사하던 손님들과 주인아주머니, 종업원들까지 정지된 것처럼 멈춰 서서 그를 쳐다보았다.

백호가 손을 뻗어 숟가락 잡은 상어의 손을 토닥였다.

얼마나 힘들었으면…….

백호의 눈시울도 붉어지는데, 속으로 삼키듯이 흐느껴 울던 상어가 벌떡 일어나 밖으로 뛰어나갔다. 그러더니 길가 하수구에 쪼그려 앉아 먹은 걸 죄다 토해냈다. 어느 틈엔가 뒤따라 나온 백호가 안쓰러운 얼굴로 그의 등을 두드려 주었다.

라면 끓이는 냄새가 거실까지 퍼져 식욕을 돋웠다. 잠시 생각에 잠겼던 태성이 신중하게 말을 꺼냈다.

"널 호적에 올릴까 해."

"예?"

"언제까지 숨어서 살 거야? 이제 그만 세상으로 나와야지."

"하지만 전…….

태성이 상어를 향해 따뜻한 미소를 지었다. 상어를 생각하면 늘 마음 한구석이 답답했다. 누가 그를 어둠 속에서 꺼내줄 수 있단 말인가. 그가 자살하려던 그때 만남을 주신 건 반드시 신의 뜻이 있었을 것이다. 세상에 버려졌다 생각했던 그에게 신은 기

회를 주고 싶었던 게 아니었을까. 다 늙은 그에게 기적처럼 젊음
이 찾아온 것처럼.

세상 그 누구도 행복할 권리가 있다. 그것을 망각하고 살기에
인간의 권리를 잃어버리게 되는 것이리라.

"너나 나나 어차피 세상에 없는 존재야. 너라고 나처럼 새 인
생 살지 말란 법 어디 있어. 피는 안 나눴어도 의형제라는 게 있
잖아. 재규, 나, 우영이, 너. 이왕이면 법적인 형제가 되는 것도
괜찮겠지."

"……."

상어가 망설이는 것 같아 태성이 본심을 털어놓았다.

"다른 뜻이 있어서가 아니야. 자주 얼굴 보고 싶어서 그래. 네
가 옆에 있으면 든든하기도 하고."

"서울에 언제 돌아가십니까?"

"일주일 내로."

"그때 뵙겠습니다."

마침내 승낙을 한 상어의 얼굴에 처음으로 환한 미소가 어렸
다.

Epilogue

2016. 4. 7. pm. 8:30. 서울

태성이 네팔에서 돌아온 게 지난 7월. 시온과 한국을 떠난 지
1년 만이었다. 네팔의 모든 걸 정리한 뒤 태성을 따라 한국으로
완전히 오게 된 시온은 원래 그의 집인 3층 저택에 짐을 풀었다.
　아버지의 허락이 있었다지만 태성, 시온과 한집에서 살 일이
까마득하여 재규는 극구 반대했었다. 두 사람이 들어오면 자기
가 나가겠다고 엄포도 놓아봤으나, 아버지의 엄명에 꼼짝없이
주저않고 말았다.
　어디 두 사람뿐인가. 우영도 모자라 생면부지의 남자를 또 양
자로 들인 아버지 때문에 아주 기함할 노릇이었다. 늦게 맺은 인

연이니만큼 정이 들려면 한집에서 부대끼며 살아야 한다는 아버지의 명령으로 우영을 제외한 태성, 시온, 재규, 그리고 졸지에 막내가 된 상어까지 네 사람이 함께 살게 되었다.

재작년 여름 혜미의 임신 소식과 함께 우영이 결혼했고, 작년 봄 건강하고 어여쁜 쌍둥이 딸을 낳았다. 그리하여 1년 동안 지켜보겠다던 오 이사의 계획은 소용없게 되었다. 우영을 눈엣가시처럼 여기던 것과는 달리 그는 요즘 쌍둥이 손녀 때문에 어딜 가든 자랑하느라 바쁘다.

태성과 시온은 여직 결혼을 미룬 채 부부로 살고 있었다. 물론, 혼인신고도 하지 않았다. 이유는 약의 연구가 아직 진행 중이고, 해독제도 만들기 전이어서다.

시온은 결혼을 하고 쌍둥이를 낳은 혜미를 볼 때마다 부러워하는 기색이 역력했다. 그 모습을 고스란히 봐야 하는 태성은 마음이 아팠지만, 그녀를 위해서 약의 성공을 꿋꿋이 기다리는 중이었다.

내일이 쌍둥이의 돌이라 오랜만에 우영과 혜미가 집으로 왔다. 온 식구가 둘러앉아 저녁을 먹고 거실로 나왔을 때 재규는 늘 그렇듯 2층 제 방으로 올라가 버렸고, 우영과 혜미는 돌잔치 때 필요한 물건을 빠뜨렸다며 쌍둥이를 태성과 시온에게 맡긴 채 잠시 외출했다.

아이 하나씩을 안고 놀아주던 태성과 시온은 결혼 생각이 더욱 간절해졌다. 태성을 사랑하지만 결혼만큼은 자꾸 미루는 그로 인해 시온은 큰 고민을 안고 산 지 오래였다. 얼른 그를 닮은 아기도 낳고 싶은데 태성은 아직 안 된다는 것이었다.

대체 뭐가 문제일까?

이상한 점은 그뿐만이 아니었다.

그녀는 두 달에 한 번 꼴로 그의 아버지를 만났는데, 그때마다 태성은 꼭 어디론가 가버리는 것이었다. 다행히 그의 아버지를 만나도 늘 보던 사람처럼 편하고 말도 잘 통해서 문제는 없었지만, 참 희한한 일이었다. 그 점에 대해 가끔 불평을 하면 그는 이렇게 말하곤 했다. 언젠가는 아버지를 영영 못 보게 될 거라고.

처음엔 단순히 돌아가실 때를 뜻하는 줄 알았다. 그런데 몇 번 같은 얘기를 듣고 나니 그게 아닌 듯한 느낌이 들었다. 정확히 어떤 의미인지 말하긴 어렵지만, 어느 때가 되면 일부러 찾아오시는 일이 더 이상 없을 거란 뜻 같았다. 그 말을 곱씹으니 서운한 마음이 들어서 불평하기보다는 그의 아버지와 더 즐거운 시간을 보내려 애썼다. 고작 함께 있는 시간이 한 시간 남짓이었기 때문에 나중에는 아쉬운 마음이 들기도 했다.

여전히 은둔 생활을 하는 그의 아버지를 전부 이해할 순 없었다. 하지만 이것만은 확실히 안다. 그가 가족을 진정으로 사랑한다는 걸.

쌍둥이들이 배가 고파서인지 아니면 졸려서인지 똑같이 울기 시작했기에 시온은 잠시 우유를 가지러 일어나야 했다. 도우미 아주머니가 퇴근한 후라 직접 우유를 타야 해서 안고 있던 아기를 맡기려고 소파에 우두커니 앉아 있는 상어에게로 시선을 돌렸다.

"재림 씨, 아기 좀 봐줄래요?"

재림은 태성이 직접 지어준 상어의 이름이었다. 한집에서 살게 된 지 9개월이나 되었지만, 아직 '도련님' 소리가 입에 배지 않은 시온은 그를 이름으로 불렀다. 재규도 어렵긴 했지만 재림만큼은 아니었다. 어떤 순간엔 오히려 재림이 제일 맏형 같다는 생각이 들 정도였다. 원체 과묵한 데다 표정이 없어서 도통 무슨 생각을 하는지 가늠하기가 어려웠다. 지난번엔 지붕 위에 올라앉아 있어서 기함한 적도 있었다. 당최 거길 왜 올라가 있는지 이상스러웠다.

하지만 시키는 일은 뭐든 척척 해내서 상당히 이로운 점이 많았다. 단 하나, 아기 보는 일 빼고는.

시온이 안고 있던 아기를 건네자 재림의 낯이 사색이 되었다.

"제, 제가요?"

"잠깐이면 돼요. 우유 얼른 타서 올게요."

시온이 재림에게 무턱대고 아기를 안기고는 쪼르르 주방으로 가버렸다. 엉겁결에 아기를 안아 든 재림은 어쩔 줄 몰라 했다. 세게 안으면 아기가 으스러지기라도 할 것처럼.

자주 아기를 봐서인지 태성은 꽤 안정적으로 아기를 안는 데 반해 어설프기 짝이 없는 재림은 진땀을 뻘뻘 흘렸다. 아기는 아기대로 불편해서 더 앙앙 울고, 재림도 점점 울상이 되어갔다.

보다 못한 태성이 그에게 아기 안는 시범을 보였다.

"날 봐."

행여라도 아기를 놓칠까 봐 태성을 흘끔거리면서 겨우 자세를 고친 재림이 아기가 울음을 그치자 그제야 안도의 한숨을 내쉬었다.

"쯧쯧. 넌 그래가지고 연애나 하겠냐?"

"제 걱정 하실 때가 아닌 것 같은데요."

"왜?"

"해독제가 너무 더뎌지니 하는 말입니다. 형수님이……."

말을 하다 말고 재림이 졸음이 오는지 눈을 감실거리는 아기를 뚫어져라 쳐다봤다.

"왜 말을 하다가 말아? 형수님이 뭐?"

"형수님이 아기 빨리 낳고 싶어 하는 것 같아서요."

그 마음을 모르지 않기에 태성은 금세 숙연해졌다. 해독제가 하루빨리 성공하길 바라는 사람은 자신이었기에.

"알아, 나도."

"차라리 사실대로 말하는 게……."

"어느 게 더 잔인할까 생각해 봤어. 이제 와서 사실대로 말하는 거. 시온이 스스로 의심할 때까지 기다리는 거."

태성이 안은 아기가 어느덧 잠들었고, 재림이 안은 아기는 졸려서 눈을 감실대다가 뚫어져라 쳐다보는 삼촌 때문에 끝내 큰소리로 울음을 터뜨린다. 화들짝 놀란 재림의 고난이 다시 시작되었다.

그때 젖병 두 개를 양손에 든 시온이 헐레벌떡 뛰어왔다. 그녀는 얼른 재림에게서 아기를 받아 안고는 소파에 앉아 젖병을 입에 물렸다. 금세 울음을 그친 아기가 맑은 눈물방울을 눈가에 매단 채 힘차게 젖병을 빨아댔다.

"또 시키실 거 있습니까?"

재림이 공손이 묻자 시온이 웃으며 고개를 저었다.

"아니에요. 태성 씨랑 같이 다니느라 고생 많죠?"

태성이 한국에 돌아온 것은 우영의 강력한 요청도 한몫했다. 회사 일이 아무래도 벅찼던 모양이라 태성은 한국에 돌아와 재림을 운전기사 겸 비서로 삼았다. 그리고 얼마 후 재규가 회사에 복귀했다.

이전의 생활에 비하면 지금은 이루 말할 수 없이 행복해서 재림은 빙그레 미소를 지었다.

"괜찮습니다."

"재림 씬 애인 언제 데려올 건가? 큰형님은 요즘 연애하는 것 같던데."

아닌 게 아니라 재규는 여행 중에 크게 다친 후로 한국에 급히 귀국했다. 그때 만난 아가씨와 동행해서였는데, 태성도 우연히 한 번 본 적이 있던 아가씨였다. 하지만 어딘가 낯이 많이 익어 아는 사람인가 했지만, 아가씨가 절대 아니라고 하는 바람에 착각한 거라 생각하고 있었다.

이름이 서효민이라고 했던가. 아무튼 여행에서 피습당한 재규를 도와준 아가씨라기에 고마운 마음을 갖고 있었다. 그때의 인연으로 재규와 자주 만나는 것 같더니 요즘 들어 열애 중인 게 표시가 났다. 재규의 표정이 환해졌으니까. 혜미를 대하는 것에도 스스럼없어졌고. 그러니 우영에게도 많이 너그러워졌다. 아니,

재규 자체가 이전과 많이 달라졌다고 해야 할 것이다. 정작 재규를 변화시킨 것은 연애였나 보다.

쌍둥이를 재우고 나서야 우영과 혜미가 돌아왔다. 내일 돌잔치 때 쓸 물건들을 다시 점검한 뒤에야 모두 각자의 방으로 흩어졌다.

백호가 쓰던 방은 이제 우영과 혜미가 썼고, 재규와 재림이 2층을, 태성과 시온이 3층을 썼다.

고단한 하루를 마치고 침실로 올라간 태성과 시온은 침대에 나란히 누웠다. 태성은 그때까지도 재림과 나눈 이야기를 머릿속으로 곱씹고 있었다.

그의 팔베개를 한 시온이 말없이 천장을 보고 누운 그를 바라보았다.

"무슨 생각 해?"

"우리 결혼."

시온은 누구보다 그와 결혼하고 싶은 마음이 컸기에 그 말에 가슴이 설레었다.

그가 드디어 프러포즈를 하려는 걸까?

후다닥 일어나 앉은 시온이 그를 내려다보며 결심한 듯 말했다.

"오늘은 나도 그 얘기 좀 해야겠어. 올해는 무슨 일이 있어도 결혼식 올릴 거니까 그렇게 알아."

"올해?"

금방 근심이 어리는 그를 보자 시온은 살짝 눈살을 찌푸렸다.

"이유 좀 말해보시지? 언제까지 기다리게 할 건데? 늙어 죽을 때까지? 대체 왜 결혼을 못 하겠다는 거야?"

서로 사랑하면서 결혼은커녕 피임을 해야 하는 자신의 신세가 참으로 답답했다. 아기는 결혼한 후에 갖자고 했지만, 버젓이 부부처럼 사는데 그녀로서는 도저히 이해하기 어려울 터였다.

재림의 말마따나 솔직히 다 털어놓고 그녀의 결정에 맡기는 게 현명한 일일까? 모든 사실을 알고 나면 그녀가 이해해 주기는 할까? 감쪽같이 속았다며 네팔로 돌아가 버리면 어떡하나?

훌쩍 일어난 태성은 그녀를 마주 보고 앉았다. 차마 그녀를 똑바로 쳐다볼 수 없어 고개가 수그러들었다.

"실은……."

어렵게 말문을 여는 그때, 협탁 위에 둔 그의 핸드폰이 요란하게 울렸다. 시온이 얼른 핸드폰을 그에게 건넸다. 가죽으로 된 케이스 뚜껑을 열자 액정에 '유 박사'라고 찍혀 있었다.

이 밤에 무슨 일일까 싶어 태성은 바짝 긴장한 채 전화를 받았다.

"네, 박사님."

[내일 당장 캐나다로 오셔야겠습니다. 드디어 해독제를 만들었습니다! 하하하.]

굳어 있던 태성의 얼굴이 활짝 펴졌다.

"정말요? 내일 낮에 돌잔치가 끝나는 대로 가죠. 정말 고생 많으셨어요, 박사님."

[기다리느라 힘드셨을 텐데 다행입니다. 이번에도 실패하면

어쩌나 걱정을 많이 했었거든요.]

전화를 끊은 태성이 기쁜 나머지 어리둥절해 있는 시온을 와락 껴안았다.

"이제 됐어! 됐어, 시온아!"

"무슨 일인데 이래?"

태성은 벅차오르는 환희를 주체할 길이 없어 벌떡 일어나 침대를 마구 굴렀다. 그가 내지르는 기쁨의 함성 소리가 온 집 안을 울렸다.

시온이 허겁지겁 그를 말렸다.

"조용히 해. 다들 깨겠어."

"이건 깨워야 할 일이야."

"뭐?"

태성이 핸드폰을 다시 들었다. 그러고는 가장 먼저 우영에게 전화했다. 취침 전이었는지 우영이 생생한 음성으로 전화를 받았다.

[방금 그 고함 소리, 형이에요?]

"우영아! 유 박사님한테 전화 왔어. 성공했대. 성공했대!"

[기다려요. 금방 올라갈게요.]

전화를 끊자마자 노크 소리가 들렸다. 똑, 똑똑. 마치 암호처럼 들리는 노크 소리는 재림이었다. 태성이 경중거리며 침대를 뛰어 내려가 문을 열어주었다.

"무슨 일 있……?"

다짜고짜 태성이 끌어안는 바람에 재림은 어리둥절해했다. 더군다나 누구하고든 포옹이란 걸 해본 적이 없는 그여서 어색하기 그지없었다. 그를 품에서 떼어낸 태성이 민망한 듯 서 있는 재림의 어깨를 흔들며 흥분해서 말했다.

"성공했어, 재림아!"

재림은 그의 말을 단번에 알아들었다. 그도 감격스러운 소식에 잠시 할 말을 잃고 서 있다가 조용히 입을 열었다.

"잘됐군요. 캐나다, 내일 가실 거죠? 채비하겠습니다."

태성이 가는 곳이면 어디든 따라다니는 재림은 그가 무슨 말을 하기도 전에 자신이 해야 할 일을 알고 있었다. 쿵쾅거리며 3층으로 올라오는 소리를 듣고 재림이 고개를 돌렸다. 우영이 헐레벌떡 달려오는 게 보였다.

"형!"

우영도 태성 못지않게 흥분해 있었다. 이번엔 그가 태성을 끌어안고 난리법석을 떨었다. 그러더니 재림의 어깨도 끌어안아 제자리에서 뱅뱅 돌았다.

아닌 밤중에 홍두깨라더니, 세 남자의 극성을 고스란히 방에서 보고 있던 시온은 기가 찼다. 도대체 무엇 때문에 저러는지 알 길이 없었으니 말이다.

우영과 재림이 내려간 후에도 태성은 기쁨을 주체하지 못했다.

"정말 말 안 해줄 거야?"

시온이 뾰로통해서 그를 쳐다보았고, 태성이 싱긋 웃으며 그녀를 품으로 끌어당겼다.

"조금만 더 기다려 줘."

또?

시온이 앙탈을 부리듯 품을 빠져나가려 하자 태성이 두 팔에 꼭 힘을 주었다.

"자기들끼리만 비밀 공유하고. 더 이상 못 참아!"

'난 지금 진짜 백태성이 되기 위해 안간힘을 쓰고 있단 말야. 시온이 널 위해서.'

따뜻한 체온이 전해지는 그녀의 몸을 안고 태성은 그 끝이 보이는 것에 감사했다. 도저히 끝날 것 같지 않은 암담한 순간에 날아온 희소식이 다시 한 번 그를 살린 것이다.

"미안해, 너무 오래 기다리게 해서. 근데…… 난 좀 더 너한테 당당한 남자이고 싶어."

"지금보다 더 얼마나 당당하려고?"

"후후. 이제 마지막 고비만 잘 넘기면 돼, 시온아."

"히익. 고비가 아직도 남았단 말야?"

시온은 질색했지만, 지난 2년 동안 부지런히 캐나다를 오가며 연구의 진행 과정을 전부 지켜봤던 태성으로서는 해독제의 의미를 정확하게 알고 있었다. 단순히 젊어진 상태를 유지하는 것뿐 아니라 보통 사람들처럼 차차 늙어가게 되리라는 걸. 그 마지막 고비라 함은 해독제가 제대로 효과를 발휘해 줄지 알 수 없기 때문이었다.

"반드시 성공해서 올게."

시온은 왠지 그가 걱정되어 그의 등을 가만히 쓰다듬었다. 말하지 못하는 고민을 가슴에 안고 사는 그의 고충을 이해한다는 듯이.

"기다릴게. 아무 염려 말고 다녀와."

❖　❖　❖

이틀 후 유 박사의 집 지하 연구실. 의자에 앉은 태성의 팔에 유 박사가 주삿바늘을 갖다 댔다. 그의 곁에는 재림이 잔뜩 긴장한 표정으로 내려다보고 있었다. 그가 그토록 긴장한 모습은 처음이어서 태성이 외려 웃음을 비쳤을 정도였다.

아직 재림을 두려워하는 유 박사는 약을 다른 용도로 쓸 엄두는 내지도 못했다. 만에 하나 그랬을 시엔 재림이 가만히 두지 않을 게 분명했기에.

국정원 연구소에 있을 때보다는 지금이 훨씬 행복하고 좋았기 때문에 이번 연구를 끝으로 그는 완전히 연구에서 손을 뗄 생각이었다.

"다 잘될 겁니다."

유 박사가 주사를 놓기 전 태성의 마음을 편안하게 해주었다. 태성은 그때 시온을 생각하고 있었다. 반드시 성공해서 돌아가겠다는 약속을 지키고 싶었다. 그래서 그녀에게 멋지게 프러포즈하고, 결혼해 예쁜 아기들도 낳고 싶었다.

주삿바늘이 피부에 꽂히는 걸 느끼며 그는 가만히 눈을 감았다.

그의 팔에 해독제를 놓고 난 유 박사가 주삿바늘을 뺀 뒤 말했다.

"최소한 일주일 정도는 경과를 지켜봐야 합니다. 몸이 정상을 유지하면 효과가 있는 겁니다."

기다리는 2년은 너무나 길었지만, 해독제를 만들고 나니 새삼 유 박사가 대단하게 느껴졌다. 걷어 올렸던 소매를 내리며 태성이 물었다.

"연구에서 손 떼는 거 아쉽지 않으십니까?"

유 박사가 껄껄 웃었다.

"전 부귀영화보다 평범하게 사는 게 더 행복합니다. 이번 연구는 제 업적에 남지 않겠지만, 가장 멋지고 보람찬 것이었어요. 태성 씨에게 새 인생을 줄 수 있어서 좋습니다."

그는 해독제의 성공을 확신하는 듯했다. 그러자 불안했던 마음이 가셔서 태성도 편하게 따라 웃을 수 있었다.

"저 때문에 큰 인재를 놓치게 됐군요. 대한민국으로선 큰 손실이에요."

"하하, 그렇지 않습니다. 어차피 내가 만든 약은 인류에 해만 줄 뿐인걸요. 아무리 문명이 발달한다 해도 인간의 생사는 신께 속한 겁니다. 그걸 거스를 순 없어요. 신이 태성 씨에게만 특별한 선물을 주셨다고 생각합니다."

어느 일요일 밤, 태성과 시온은 예술의 전당 오페라하우스를 찾았다. '지킬 앤 하이드'가 앙코르 공연차 한국에 왔기 때문이다. 그때가 태성이 캐나다에서 돌아온 지 석 달이 조금 지났을 무렵이었다.

2년 전의 일이 감회가 새로워 태성은 옆자리에 앉은 시온을 그윽한 시선으로 바라보았다. 그때만 해도 오늘과 같은 날이 올지 어디 상상이나 했으랴.

시온은 뮤지컬 공연을 본 게 처음이라 무척 신기해했다. 호기심 많은 10대 소녀처럼 눈을 초롱초롱 빛내는 그녀를 보자 정말 예뻐서 태성은 자기도 모르게 그녀의 볼에 살짝 입 맞추었다.

시온은 그의 애정 표현이 싫지 않은지 생긋 미소 지으며 그의 손에 깍지를 껴 꼭 맞잡았다. 솔직히 캐나다에 다녀와 뭔가 대단한 일이 있을 줄 기대했던 그녀는 평상시와 다름이 없자 크게 실망했었다. 그가 캐나다에 가 있는 동안 엄청 기대감에 부풀었던 것이다. 뭔가를 성공하고 온다더니 거기에 대해선 일언반구 없었다.

시무룩해 있던 차에 그와 뮤지컬을 보러 오게 되니 기분이 날아갈 듯했다.

생긋 미소 짓는 모습이 너무 섹시하고 아름다워서 태성은 입술이 근질거렸다. 하필이면 이럴 때 진하게 키스하고 싶을 건 뭐란 말인가.

얼굴을 죄다 훑듯이 바라보는 그의 뜨거운 시선에 시온도 그만 마음이 동해서 재빨리 그의 입술에 쪽 뽀뽀했다.

"어험!"

아직 뮤지컬 시작 전이라 괜찮을 줄 알았더니, 태성의 옆에 앉은 노인이 따가운 눈총을 보냈다.

"하여간 요즘 젊은것들은, 쯧쯧쯧."

어디서 많이 듣던 소리에 태성이 민망한 듯 검지로 얼굴을 긁적이다가 노인에게 살짝 묵례를 했다. 그를 못마땅하게 흘긴 노인이 홱 고개를 돌렸다.

곧 불이 꺼지며 공연이 시작되었다.

공연에 푹 빠져 시간이 가는 줄도 몰랐다가 거의 끝나갈 무렵이 되자 갑자기 태성의 얼굴에 긴장감이 서렸다. 시온을 흘끗 쳐다보니 완전히 공연에 매료된 모습이었다.

태성은 손목시계를 들여다봤다. 공연이 끝나려면 10분가량 남아 있었다.

'후우—'

10분이 10년이나 되는 것처럼 더디게 느껴졌다.

드디어 모든 공연이 끝나고 배우들이 전부 나와 마지막 인사를 할 때까지 그의 긴장감은 점점 더해가기만 했다.

주인공을 맡았던 배우가 관객들을 향해 영어로 말했다.

「오늘이 한국에서의 앙코르 마지막 공연입니다. 많은 분들의 아낌없는 성원과 따뜻한 배려에 정말 큰 감동을 받았고, 진심으로 감사드립니다. 오늘 특별히 이 자리에 계신 많은 관객들 가운데 한 분을 선정하여 작은 선물을 드리고자 합니다. 행운의 주인공은…… 바로 네팔에서 오신 강시온 씨입니다.」

자신이 호명되자 시온은 믿을 수 없다는 표정을 지었다. 이 많은 사람들 중에서 어떻게 이런 행운이 온단 말인가.

깜짝 놀라 태성을 바라보니 그도 뜻밖이라는 듯 웃으며 얼른 나가보라 떠밀었다. 얼떨떨한 채 자리에서 일어난 그녀는 앞으로 나가 무대 위로 올라갔다. 꿈인지 생시인지 분간이 안 가 얼굴이 화화하게 달아올랐다.

그녀를 불러낸 배우가 스태프가 건넨 선물을 보여주었다. 그런데 선물을 본 그녀가 순간 묘한 표정으로 바뀌었다. 배우가 보여준 건 다름 아닌 반지 케이스였기 때문이다.

속으로 이거 뭐지, 하는데 배우가 관객을 향해 소리쳤다.

「이건 당신이 직접 해야겠군요! 내가 대신 하기엔 집에 두고 온 와이프가 생각나서요.」

그의 농담을 알아들은 관객들이 와하하 웃어젖혔다. 그제야 벌떡 일어나 단숨에 무대로 뛰어오른 태성이 그에게서 케이스를 건네받았다. 배우가 소리쳤을 때부터 강하게 머리를 스친 생각에 시온은 숨이 멈추는 듯했다.

싱긋이 웃으며 그녀 앞에 무릎을 꿇은 태성이 케이스에서 반지를 꺼내 그녀의 왼손 약지에 끼워주었다.

"나와 결혼해 줄래?"

감격하여 입이 벌어진 그대로 시온은 아무 말도 하지 못했다. 이런 대형 공연장에서 프러포즈를 받을 거라곤 상상조차 해본 적이 없었다.

관객들이 우레와 같은 박수와 함성을 내질러서야 혼미하던 정신이 돌아온 그녀는 힘차게 고개를 끄덕였다. 무릎을 펴고 일어선 태성이 그녀를 살포시 안아주자 또다시 장내가 떠나갈 듯한 박수가 터져 나왔다. 그곳에 있는 사람들이라면 남녀노소를 막론하고 부러움에 치를 떨었을 프러포즈였다.

더구나 앙코르 공연을 태성이 초청한 걸 알면 절로 고개가 끄덕여졌으리라. 태성은 이날을 위해 프러포즈를 늦췄고, 작전은 대성공이었다.

⟨The End⟩

작가 후기

기획부터 책이 나오기까지 근 3년이란 시간이 흘렀다.

처음 기획을 했던 계기가 아버지 때문이었다.

일흔이 넘으신 아버지.

늙으신 아버지를 보며 나도 언젠가 저렇게 늙겠구나…… 생각하다가 자연스럽게 지나온 세월을 돌아보게 되었다. 놓치고 산 게 너무나 많았다는 걸 다시금 깨닫자 내게 주어진 시간이 한없이 소중해졌다.

그리고 그때의 진한 감정을 잊지 말자 해서 만들어진 게 '올드맨'이었다.

애초에 드라마 공모를 준비하던 것이어서 기획서만 갖고 출판사에 들이밀었더니, 가능성을 봐주셨는지 다행히 소설에 이어 드라마 제작까지 계약할 수 있었다.

2006년 '적과의 만찬' 이후로 7년 만의 일이었다. (2013년 드라마 제작 계약)

'적과의 만찬'은 아쉽게도 드라마 제작에 실패했지만, '올드맨'은 오는 11월 MBC에서 '미스터 백(Back)'이라는 타이틀로 방영된다.

드라마로 만들어지기까지 우여곡절이 많아서 일일이 지면으로 쓰기에는 역부족이다. 오랜 기도와 기다림. 그리고 환희와 고통. 그 모든 게 수반된 일이었다. 소설과는 사뭇 다른 내용이겠지만, 재미있게 봐주셨으면 좋겠다.

2014년.

처녀작을 낸 게 2004년이니 11년째 글을 쓰며 살고 있다.

밥벌이도 안 되는 글을 쓰며 이 악물고 10년만 버텨보자 했었다. 어쨌거나 버티다 보니 내 소설로 드라마 제작도 되는구나 싶어 감개무량하다. 그간 뒤에서 묵묵히 응원하고 기도해 준 가족과 지인들에게 고마운 마음을 전한다. 그들이 있어 지금까지 달려올 수 있었다.

그리고 앞으로도 계속 달려갈 것이다. 내 꿈은 아직 끝나지 않았으니까.

늘 꿈을 꾸고, 그 꿈을 위해 기도하고, 기도하는 만큼 노력하고 있다. 글 쓰는 일이 곧 내 천직이다 믿으며.

2014. 10. 15. 가을에.